徳間文庫

立証（コンダクター）

深谷忠記

徳間書店

目次

登場人物

香月佳美　　創共同法律事務所の弁護士。新潟県燕市出身。
香月礼子　　佳美の姉。故人。
原　暁美　　佳美が弁護人を務めている事件の被告人。

白井弘昭　　ファミリーレストラン「ホワイトスワロー」の社長。香月礼子の元恋人。
針生田珠季　白井弘昭の妹。香月佳美の幼馴染み。
針生田耕介　珠季の夫。陽華女子大学教授。
針生田清香　珠季と耕介の一人娘。

久保寺　茜　陽華女子大学の学生。フェミニズム研究会部長。
檜山満枝　　陽華女子大学の大学院生。フェミニズム研究会の部員。
ウェラチャート・ヤン
　　　　　　タイから陽華女子大学に留学している大学院生。

前田結花　　専門学校生。
諏訪竜二　　結花の遊び仲間。
岸谷江梨子　結花の昔の友達。
宮沢芙由美　結花、江梨子の昔の友達。
宮沢修次　　芙由美の夫。

田代昌和　　埼玉県警捜査一課の部長刑事。
栗山拓実　　埼玉県警入間南署の刑事。

第1章　密やかな開演（オープニング）

1

　主任弁護人である田所英治郎の報告と説明が済んだところで、香月佳美（かづきよしみ）の横に立っていた被告人の父親が指名された。

　身長百六十一センチの佳美とあまり変わらない小柄な男性である。

　彼は緊張した面持（おもも）ちで一歩前へ進み出ると、「みなさまには、本日はお忙しいなか、娘・暁美（あけみ）のためにお集まりいただき……」と礼を述べ始めた。

が、その前置きの言葉も終わらないうちに突然顔を歪め、絶句した。東京地裁で判決の言い渡しが行なわれてから四十分余り……これまで何とか抑えていた怒りと悔しさが、口を開くのと同時に胸に押し寄せてきたにちがいない。

彼は、滲み出した涙——もちろん悔し涙だろう——がこぼれ落ちないようにか、それを見られないようにか、口を引き結んで二、三秒天井を仰いでいたが、「すみません」と顔を前に向け、挨拶に戻った。

佳美の腕時計の針は三時五十分を回った。

佳美は気持ちが急いた。そろそろ抜け出さなければ、東京駅を四時三十二分に出る上越新幹線「Ｍａｘとき」に間に合わなくなる。そう思いながらも、佳美は弁護士会館のロビーから出られずにいた。集会が終わった後、記者会見が行なわれる予定になっているが、出席できない旨、田所に伝えてあるし、いつ抜け出しても何の支障もないのだが……。

日本弁護士連合会と東京の三つの弁護士会の本部がある弁護士会館は、東京高裁・地裁・簡裁が入っている裁判所の合同庁舎と百メートルと離れていないところにあった。祝田通りを挟んで日比谷公園に面して建っている縦長のビルだ。

隅にベンチが置かれているだけのその一階ロビーで、佳美たち弁護団と被告人の支援者たちは、今日の判決に関する話し合いを持っているのだった。

集まっているのは五十人ほど。閉廷後ただちに裁判所の廊下で不当判決に対する抗議集会を開こうとしたのだが、警備員に追い出され、ここに移ったのである。

事件は、「強姦未遂容疑者刺殺事件」と呼ばれているもので、強姦（レイプ）しようとした犯人を刺殺した被告人の行為が正当防衛と認められるか否かが裁判の焦点だった。

佳美たち弁護団は、正当防衛を主張し、「無罪」の判決を求めた。

しかし、結果は、被告人の取った行動は防衛の程度を超えた行為、つまり過剰防衛と見なされ、正当防衛とは認められなかった。

佳美たちは、裁判官たちが被告人の行為をたとえ過剰防衛と判断したとしても、執行猶予は付くにちがいないと考えていた。正当防衛について定めた刑法第三六条の②には、《防衛の程度を超えた行為は、情状により、その刑を減軽し、又は免除することができる》とあるからだ。

ところが、今日言い渡された判決は、〝懲役一年半の実刑〟という予想もしなかった最悪のものだったのである。

事件は一年前、板橋区の児童公園で起きた。簡単に言うと、去年の夏の終わり、クラブに勤めている二十一歳の女性・原暁美が深夜、児童公園の植え込みの陰から飛び出してきた男に強姦されそうになり、男の持っていたナイフで逆に男を刺し殺してしまった、という事件である。

犯人の男が死んでしまったため、事件の経緯は原暁美の説明に拠っているが、暁美は自分に不利になる事実も明かしているので、かなり真実に近いと考えられる。

それによると、ナイロンストッキングを被って手にナイフを持った男の突然の出現に、暁美は恐怖のあまり声も出せずに竦み上がった。と、男は「騒ぐな、騒げば殺す！」とナイフの刃先を顔に突きつけたかと思うと太い腕を暁美の首に巻き付け、彼女を公園の中へ引きずり込んだ。そして、歩道から死角になった樹木の陰で暁美を押し倒し、ナイフを地面に突き立ててからスカートと下着を剝ぎ取り、暴行しようとした。そのときまで暁美は抵抗して殺されるよりは……と観念し、男のするがままに任せていた。が、防衛本能からだろう、反射的に手足をばたつかせ、男の身体をはねのけようとした。男は、暁美が抵抗を諦めたものと思って油断していたのか、バランスを崩し、斜め後ろに転がった。

その隙に暁美は素早く上体を起こしたが、男は何も言わない。起き上がってもこない。

どうしたのか、と暁美は怪訝に思いながら立ち上がった。

うーん、と男が唸(うな)った。

花壇の縁石に頭をぶつけて脳震盪(のうしんとう)を起こしたらしい。

暁美はそう思い、とにかく一刻も早くこの場から逃げるため、駆け出そうとした。

と、男がまた何やら声を発し、今度は首をもたげてぶるぶるっと振った。

暁美の全身を恐怖が刺し貫いた。

逃げ出したところで、男が追いかけてきたら到底逃げ切れないだろう。そして捕まったら、どうなるか？　怒った男に強姦されるだけでなく、殺されるかもしれない。

そのとき、暁美の目に、地面に突き立てられているナイフが飛び込んできた。

それからどう考えたのか、暁美はよく覚えていないと言う。ただ、素早く地面からナイフを引き抜くと、柄の部分を両手で固く握り、上体を起こしたばかりの男の胸めがけて身体ごとぶつかっていった。

瞬間、男はウッというような声を上げて怯(ひる)んだ気配を見せたものの、すぐに「このアマァ！」という怒声とともに暁美を突き飛ばし、彼女に襲いかかってきた。

だが、胸に刺さったナイフは確実に男の生命の火を断ちつつあったらしい。暁美が抵抗している間に攻撃は次第に弱まり、暁美が男の手から逃れるや、男はその場に崩れ落ち、動かなくなった——。

刑法第三六条の①には、

《急迫不正の侵害に対して、自己又は他人の権利を防衛するため、やむを得ずにした行為は、罰しない》

とある。

これが正当防衛である。

佳美たちは、〈自分をナイフで脅して強姦しようとしていた犯人を結果として殺してしまった原暁美に殺意はなく（つまり事件は殺人ではなく傷害致死であり）、暁美の行為はこの正当防衛の条件を満たしている、と考えた。だから、当然「無罪」の判決を求めた。

ところが、裁判官たちは暁美の行動に殺意の存在を認めたうえで、

――被告人には、被害者が脳震盪を起こして倒れている間に逃げ出して助けを呼ぶことが不可能ではなかった。それにもかかわらず、地面からナイフを抜いて被害者を刺したのは急迫不正の侵害に対してやむを得ずした行為とは認められず、防衛の程度を超えた行為と断ぜざるをえない。

と、結論したのだった。

初めに「被告人を懲役一年六月に処する」という主文が告げられたときはもとより、

次いで判決理由が読み上げられたときも、傍聴席のあちこちから怒号が上がった。

弁護人席にいた佳美も、怒りで頭に血が昇るのを感じた。

判決文は、被告人は「被害者が倒れている間に逃げ出して助けを呼ぶことが不可能ではなかった」というが、では、追いかけてきた男に捕まった可能性とその結果について、判事たちはどう考えたのだろうか。殺されてもやむをえない、とでも言うつもりなのだろうか。

もちろん、判決文にはそうは書かれていない。が、判事たちは、成功する確率が極めて低い命を賭した選択を原暁美がしなかったからといって、本来は被害者であるべき彼女を殺人の罪で罰したのだ。それも、不当な収監をさらにつづけさせる執行猶予なしの判決によって――。

佳美は弁護士になって九年と数カ月になる。この間、多くの刑事、民事の訴訟に関わってきた。国選以外はみな依頼があったものだが、本件の場合は違う。自分から望んで、しかも無償で弁護団の一員に加えてもらった。

強姦しようと襲いかかってきた犯人を自分の身を護るためにたまたま殺してしまったからといって、被害者の女性が殺人の罪に問われるなんて絶対に許せない、そう思ったのである。

強姦——。

佳美にとって、それは多くの犯罪の中で特別の意味を持っていた。二十年前、姉の礼子が強姦され、自殺していたからだ。強姦事件の報道に接するたび、佳美はその犯人に、名前も顔も知らない姉を襲った犯人を重ね、激しく憎悪した。同時に、深く傷ついた姉に対して取った自分の身勝手な態度を思い起こし、後悔と罪の意識に苛まれた。

今更何をしたところで姉は生き返らないし、自分を免罪できないのはわかっている。とはいえ、原暁美の事件を聞いたとき、佳美はじっとしていられなかった。

佳美はまた時計を見た。

原暁美の父親の話が終わったら集会を抜け出し、タクシーで東京駅へ駆けつけようと思っているのだが、父親はまだ話しつづけていた。怒りと悔しさからか、あるいは法廷から拘置所に戻された娘に対するいとおしさが胸に込み上げてくるのか、時々言葉を途切らせながら。

今朝水戸から上京したという木訥な感じの父親はまだ五十を一つ二つ越したばかりのはずである。が、頰がこけて髪が真っ白になり、去年、佳美が初めて会ったときより十以上も年取ってしまったように見えた。

四時二分前になった。

もうぎりぎりだろう。

もし四時三十二分発の上越新幹線「Ｍａｘとき」に乗り遅れれば、次は五時十二分発の列車までない。それでは、燕三条（つばめさんじょう）着が七時九分になり、駅からタクシーで病院まで飛ばしても、母の病室に着くのは七時半を過ぎてしまう。

面会時間は八時までだから、それでも間に合わないわけではない。が、母の顔を見て、すぐに病室を出なければならないだろう。

新潟県三条市の特別養護老人ホームに入っている母の富子が誤嚥（ごえん）から肺炎を起こして市内の病院に入院した、という連絡が入ったのは、今朝、佳美が中野のマンションを出る直前である。特に危険な徴候は見られないが、入院のための事務的な手続きもあるので一度来てほしい、というのだった。

燕市で長年、金属洋食器の研磨の仕事をしてきた父の潤治が四年前に死んだので、現在、富子の肉親は佳美だけ。そのため、富子に何かあれば佳美に連絡がくるのだ。

ホームの職員と話した後、佳美はすぐにも駆けつけたかった。が、一方で、今日の公判だけはどうしても出たいと思い、結局、迷った末、危険な状態でないのなら……

と、判決の言い渡しを聞いてから行くことに決めたのである。

佳美はもう一度時計を見て、そっと後ろへ下がった。

人群れから抜け出すと玄関へ急ぎ、ガラスのドアの外へ走り出た。

2

白井弘昭は、応接セットのソファから腰を上げ、窓際の執務机まで行って、ピンクのリボンが掛かっている四角い包みを取ってきた。

「はい」

清香のほうへ差し出すと、清香がソファからちょこんと立ち上がってそれを受け取り、

「伯父ちゃん、ありがとう」

と、嬉しそうに両手で抱きしめた。

小学校四年生として小さいほうかもしれないと思うが、子供のいない白井にははっきりしたことはわからない。

彼が清香にプレゼントした包みの中身は、午前中、秘書の宝井蕗子に紀伊國屋書店

まで買いに行かせた三冊の本である。三冊ともイギリスの著名な児童文学者だというロバート・ウェストールの作品で、十年ほど前に出版されたものだった。

一週間ほど前、白井が電話で今度の誕生祝いは何がほしいかと清香に聞くと、清香はウェストールの著作を三作挙げ、そのうちのどれでもよいと答えた。日本語に翻訳されている他のウェストール作品は読んだが、その三作だけ未読なのだという。

白井は、そのとき初めてロバート・ウェストールという名を聞き、清香の本好きはどうやら父親の血筋らしいな、と思った。白井にしても、清香の母親である妹の珠季(たまき)にしても、子供のころ、漫画本を除いてほとんど本など読まなかったからだ。

「本当にこんなものでよかったのかい？」

白井が言うと、清香が「うん」とうなずいた。一冊のつもりだったのに三冊ももらい、本当に喜んでいるようだ。

白井は、たった一人の姪(めい)である清香が我が子のように可愛い。だから、清香が欲しいと言えばどんなに高価なものだってプレゼントするつもりでいたのだが、清香は拍子抜けするぐらい欲がなかった。

今日九月二十二日は清香の十回目の誕生日である。これから父親の針生田(はりゅうだ)耕介と新宿駅の東口で待ち合わせ、親子三人で夕食を摂(と)る約束になっているのだという。珠季と清香はその前に新宿御苑前にある白井の会社——彼のいる九階の社長室——に立ち寄ったのだった。

「清香は、お母さんと違ってちっとも欲がないんだな」

白井は、清香の横に座っている珠季にちらっと視線をやり、電話で話したときに言った言葉を繰り返した。

と、突然自分を引き合いに出された珠季がエッというような顔をし、

「何よ、お兄ちゃん。それじゃ、私は欲張りみたいじゃない」

ちょっと口を尖らせて抗議した。

珠季は白井より六歳下だから、三十七のはずである。が、そんな顔をすると、「お兄ちゃん、お兄ちゃん」といつも彼の後ばかり追っていた小学生のころの妹を彷彿させた。

「そうじゃないと言えるのか?」

白井は笑いながらからかった。

「私は普通よ、普通だわ。清香のほうが少し変わっているのよ」

珠季がムキになって否定した。

「ま、そうかもな」

白井は逆らわず、二人の前に腰を下ろした。

清香もソファに身体を沈め、

「開けてみていーい？」

と、母親に聞いた。

「開けたら、持ちづらくなるでしょ。夜、家へ帰ってからにしなさい」

清香が残念そうな顔をした。

白井はその顔を見て、

「いいよ、いいよ。開けてみな」

と、口を添えた。「持ちづらかったら、伯父さんが紙袋をあげるから」

お墨付きを得て、清香が膝の上に載せた包みのリボンを外し、紐を解き始めた。

白井は、その小さな可愛い身体を見やりながら、この子もいつかは母親のように肥るのだろうか、とふと思った。

珠季は最近とみに、亡くなった母親・瑞江の体付きに似てきた。しばらく前まではまあ標準といった体形だったのに、いまでは胴回りが優に一メートル以上はあるようだ。

珠季が肥ったのはもちろん遺伝のせいだけではないだろう。これといった大きな不安もなく、安定した生活がつづいているからにちがいない。陽華女子大学教授の夫は国際社会福祉学者の先駆けとして脚光を浴びつつあったし、エスカレーター式に大学まで進める名門小学校に通う一人娘の清香も何ひとつ問題を起こさず、元気に育っているようだったし……。

考えてみると、母の瑞江が肥り始めたのも、父・昭一郎が始めた郊外型ファミリーレストラン・ホワイトスワローの経営が軌道に乗り出した一九八〇年代になってからである。つまり、生活が安定して、店を手伝わなくてもいいようになってからだった。

白井と珠季の両親はかつて、新潟県燕市でスプーン、フォーク、ナイフなどのステンレス製洋食器を造る白井製作所という会社を経営していた。会社といっても、自宅の庭つづきに安普請の仕事場を一棟持っているだけの町工場である。燕と言えば金属製洋食器の町として教科書にも載っているほどで、白井製作所の周辺にはそれに関連した仕事に就いている家がひしめいていた。スプーンやフォークは鍛造・圧延、型抜き、型押しといった工程を経た後、研磨機で磨き上げられて製品になる。そのため、研磨だけを専門に行なう工場や個人も少なくなく、白井の幼馴染みであり恋人でもあった香月礼子の家・香月研磨工業もそうした一つだった。

白井一家の転機は、一九七一年（昭和四六）のニクソン・ショック――アメリカが貿易収支悪化防衛対策として打ち出した新経済政策、いわゆるドルショック――と、その二年後に起きた第一次オイルショックによって、もたらされた。燕市の多くの同業者、関連業者と同様に倒産の危機に見舞われたのである。

そのとき昭一郎は、あくまでも洋食器産業にしがみつき、国や県の施策に活路を見出そうと踏ん張っていた同業者からは「変わり者」「馬鹿者」呼ばわりされながらも、思い切って自宅と工場を売り払い、外食産業に転身した。隣市・三条市の国道八号線沿いにホワイトスワロー一号店――店名は白井の「白」と燕市の「燕」から取られた――を開いたのである。一九七四年の秋、白井がいまの清香より一つ上の小学校五年のときだった。

親戚や知り合いは、街から離れたそんなところにレストランを開いても客など来るものか、と嘲笑っていたようだ。実際、初めは散々な営業成績で、夜逃げするか一家心中でもしなければ……というところまで何度も追いつめられたらしい。が、やがて、どこの家にも車があるという時代の到来とともに店は繁盛し出し、一九八〇年代の後半、かつての同業者たちが深刻な円高不況に苦しんでいたとき、ホワイトスワローは新潟県内に九軒の店舗を持つに至っていた。

白井製作所時代はもとより、レストランの経営に移ってからも、初めのうちは瑞江も朝から夜遅くまで独楽鼠のように働いた。厨房で調理を手伝い、レジやウェートレスの仕事もした。そのころの瑞江の体形について、白井にははっきりとした記憶はない。が、肥満体でなかったのだけは確かである。つまり、母の腹や腰に厚い肉が付き始めたのは、ホワイトスワローの経営が軌道に乗って、母がいわゆる普通の主婦のように家にいるようになってからだった。

「おまえ、死んだお袋にますます似てきたな」

白井は珠季の顔に視線を止めて言った。

「それ、どういう意味よ?」

珠季が険しい声を出し、白井を睨んだ。

彼が何を言わんとしたのか、わかったようだ。

白井はそう思ったが、

「ほら、お袋もよく鼻の頭に汗の粒を浮かべていただろう、暑くもないのに」

と、誤魔化した。

「えっ、私、汗なんか、かいてる?」

珠季が意外そうな顔で反応し、バッグからハンカチを出して鼻に押しつけた。

その横では、清香が三冊の本の一冊『クリスマスの猫』を膝の上に開き、読み始めていた。母と伯父のやり取りなど全然耳に入っていないかのような顔つきだった。

「最近、どんどん肥っちゃって、嫌になっちゃう」

珠季が白井に顔を戻し、本音を漏らした。

「動かないからじゃないのか」

「そんなことないわ」

珠季が抗議するように言い返した。「週に三回はジムへ通ってエアロバイクを漕いだりアクアウォーキングをしているんだから。夏、カナダへ行ったときだって、ホテルのプールで泳いだり歩いたりしてスケジュールどおりに運動したのよ」

それは事実だろう。

珠季は、良く言えばきちんとしているが、悪く言えば頭が硬くて融通の利かない性格で、子供のころから自分でこうと決めたことは、白井が馬鹿かと思うぐらいよく守った。

そうした性格に通じていると思われるが、珠季は何かを一途に思い込み、思い詰める傾向も強かった。そのため、中学一年のとき、白井が想像もしなかったような事件を起こした。クラスで一番仲の良かった友達に、白井の部屋から持ち出したサバイバルナイフで切りつけたのである。幸い、相手の少女は手に軽い怪我をしただけで済んだが、既のことで大事件になるところだった。珠季がなぜそんなことをしたのかというと、少女が別の友達と仲良くなって自分に冷たくなったと思い（事件の後で少女はそんなことはないと言ったらしい）、相手を殺して自分も死のうとしたのだという。

　珠季と少女の関係が実際にどうだったにせよ、自分の妹がそんな大それた行為に及んだという事実に白井は仰天した。いくら思い詰める性格だからといっても、信じられない思いだった。父と母が相手の少女と両親に平身低頭して詫び、事件は表沙汰にならないで済んだが……。

「じゃ、食い過ぎだな。クリームや砂糖をたっぷりつかったケーキみたいなものばかり食っているんだろう」

　白井は言った。

「ケーキなんか、そんなに食べていないわよ。それに、ご飯のときだって、主人と清香にはステーキを焼いてやっても、私は脂身じゃないところをほんの少ししか食べないようにしているんだから」

「食べないと言ったって、肥るのは消費するカロリーより摂取したカロリーのほうが多いということだからな」

珠季が不満げな顔をした。

「ま、とにかく、おまえは苦労がなさ過ぎるんだよ。針生田さんの仕事は順風満帆のようだし、清香は良い子だし」

「苦労がないと肥るの？」

「おまえは小さかったので覚えていないかもしれないが、お袋だって働いているときには肥っていなかった」

「それじゃ、どうすればいいの？　お金で苦労を買うわけにはいかないでしょう」

白井はちょっと肩を竦めて見せた。勝手にしろ、と言いたかった。

珠季が子供のころ、困ったことがあると、たいがい両親か白井が助けてやった。結婚してからは、八つ歳上の針生田が両親と兄の代わりを務めてきた。だから、珠季には、自分だけの力で困難を乗り越えたといった経験がほとんどないのだった。

白井とて、父親が興したホワイトスワローの経営を引き継いだだけなので、それほど苦労したとは言えないかもしれない。六年前に昭一郎が死んだ後も、しばらくは父の部下であり盟友でもあった専務の塚越紀男に頼ってきたのだから。とはいえ、ここ二、三年は名実ともに白井が経営の中心にいたし、だいたい社長の椅子というのは、ただ座っているだけでも結構神経を磨り減らすものなのである。現在、ホワイトスワローの資本金は四十億円、店舗は八百三十六軒。とにもかくにも、社長である白井の肩には、正社員千八百二十三人、準正社員（パート社員）一万五千百余人とその家族の生活が掛かっていた。

「話は違うけど、お義姉さんはいまお家にいるの？」

と、珠季が聞いた。

「いや、旭川へ行っている」

と、白井は答えた。

「お義姉さんの留守のときが多くて、お兄ちゃんも大変ね」

「そうでもない。気楽でいい」

半分は強がりだが、半分は本音だった。

白井の妻の千恵は、バイオリニストとしてある楽団に属していた。一般にはほとんど知られていない小さな楽団だが、各地の文化団体や学校などに招ばれ、年の三分の一近くは東京を離れている。白井はそれを承知で、千恵と結婚したのだった。

「お義姉さんがいないんなら、今晩、お兄ちゃんも一緒にどーお？」

「いや、親子水入らずのところに悪いから遠慮しておくよ」

「遠慮なんかしなくたっていいのに」

「おまえはよくても、針生田さんはそうはいかない」

「主人だって気にしないわよ」

「ま、とにかく今夜はやめとく。ちょっと仕事も残っているし」

正直言うと、白井は自分より二つ歳上の義弟が苦手だった。針生田は東大を出てアメリカへ留学した秀才なのに、こちらは三流私大を五年かかってやっと卒業した、いわば落ちこぼれ。話が合わないのだ。

「じゃ、そろそろ行くわ」

珠季が時計を見て言った。

「そうか」

「清香、帰る用意をして」

清香は母親の言葉を無視して本を読みつづけている。

「清香、読むのをやめなさい」

「もうちょっとだけ……」

「遅れたら、お父さんが心配するでしょう」

清香が渋々といった様子で本を閉じた。

「よし、それじゃ、紙袋をあげよう」

白井は言って執務机の前へ行き、インターホンで宝井蕗子を呼び出し、本を入れる手提げ袋を持ってくるように言いつけた。

3

久保寺茜（あかね）は、ウェラチャート・ヤンにつづいてマクドナルドを出た。先に自動ドアを出ていた桧山満枝（ひやまみつえ）が足を止め、茜たちのほうへ身体を回した。

「ごちそうさまでした」

茜が満枝に頭を下げると、ヤンもそれにならった。

「今日は二人ともご苦労さま。それじゃ、また明後日ね」

茜たちは、ＪＲ山手線の目白駅の西側、目白通りの歩道に立っていた。今日は九月三十日。土曜日だが、十一月の十一、十二日に開かれる学園祭の準備のため、大学へ行ってきたのである。

満枝の住んでいるマンションはここから西へ十分ほど歩いた下落合なので、陸橋を渡って駅の東側へ戻る茜とヤンとは左と右に別れる。

満枝の実家は成城だった。だから、目白の陽華女子大学まで通学したところで一時間とかからない。が、親ひとり子ひとりの母親との関係がうまくいっていないらしく、五年前の春、大学へ入学したのを機に家を出た。

「お父さんの心配がなくなったら、今度ヤンさんもうちに来て」

満枝がヤンに微笑みかけると、

「はい、ぜひお邪魔させていただきます」

ヤンが綺麗な日本語で応えた。

ヤンの父親の心配というのは、今月十九日に彼女の母国・タイで起きた軍事クーデターに関してのものである。

タイのクーデターは、タクシン・チナワット前首相が国連総会に出席するためにニューヨークへ行っている間に起きた。死者も怪我人もない無血クーデターだったが、十日以上経っても戒厳令は解除されず、タクシン前首相の遠い親戚で政府の高官だったヤンの父親は、汚職に関与した疑いをかけられ、軟禁状態にあるのだという。

ヤンによると、バンコクにいる母親とは電話連絡が取れており、父親の生命に危険はないらしい。とはいえ、今後の成り行きによっては財産等が没収されるおそれがあり、もしそうなったらヤンも留学がつづけられなくなるかもしれない、という話だった。

茜とヤンは、満枝の後ろ姿をちょっと見送ってから身体を回し、歩き出した。

時刻は午後四時を回ったところである。雨が降り出す気配はないものの、さっきまで薄日が漏れていた空は完全に雲に覆われていた。

これから、ヤンは彼女の住まいである目白台の女子留学生会館まで帰り、茜は途中でヤンと別れて都電の荒川線に乗り、北区滝野川の家まで帰る。

「久保寺さんは、桧山さんのお部屋へ行ったことがあるんですか？」

山手線と埼京線の線路を跨いでいる陸橋を渡りながら、ヤンが話しかけてきた。

彼女は、漆黒の髪を肩まで垂らした、目のくりくりしたチャーミングな女性である。歳は二十六で、タイの名門・タマサート大学を卒業してから陽華女子大の大学院へ留学したため、学部三年生の茜はもとより修士課程二年生の満枝よりも歳上だった。が、小柄なうえに丸顔の童顔なので、二十歳ぐらいにしか見えない。タイのエリートなのだろう、品が良く、日本贔屓の父親に勧められて高校時代から日本人の家庭教師について勉強したとかで、茜たち日本の若者よりある意味では正確な日本語を話す。

「あります。先月もお掃除のお手伝いに行ってきました」

と、茜は答えた。

茜を満枝の腰巾着のように言う者もいるが、茜は気にしなかった。茜にとって、満枝は少しでも近づけたら……と思っている憧れの先輩だったから。

茜が満枝に出会ったのは二年前の春である。当時学部の四年生だった満枝が、茜たち新入生を前にフェミニズム研究会の部長として入部ガイダンスを行なったときだ。フェミ研の番がきて満枝が登壇すると、ひときわ美しく華やかな彼女の容姿に、茜はまず息を呑んだ。しかも、歯切れのよい理路整然とした話しぶり……。

――大学には、こんなに素敵で頭の良い人がいるのか……！

と、茜は文字どおり痺れた。

それから数日して茜はフェミ研の部屋を訪ねて満枝と一対一で話し、入部を決めた。以来、茜はずっと満枝を敬愛していた。

現在、フェミニズム研究会の部長は茜である。といっても、それは名ばかりで、会の主柱は依然として満枝だった。

「桧山さんが自分で買われたマンションだとか……？」

ヤンがさらに聞いた。

「そう」

「お部屋は広いんですか？」

「二ＬＤＫだから……あ、二ＬＤＫってわかりますか？」

「わかります」

「メートル法で言うと、七十平方メートルぐらいかな」

茜は、弟の部屋と隣り合った実家の六畳にずっと暮らしていた。だから、去年の五月の連休に初めて満枝の部屋を訪ねたとき、何とも羨ましく感じた。

「桧山さん、お金持ちなんですね」

「貿易会社を経営していたお父さんが亡くなったとき、桧山さん名義の預金を遺してくださったんですって」

預金と一口に言っても、マンションをぽんと買えるぐらいだから、茜の口座に入っている金額とは三、四桁違っていたにちがいない。

といって、茜が満枝を羨ましく感じているのは単に自分のマンションや金を持っているからではない。下町に生まれ育ち、男女共学の猥雑な都立高校で三年間を過ごした茜の周りにはない雰囲気を、満枝がまとっているからだった。理知的な山手のお嬢さん、とでも言ったらいいような……。因みに、陽華女子大は名門女子大の一つに数えられている大学で、茜がストレートで合格したときは、担任教師にまで「奇跡だ」とひやかされた。

「そうですか……」

ヤンがちょっと何かを考えるような顔をした。自分が置かれている複雑で不安な状況に思いを馳せたのかもしれない。

茜たちは、学習院大学の高いフェンス——石垣の上に盛り土をし、さらにその上に生垣が築かれている——に沿った煉瓦敷きの歩道を歩いて行った。

目白にある大学、学校と言えば学習院が有名だが、この界隈には他にも大学、学校が多い。目白通りを挟んだ学習院の反対側（通りの北側）には川村学園女子大学と茜たちの在籍する陽華女子大学が、少し離れた鬼子母神の近くには東京音楽大学が、目白通りに沿って一キロほど東へ行ったところには日本女子大学がある。それらの大学の近くには附属の小・中学校、高校があり、目白小学校のような公立の学校もあった。

そのため、平日の午後四時過ぎともなれば、駅へ向かう歩道は男女の学生、生徒たちでいっぱいになる。

だが、今日は土曜日のため、行き来する人が少なく、気が抜けたようだった。

茜たちは今日、朝十時に大学構内の部室に集まり、学園祭で行なう《講演と討論の集い》のポスターを作った。その後、三人で駅の反対側のマクドナルドへ行き、「お茶」をしたのである。

陽華女子大のフェミニズム研究会は、現在、部員が七人しかいない（留学生のヤンは事情があって会に出入りしているが部員ではなかった)。それも、満枝や伊佐山早苗ら四人は大学院生なので、学部の学生は茜を含めてわずか三人。一九八四年の創部のときには学部の学生だけで三十人近く集まり、満枝が入学した五年前でもまだ十二、三人いた、という話なのに……。今後もこうした状態がつづけば、来年度中にも廃部に追い込まれ、部屋を取り上げられるおそれがあった。そのため、茜たちは、今度の学園祭にクラブの命運を賭ける思いで《講演と討論の集い》の準備を進めていたのだった。

講演は、現在日本で最も著名なフェミニストの一人である東央大学教授の上山千重子が引き受けてくれた。面識のある満枝が何度も東央大まで足を運び、頼んだ成果である。演題は「今こそ新しいフェミニズムの波を!」。フェミニズムは没落したとか衰退したとか、果たすべき役割はすでに終わったとか、いろいろ言われて久しいが、上山千重子は、「フェミニズムは時代とともに変容はしたが、けっして衰退はしていないし役割を終わってもいない」と主張しているのだった。

満枝もことあるごとに同様の考えを口にしたし、茜も彼女に共鳴している。が、茜がクラスの友人や高校時代の女友達に声をかけ、「上山さんの講演を聴きに来て」と誘っても、

――いまどき、フェミニズムなんて、時代遅れもいいとこじゃない。いい加減、茜も目を覚ましなさいよ。

とか、

――えっ、上山千重子ってまだ生きていたっけ？　でも、だめ。私、あの人、大嫌いだから。

とかいった反応がほとんど。中には、

――フェミニズムって何だっけ？

と言う者もいた。

〈フェミニズムとは何か？〉という問いは、正確に答えようとすれば非常に難しい。誰かが言っていたように、フェミニズムは一人一派で、自称、他称を問わず百人のフェミニストがいれば百の考え方があるからだ。

が、広辞苑にも載っているとおり、

《女性の社会的・政治的・法律的・性的な自己決定権を主張し、男性支配的な文明と社会を批判し組み替えようとする思想・運動》

であることは間違いない。

それが、過激で偏狭な考えを声高に、しかも断定的に主張する者がいた（いる）ため、少なからぬ人たちの反発を招き、誤解されたり嫌われたりした。

その点は、フェミニストの側にも責任があり、反省しなければならないだろう。

とはいえ、まだまだ様々なところに男女差別が強く存在しているのだから、〝女性解放思想・運動〟とも言うべきフェミニズムの役割は終わっていないし、時代遅れにもなっていない。茜はそう思う。

茜たちは学習院のフェンスから離れ、千登世橋の陸橋に近づいた。

鬼子母神前で都電に乗るには、陸橋の手前の信号で目白通りを渡ったほうが早い。

が、ヤンが、彼女の受けているセクハラへの対応について、〈もうしばらく我慢してみようと思うが、茜の考えはどうか?〉と聞いてきたので、茜は次の信号まで付き合うことにした。

ヤンは、茜が満枝や伊佐山早苗ほどには原則的でないのを知っていて、その話題を持ち出したのかもしれない。

茜はそう思ったので、

「ヤンさんがそう判断したんなら、私はそれでいいと思いますけど」

と、答えた。

「ありがとう」

ヤンが少しほっとしたような顔を茜に向けた。

「ただ、ヤンさんが我慢して黙っていれば、桧山さんたちの言われるように、相手はいい気になってますます行動をエスカレートさせるかもしれません」

ヤンが表情を曇らせた。

「だから、私は、相手が腕や肩に触れたら、そういうことは嫌なのでやめてください、ととにかく拒否の意思をはっきりと示すべきだと思うんです」

ヤンは困ったような顔をして黙っている。

「難しいですか？」

「はい」

「そうなると、これ以上嫌な目に遭わないようにするには、桧山さんたちの言われるようにするしかないかな、とも……」

ヤンが「ええ……」と曖昧にうなずいた。

ウェラチャート・ヤンが初めてフェミニズム研究会の部屋へ来たのは夏休み前である。ある教授に身体に触られたり夜二人だけで食事や酒を飲みに行こうと誘われたりして困っている、と大学院の同じ研究科の友人に漏らしたのが始まりだった。ヤンは教授の氏名は明かさなかったが、伊佐山早苗がその話を耳にし、そういうことなら会として力になれるかもしれないと言って連れてきたのだ。

ヤンの話を聞いて、フェミニズム研究会として出した結論は、

――ヤンから教授の氏名を聞き出し、会として抗議する。同時に、ヤンに対する謝罪を求め、今後一切セクハラをしないように申し入れる。教授がそれを受け入れなければ、事を公にして裁判に訴えるようにヤンに勧める。ヤンが告訴した場合は会として全力で彼女を支援する。

というものだった。

茜は、教授を糾弾するよりもヤンが今後も支障なく研究をつづけられることが第一なのではないか、という意見を述べた。が、具体的な方策を提示できず、結局、

――教授と学生という教育上の支配・従属関係を利用し、留学生に対して卑劣な行為を繰り返すなど、言語道断で絶対に許せない。こういう人間には断固とした対応措置を取るべきだ。

という満枝や早苗の意見に賛成したのである。

それはともかく、二学期が始まって半月以上経っても、ヤンは教授の氏名を明らかにしなかった。どうするか、もうしばらく考えさせてほしい、と言っていた。

問題の教授が誰か、茜たちには想像がついている。ヤンの指導教官である針生田耕

介であることはほぼ間違いない。

といって、ヤンの口からはっきりと名前を聞き、さらに彼女の支援要請を受けないかぎり、会としては動きようがなかった。

この間、茜は、事を荒立てないで問題を解決する方法がないだろうか、と考えてきた。しかし、いまヤンに意見を求められて答えたように、そうした巧い方法は思いつかないのだった。

茜たちは黙って並んで歩いた。

ヤンは、「もうしばらく我慢してみようと思う」とは言ったものの、茜と話し、また迷い出したようだ。

何も対応措置を取らなかった場合、相手が付け上がって行動をエスカレートさせる可能性が高いからにちがいない。

茜もそれを最も恐れていた。単なるセクハラでは済まなくなる危険があった。そうなってからでは遅い……。

結局、二人とも口を開かずに二つの信号を通り越し、護国寺方面へ通じている不忍通りとの分岐に近づいた。

ヤンが茜のほうへ顔を上げ、

「遠回りさせてしまって、ごめんなさい。ここから帰ってください」

と、言った。

「もう少し行ってもいいですよ」

「いいえ、ここでいいです」

「お役に立てなくて……」

「そんなことありません。久保寺さんと話して、もう一度よく考えてみようと思いましたから」

「私ももう一度考えてみます」

「お願いします」

茜はヤンに軽く頭を下げ、ちょうど信号が青になった横断歩道へ歩み出した。

このあたりが豊島区雑司ヶ谷と文京区目白台の境のはずである。

茜は横断歩道を渡り終えたところで、まだ立って見送っているヤンに手を振り、細い道へ入った。

そこを道なりに左へ行くと、都電の鬼子母神前駅に近道なのだ。

――本当に、何か巧い方法はないだろうか？

茜はそう思いながら、両側にぎっしりと戸建ての家やマンションが建ち並んだ、幅三メートル足らずの狭い道を歩いて行った。

緩いカーブを過ぎると、右手前方に雑司ヶ谷公園の入口が見えてきた。砂場やブランコなどのある児童遊園である。公園の奥は道を一本隔てて小学校だったのだが、現在は廃校になり、校舎と校庭と桜の木だけが以前のままに残っていた。

茜が公園の三、四十メートル手前まで来たとき、中から夫婦らしい男女と三、四歳の女の子が現われた。

初めは髭面（ひげづら）の男性だけが女の子の手を握っていたが、道へ出てくると女の子が「お母さんも」とせがんだ様子だ。三人並んで手をつなぎ、茜のほうへ歩いてきた。

女の子は両足を地面から上げて両親の腕にぶら下がっては、きゃっきゃっと嬉しそうな声を上げた。

そのたびに女性が、「××ちゃん、自分の足で歩きなさい」と注意するが、その顔も、また黙ってにこにこと笑っている髭面も、幸せそのものだった。

男性は四十近いと思われるが、顔も体付きもほっそりとした女性のほうは茜とあまり違わない感じである。歳の離れた夫婦のようだ。

と思ったとき、茜はその女性を見たことがあるような気がした。それも単に街で見かけたというのではなく、どこかで会ったような……。

——どこで会ったのだろうか。

あまりじろじろ見たのでは悪いので、茜はちらちらと女性の顔に視線をやりながら考えた。

女性のほうは茜に見覚えがないらしい。初めにちらっと視線を向けただけで、あとはまったく注意を向けている様子がない。

三人が近づいたので、茜が道の端に寄ってやると、女性が「すみません」と頭を下げて擦れ違った。

その横顔を見た瞬間、

——あ、そうか！

と、茜は、女性といつどこで会ったのかを思い出した。

去年の学園祭のとき、フェミニズム研究会が主催した《フェミニズムと結婚》という題のシンポジウムに来ていた女性である。

といっても、それだけなら茜は覚えていなかったにちがいない。茜たちの目指した百人には遠く及ばなかったものの、聴衆は延べ四十数人いたのだから。

では、どうして茜の記憶に残っていたのかというと、女性は、シンポジウムが終わった後、一度教室を出て行ってからまた入ってきたからである。

茜たちが後片付けを終え、部室へ引き揚げようとしていたときだ。女性は、シンポジウムの司会を務めた桧山満枝に近づき、「ちょっとお時間をいただけませんか」とでも言ったようだ。「ええ、いいですよ」と応じる満枝の声が聞こえた。

その後茜たちは、満枝と女性を残してすぐに教室を出てしまった。だから、二人がどんな話をしたのかはわからない。ただ、十分ほどして部室へ帰ってきた満枝によると、女性はチューターの一人だった評論家の草薙冴子(くさなぎさえこ)の発言がどうしても気になったからと言い、それについて満枝にいろいろ質(ただ)してきたのだという。

茜は、女性とどこで会ったのかを思い出し、何となくすっきりした。

一家はこの近くに住んでいるようだから、昨年の学園祭のとき、女性は子供を夫にあずけ、シンポジウムに参加したのだろう。

茜はちょっと足を止め、手をつないで歩いて行く三人の後ろ姿を見やった。

――あの若いお母さん、今年も上山千重子の講演を聴きに来てくれればいいんだけど……。

口の中でつぶやき、身体を回して歩き出した。

第2章　疑惑

1

佳美は、墓石の汚れをタワシで擦って水で流した。花立ての底に溜まった雨水を捨てて中を洗い、汲んできたばかりの水を入れた。そこに買ってきた花を生けてから、新聞紙を燃やして線香に火を点けた。

その間、佳美はそばに停めた車椅子の母に絶えず話しかけたが、母の富子は目だけはきょろきょろさせて佳美の動きを追っていたものの、言葉は返してこなかった。

先月（九月）の初旬、富子は肺炎で入院したが、幸い十日ほどで退院した。現在は軽い褥瘡がある以外にはこれといった健康上の問題はないという。それはありがたいことだが、退院直後に佳美が老人ホームを訪ねたときからたった一ヵ月しか経っていないのに、認知症が少し進んだように思われ、ちょっとショックだった。

先月の後半は仕事が忙しくて、姉の命日の二十六日に来られなかった。だから、佳美は、十月に入ると、寒くならないうちに一度母を連れて墓参りに行きたい、とずっと考えてきた。が、富子の体調は毎日違うので、その日の朝、老人ホームへ電話してからでないと決められない。

というわけで、そうこうしているうちに月の半ばを過ぎ、今日（十七日）になってしまったのである。

三条市にある特別養護老人ホーム「澄明園（ちょうめいえん）」から、ここ燕市の香月家の墓まで、車で三十分ほど。その間、佳美はずっと富子の痩（や）せて筋張った手を握り、目を見つめて話しかけてきた。だが、富子の反応と表情はこの前よりさらに鈍く、乏しくなったように感じられた。また、佳美をホームの介護士か看護師と思ってか、「いつもすみませんね」と他人行儀な言い方をしたかと思うと、二度も「礼子」と呼んだ。姉と混同することはこれまでにも時々あったが、わずか三十分ほどの間に二度というのは初めてだった。しかも、佳美が「私は佳美。お姉ちゃんの礼子はずっと前に死んじゃったでしょう。わかる？　私は礼子じゃなくて、妹の佳美よ」と言っても、理解できないらしく、ぽけっとした顔をしていた。

富子はまだ七十三だから、もし認知症にならなかったら、一人暮らしをしていてもおかしくない年齢である。ところが、四十年近く連れ添って一緒に仕事もしてきた夫である佳美の父親が四年前に亡くなると、急に惚け始めた。それでも初めのうちは物忘れがひどくなったという程度で済んでいたのだが、間もなく、外出すると家へ帰れなくなることがしばしば起きた。また、ガスの火の消し忘れも何度かあり、危なくて一人にしておけなくなった。

といって、東京の佳美のマンションへ呼び寄せても、弁護士として忙しく飛び回っている彼女には富子の世話はできない。それに、生まれてから一度も離れたことがない新潟から出るのを富子が嫌がり、一人で大丈夫だと言い張った。

佳美は困り、しばらくはヘルパーを頼んでしのいだが、それもすぐに困難になった。ヘルパーに毎日、二十四時間来てもらうわけにはいかないからだ。結局、富子は自宅を処分して老人保健施設に入り、一年半ほど空きを待って、現在の特別養護老人ホームに入所したのである。

佳美は、火のついた線香の束を二つに分け、一つずつ線香立てに立ててから富子の傍らへ戻った。

風邪をひいてまた肺炎にでもなったら大変なので、ホームを出る前に佳美のお下がりのキルティングコートで身体をくるんできたから、富子はそこから顔と手だけを出して車椅子にすっぽりと収まっていた。

富子は若いころ越後美人と言われたというが、いまも顔は染みが少なく、老人とは思えないほど白くすべやかだった。

その色の白さは姉の礼子には遺伝されたものの、佳美にまでは伝わらなかった。代わりに佳美は、昔忙しく働いていたころの母がそうだったように、痩せ気味なのに滅多に風邪もひかない、という丈夫な身体をもらった。

「それじゃお参りしましょ」

佳美は言い、膝を折って車椅子の横にしゃがんだ。墓石に向かって両手を合わせてみせた。

富子はすぐには何もしなかったが、佳美が両手を合わせた格好をつづけながら、

「お母さん、毎朝、お仏壇の前でこうやって拝んでいたでしょう」

と言うと、長年の習慣を思い出したのか、ゆるゆると両手を顔の前へ持って行き、曲がった指の先どうしを触れ合わせた。

「そうそう、それでいいの。お母さんがお参りしてくれたから、お父さんとお姉ちゃん、きっと喜んでいるわ」

佳美は富子の顔に微笑みかけながら、心の内で、

――お姉ちゃん、命日に来られなくて、ごめんなさい。

と、姉に謝っていた。

二十年前、礼子の命を奪ったのは姉を強姦した二人の犯人であるのは間違いない。が、被害者である姉についてあることないことを興味本位に言いふらした人たちも、姉を自殺に追いやった責めを免れることはできないだろう。

彼らだけではない。佳美も同罪だった。

当時、中学三年生だった佳美は、歳の離れた姉の苦悩を充分に思いやれず、自分の勉強のことばかり考えていた。当然学年でトップだと思っていた一学期の模擬試験の成績が四番と振るわなかったため、姉の事件が起きたころは焦りと悔しさでいつも苛々していた。だから――はっきりした記憶はないのだが――姉に冷たい態度を取り、無神経な言葉、酷い言葉を浴びせたのではないかと思う。どんなことがあっても姉の味方であるべき、たった一人のきょうだいなのに。姉が自殺への踏み切り板を蹴ったのには、もしかしたら妹のそうした態度も一つの役割を果たしていたのかもしれない……。

佳美は、姉が死んだ日のことを鮮明に覚えている。

朝、佳美が顔を洗っているとき、通勤の支度を調えた姉が「じゃ、行ってくるから」と言いに来た。いつもはそんなことがないのに……。が、佳美は変だと思うよりも、何よわざわざ、とむしろ煩わしく感じ、「うん」と無愛想に応えた。

今更どんなに悔やんでも悔やみきれないが、それが、姉の生きている姿を見、姉の声を聞いた最後だった。

佳美が礼子の死を知らされたのは、その日、二時間目の英語の授業が始まって三十分ほどしたときである。

担任の男性教師に廊下へ呼び出され、いまお父さんからお姉さんが亡くなったという電話があったのですぐに家へ帰るように、と告げられたのだ。

佳美にとって、文字どおりそれは天と地がひっくり返るような知らせだった。聞いた瞬間、すーっと目の前が暗くなり、教師が腕を取って支えてくれなかったらその場に倒れていたにちがいない。

教師は、姉が死んだ事情については何も触れなかった。父が話さなかったのだろう。

だが、最初の衝撃が薄れると、

――お姉ちゃんは自殺したのではないか。

と、佳美は思った。

二カ月前までの佳美なら、姉が突然死んだと聞けば、交通事故に遭った可能性をまず頭に浮かべていたと思われる。そして、もし交通事故でなかったら別の何らかの事故か事件に巻き込まれたのではないか、と考えただろう。

だが、七月の末、姉の身に強姦という災難が降りかかっていたために、佳美は真っ先に〝自殺〟を想像し、同時に、今朝姉が洗面所に顔を見せたのは佳美に最後の別れを言いにきたのではないか、と思った。

姉の死についての佳美の想像が正しかったことは、自宅へ帰るとはっきりした。

父と母は警察からの連絡を受けて、新潟市へ向かった後だったが、留守番をしていた近所の人が「信濃川に飛び込んだらしい」と教えてくれたのだ。

姉はその日、いつもどおり燕駅を七時数分過ぎに出る国鉄弥彦線――国鉄がJRに分割・改組される前だった――の電車に乗り、東三条駅で信越本線の電車に乗り換えて新潟まで行ったようだ。が、駅から勤め先の信用金庫へは向かわず、二キロ余り離れたY橋まで（たぶん歩いて）行き、しばらく橋の上を行ったり来たりしていたが、やがて欄干を乗り越えて川に身を投げたらしい。

欄干を乗り越えようとしている姉の姿を車の中から見た者がいたので、すぐに警察に連絡が取られ、救助のためのボートが出された。とはいっても、現場は河口に近く、川幅も水深もあるため、流れに呑み込まれた姉はすぐには見つからなかった。三十分ほどして、五百メートルほど下流を航行中の小型貨物船に引き上げられたときはすでに死亡しており、蘇生処置が施されたものの効を成さなかったのだという。

身元は、橋の上に遺されたバッグに入っていた信用金庫の身分証明書から判明したらしい。

そう聞いても、佳美は、まだ人違いの可能性がある、と思った。父と母が遺体に対面したら、姉ではなく別人だった、ということだってありうる。そうした可能性がほとんどゼロに近いとわかっていたが、佳美はそれを願い、祈り、奇跡を期待した。

しかし、奇跡は起こらなかった。

その後、佳美は自分を責めた。自分はどうしてもっと優しく姉に接することができなかったのか、と。

しかし、佳美は――当時は自分で意識することはなかったが――エゴイスティックな人間だった。そのため、そうした自責の念も、また姉を失った悲しみも、受験勉強に打ち込むことによって忘れ、乗り越えることができた。

佳美のこうした自分本位な生き方は、中学を卒業して高校に進んでからも、さらには新潟大学の法学部に入学してからもつづいた。大学を卒業した年の秋、司法試験に合格し、司法修習生を経て弁護士になるまで——。

いつまでも手を合わせている富子に優しく言い、佳美は立ち上がった。お参りが済んだのがわかったのだろう、福祉タクシーの運転手が近づいてきた。手桶に水を汲んできてくれた後、少し離れたところで待っていたのだ。

「もういいわよ」

彼が空の手桶やタワシを持ってくれたので、佳美は富子の後ろへ回って車椅子の向きを変え、ゆっくりと押し始めた。

寺は三、四百メートル離れた集落の中にあった。手桶とタワシは、来るときそこに寄って借りてきたのである。

このあたりは、越後平野のかなり南寄りに位置していた。信濃川の流域に広がる水田地帯である。近くに視界を遮るものが何もないので、西に弥彦山の青い山容が麓近くまで望めた。

墓地の周りも、ほとんど穫り入れの済んだ水田だった。姉が死んだころはもっとずっと小さな墓だったのだが、その後、隣接地が造成され、いまは当時の四、五倍の広さになっていた。同時に墓苑内に水道が引かれ、周囲にブロック塀が築かれたので、佳美が子供だったころの面影はない。

タクシーは、門を入ったすぐ内側の駐車場に駐められていた。

車椅子のまま後部から昇降できる特別仕様の車である。

佳美たちは途中、寺に寄って手桶とタワシを返すと、四時前に澄明園へ帰った。

2

その晩八時、佳美は高校時代の友人である桐島那奈と弥彦線の北三条駅に近い本町の中華レストランで会った。朝、新幹線に乗ってから携帯電話で連絡を取ったのである。

那奈は市内の鞄店に嫁いで、すでに中学生と小学生の子供の母親になっていた。だから、その時間にならないと身体が空かなかったのだ。

佳美はこの先しばらくは仕事の予定が詰まっており、来月の二十日過ぎにならないと富子のところへ来られそうにない。そのため、明日の朝、東京へ帰る前にもう一度ホームを訪ねるつもりで燕三条駅前のビジネスホテルに部屋を取った。

母の夕食の介助をした後、駅まで戻ってホテルにチェックインしたのは六時四十分ごろ。シャワーを浴びて、何件かの電話連絡を済ませてからタクシーを呼び、那奈と約束した中華レストランへ出向いたのである。

那奈は血色の良い健康優良児のような顔をしているが、アルコールはまったく飲めない。だから、佳美だけグラスビールを取り、コース料理を食べながらお喋り（しゃべ）りをした。

佳美は中学、高校とガリ勉だった。しかもエゴイスト。そのため、親しい友人はほとんどなく、友達と呼べるのは高校二年、三年と同じクラスだった那奈ぐらいであった。

佳美の成績は常に学年で五番以内。一方、那奈は下から数えたほうが早かった。そのため、初め佳美は那奈を馬鹿にしていたが、那奈は佳美の心の内などまるで気づかなげに佳美に親しみを寄せてきた。佳美が英単語や日本史の年表などを暗記しているそばでいろいろお喋りしたり、佳美が一人で帰ろうとすると、一方的に話しかけながら付いてきた。佳美は（たぶんあからさまに迷惑そうな顔をして）、相手にしなかった。ところが、那奈が別の級友のところへ行ったりして寄ってこないと、何か物足りない気持ちになり出した。こうして、佳美も那奈のお喋りに少しずつ付き合うようになり、いつしか心を許し合える友達になったのである。

那奈の良いところは、偏見がなく、他人の悪口を言わないことである。かつての級友の誰それがどうしたといった話をしても、悪意ある噂話の類はけっして口にしなかった。

那奈は、自分なんかには聞いてもわからないかもしれないが……と言いながらも、佳美の仕事の話を聞きたがった。そして、佳美が頭に引っ掛かっている事件の話などをすると、まったく思いもよらない意見を述べ、佳美の固定観念や常識を打ち破ってくれることも珍しくなかった。

今回は佳美が原暁美の事件の判決について話すと、那奈は「ひどい！」と言って泣き出しそうな顔をし、

「それでどうなるの？」

と、聞いた。

佳美は、暁美が控訴したことを話し、裁判は東京高等裁判所に移るのだという説明をした。

「高等裁判所の裁判官は、原さんという人の正当防衛を認めるかしら？」

「私たちは絶対に認めさせるつもりでいるわ」

佳美は力を込めた。

そのため、弁護団はいま、説得力ある控訴趣意書の作成に腐心しているのだった。

「ちょっと話は違うけど、原さんを強姦しようとした犯人のほうは、死んじゃったら終わり？」

那奈が言ってから、佳美からちょっと視線を逸らした。強姦の連想から礼子のことを思い出したのかもしれない。

「そう」

と、佳美は何も気づかなかったように答えた。「被疑者死亡として、警察から検察に書類が送られて、終わり」

「なんか、ひどいわね」

「そうだけど、死んだ人を裁いたり罰したりするわけにはいかないから」

「でも、やっぱり変。原さんをナイフで脅して強姦しようとした犯人のほうが百倍も千倍も悪いのに……。よく人を殺して自殺してしまう人なんかいるでしょう。その人間がそのままになるなんて、私許せない。事実をはっきりさせて、この人は殺人犯人ですって公表すべきだわ」

「それは無理よ」

「どうして？」

「まずは、裁かれる人が弁明できないというのは不公平だから。高一の国語の教科書に載っていた芥川龍之介の『藪の中』、覚えている？」

「いつの教科書かなんて覚えてないけど、中身ならぼんやりと……」

「あの小説では、殺された人間の亡霊が出てきて自分の主張を述べるわけだけど、亡霊を法廷に連れてくるわけにはいかないでしょう？」

　那奈が首をかしげた。『藪の中』のストーリーなど覚えていないようだ。

が、佳美の言わんとしていることはわかったようなので、話を進めた。

「それともう一つは、いまの件と密接に関連しているんだけど、那奈ちゃんの言った、事実をはっきりさせるっていうことができないから」

「確かに、死んじゃった人間に弁明はできないけど、事実をはっきりさせるのは簡単だと思うけどな」

「そりゃ、大勢の人が見ている前で人を殺し、自殺した、というような場合だったら、何が起きたのかということだけはわかるわ。でも、ほとんどの場合、事実をはっきりさせるのって非常に難しいのよ。例えば、原さんの事件の場合だって、現場の状況と原さんの説明しかなく、死んでしまった犯人の供述、つまり言い分はないわけでしょう。もちろん、原さんについては、現場の状況と原さんの供述を基に裁かれたわけだけど……。でも、死んだ人間をそれだけで裁くわけにはいかないのよ。もしかしたら、死人に口無しなのをいいことに、原さんが嘘をついているかもしれないわけだから」

「ふーん……」

「大勢の人が見ている前で……という例だって、犯行の前に犯人と被害者の間に何があったのか、動機は何か、といった点になるとわからないでしょう」

「そうか、法律って難しいんだ。私の頭じゃ理解するのはとても無理ね」

「そんなことはないけど」

「ただ、法律はどうなっていても、私、やっぱり原さんをナイフで脅して強姦しようとした犯人を許せないわ。納得もできない。原さんの話にたとえ少しぐらい嘘が混じっていたとしても、犯人さえ原さんに襲いかからなかったら、原さんは何もしてなかったはずでしょう？　それなのに、その犯人が被害者になって、原さんのほうが犯人として捕まえられて裁判にかけられ、刑務所に入れられるなんて、どう考えたって変よ。納得できない。ヨッチンはそう思わない？」

「思うわ。心情的には私だって那奈ちゃんと同じ。でも、法律がある以上はどうにもならないのよ。だから、初めに話したように、今度こそ裁判官たちに、原さんのしたことは正当防衛で原さんには何の落ち度もないって認めさせようとしているの」

「そうか……。ヨッチンたち弁護士さんの仕事って大変なんだね。それなのに、何にも知らない鞄屋のおばさんが勝手なこと言って、ごめんね」

「ううん、那奈ちゃんの言うことが正論なんだから、謝る必要なんかないわ」

「ありがとう。私、今夜、ヨッチンと友達じゃなかったら、ヨッチンの話を聞いて、すっごく利口になったような気がする。もしヨッチンと友達じゃなかったら、私、きっと死ぬまで法律だとか裁判だとかっていう話なんかしなかったと思う」

もしそのとおりなら、それはある意味では幸せな人生と言うべきだろう。たとえ自分が望まなくても、訴訟に係わらざるを得なくなる条件はそこらじゅうに転がっているのだから。

「あ、そうそう、ヨッチンに会ったら聞いてみようと思っていたことがあったんだ」

那奈が思い出したように言った。

新しく運ばれてきた牛肉とブロッコリーを炒めた料理を佳美の皿に取り分けてくれた後だった。

佳美は礼を言い、促すように那奈の顔に視線を止めた。

「たいしたことじゃないんだけど、ヨッチンなら東京にいるし、知っているかなと思って」

「なーに？」

「私たちが入学したとき三年にいた白井珠季さん、覚えている？」

　那奈が聞いた。

「うん」

　と、佳美は答えた。

　佳美たちが高校に入学したころ、ファミリーレストラン・ホワイトスワローで食事をするのは田舎ではまだちょっと〝おしゃれ〟な時代だった。だから、その経営者の娘だということで――たぶん珠季が美人だったこともあって――彼女の名と顔は下級生にも知れ渡っていた。

　といっても、佳美が珠季を覚えているのはそのためではない。小さいころ同じ町内に住んでいて、共に洋食器の製造に関わっていた親どうしがかなり親しく、佳美たちも保育園が一緒だったからだ。つまり、歳は二つ違うが幼馴染みなのだ。珠季の一家は佳美が小学校へ入学する前に工場をやめて引っ越してしまったが、それでも同じ燕市内に住んでいたから、買い物に行ったときなど時々顔を合わせ、アイスクリームを舐めながらお喋りをしたりした。

　珠季は、考え方が単純だった。姉さんぶって、「これはこうするのよ」などと佳美に教えようとしたが、子供の頭にも間違いとわかることが多く、佳美は内心珠季を少し馬鹿にしていた。とはいえ、ホワイトスワローの経営が成功して家が金持ちになっても鼻にかけることがなかったので、嫌いではなかった。

「じゃ、針生田耕介っていう大学教授のことは知ってる？」

那奈が質問を継いだ。

それで、彼女が何を聞きたがっているのか、佳美は想像がついた。

「知っているわ。このごろ、新聞や雑誌によく書いているし、テレビでも二度ほど見たことがあるから」

針生田耕介は、元々は現代の奴隷制と児童労働の問題などについて研究してきた社会学者だったらしい。が、現在は、国際社会福祉、世界福祉といった視点からものを書いたり言ったりしているようだ。いずれにしても、彼の目は一貫して無権利状態に置かれている発展途上国の女性や子供といった弱者に注がれており、その論、主張に佳美は共感を覚えている。一カ月ほど前偶然見た東南アジアの国々の貧困問題を取り上げたテレビのドキュメンタリー番組では、コメンテーターとして登場し、タイやフィリピンの少女売春が貧困から生まれたものではあっても、それを成り立たせているのは日本や欧米諸国からそれらの国を訪れる幼女性愛者たちだ、と言い、先進国の買春ツアーを厳しく告発、非難していた。

「私はまだ見たことがないんだけど、じゃ、相当有名なわけ？」

「相当というほどじゃないとは思うけど……」

「ふーん。で、その人の奥さんが珠季さんだって、本当？」

案の定、那奈が聞いた。

佳美はそうだと答えた。

「そうか、やっぱり本当だったのか。この前、相沢さんに会ったときに聞いたんだけど、パートに行っているスーパーで噂しているのを聞いただけだから本当かどうかは自信がないって言っていたの」

相沢香澄は、佳美とは昔もいまも付き合いはないが、やはり高校の同期生だった。

「私、東京にいるヨッチンに聞けば、はっきりすると思っていたんだ」

「東京とは関係ないわ」

「でも、東京では、年に一回は在京者の同窓会をやっているんでしょう？」

「らしいわね。でも、私、一度も出たことがないから」

「じゃ、どうして知ったの？」

「私、珠季さんとは幼馴染みなのよ」

「エーッ、初耳！　そんな話、これまで全然しなかったじゃない」

「那奈に話すほどのことでもなかったから。それに、私が小学校へ上がる前に珠季さんは引っ越しちゃって、その後は特に付き合いがあったわけじゃないし」

「でも、東京で会って、聞いたわけでしょう？」

「そうじゃないわ。東京へ行ってからは一度も会ったことなんてないもの」

「じゃ……？」

「前に、珠季さんのお兄さんから聞いていたから……」

「珠季さんのお兄さんて、ホワイトスワローの社長さんよね？」

「そう、白井弘昭さん。白井弘昭さんは私の死んだ姉と同い年で、中学だけ別だったけど、小学校、高校と一緒だったの。高校は私たちと同じ三条中央高校」

姉の礼子と白井弘昭は、幼馴染みの同窓生というだけではない。佳美にはよくわからなかったが、いちじは恋人同士だったのではないかと思う。

「ヨッチン、ホワイトスワローの社長さんとは会うことがあるわけ？」

「ないわ。でも、燕で姉の法事をやったとき……七回忌のときも十三回忌のときも来てくれたの」

「そのとき、珠季さんはもう結婚していたわけね」

「七回忌のときは十四年前なので、まだだったわ。それに白井さんともあまり話す時間がなかったから、妹が来年結婚してアメリカへ行くことになったって聞いただけ。でも、十三回忌のときは、帰りに白井さんと同じ新幹線に乗り合わせて東京まで一緒だったので、珠季さんの夫である針生田さんについていろいろ伺ったの。それで、ちょっと珍しい苗字だったから覚えていたら、ここ一、二年、新聞や雑誌でよく名前を見かけるようになった、というわけ」

「ふーん。あのころの三条中央高って、凄いわね。私みたいに何の取り柄もない者もいるけど、ホワイトスワローの社長さんはいるし、有名教授の奥さんはいるし、ヨッチンみたいな優秀な弁護士さんはいるし……」

「那奈ちゃんが何の取り柄もないなんて、そんなことないわ。絶対に！」

佳美は語調を強めた。「ご主人とお店をやりながら子供を二人も育てて、那奈ちゃんは立派よ。それに比べたら、私なんかガリ勉して司法試験に受かっただけ。全然優秀な弁護士なんかじゃないし……」

これは半ば佳美の本心である。中学、高校、大学と、佳美は自分は頭の良い優秀な人間だと思っていた。司法試験に受かったときまでそうだったかもしれない。が、司法研修所で出会った修習生の中には、東大などからきた、在学中に司法試験に合格した自分より数倍も頭の良い人たちが大勢いた。佳美の半分の時間もかけずに、明らかに佳美のものより優れている訴状、起訴状、判決文といった文書を起案してしまう人たちが……。といっても、そのときの佳美はまだ、彼らはただの受験秀才にすぎないと自分に言い聞かせ、現実社会に出たら彼らになんかに負けるものか、と何とか自分を励ますことができた。

しかし、二年間の研修――現在は一年六カ月――を終えて弁護士になり、池袋にある法律事務所にいわゆるイソ弁として勤務し始めると、そうした自信は瞬く間に木っ端微塵に砕かれた。自分こそ、人の心や世の中の仕組みを何も知らず、何もできない、ただの受験秀才、それも井の中の蛙の田舎秀才にすぎなかったことを、嫌というほど思い知らされた。

それから六年ほどして、坂上幸喜、藤井元治とともに創共同法律事務所を九段下に開設し、毎日忙しく働いて、何とか可もなく不可もなく実務をこなしてきた。

が、それだけだった。弁護士になって九年半が過ぎたというのに、手帳にびっしりと書き込まれた予定に従って、毎日朝起きてから夜寝るまで、独楽鼠のように忙しく動き回っているだけ。「これだけは私以外の者にはできなかった」と言い切れるような仕事はまだ何もしていなかったし、特に力を入れて取り組んでいる問題、専門分野もなかった。姉礼子に対する贖罪の意味もあって、性暴力の問題には強い関心を持っているし、事件の被害者になった女性のためにできるかぎりのことをしよう、とは考えている。とはいっても、そうした活動にしたところで、現在、原暁美の事件に弁護団の一人として関わっているだけだった。

かつての佳美は、司法試験に合格しただけで自分をたいした人間だと思っていた。だが、いまは、かなり自分を客観的に見ることができるようになった（と思っている）。そのため、他人に誇れるような仕事を何一つしていないのに、「優秀な弁護士」などと言われると、恥ずかしくなるだけでなく、複雑な思いがあるのである。

また、他人のことはどうでもいいが、白井弘昭にしても、珠季にしても、佳美と五十歩百歩だった。白井は自分の力で会社を興して現在のホワイトスワローを作り上げたわけではないし、ましてや、珠季の場合は彼女自身の力で何かをしたり何かになったというわけではない。

「でも、私から見たら、弁護士さんになって東京で活躍しているヨッチンは凄い人なのよ。こうやって一緒に食事ができるだけで光栄に思えるような……」

那奈が反論した。「ヨッチンから見たら馬鹿にしか思えないかもしれないけど、ヨッチンや珠季さんと同じころ私も同じ高校に通っていたんだって思うと、何か自分まで少し偉くなったような、誇らしい気分になるの。自分は何もしていないのに……。

これは、私だけじゃなく、田舎に残っているかなりの人が似たような気持ちだと思うわ」

そういうものか、と佳美は思った。

それなら、敢えて那奈の言うことを否定する必要はない。

佳美は「ふーん」とうなずいた。

その後、佳美たちは、同窓生の誰彼の消息などを話し合った。といっても、佳美はほとんど付き合いがなかったので、彼らがいまどこで何をしていようと関心がなかった。だから、もっぱら那奈が話すのを聞いていただけだったが……。

佳美は、迎えに来た那奈の夫のライトバンでホテルの近くまで送ってもらった。

那奈夫婦が乗った車を見送ってから交差点を渡ってホテルへ向かって歩き出すと、

――ヨッチンはどうして結婚しないの？

という那奈の言葉がよみがえった。

そのとき、佳美は、

――どうしてって、良い人がいないからよ。

と答えたのだが、それは半分は正しく、半分は正しくない。

確かに現在は恋人と呼べるような相手はいない。が、二十代の終わり近く、一度は結婚しようと思ったことがあった。そのとき佳美にプロポーズした相手は同業者で、佳美も彼が好きだったから、イエスの返事をした。ところが、相手を互いの両親に紹介し、いよいよ結婚式の日取りを決めようという段になったとき、佳美は突然、たとえ好きな人とでも毎日同じ家に暮らすなんて自分にはとてもできそうにない、と思った。怖くなったと言ったほうが正確かもしれない。相手は、佳美のそんな気持ちは一時的なものにすぎない、誰だってみな結婚して一緒に暮らしているじゃないか、と言った。佳美だって、それぐらいわかっていた。わかりすぎるほど。しかし、一度生まれた迷い、恐怖は、佳美自身にもどうにもならなかった。

結果は当然、婚約の解消である。

以来、佳美は、好きになりそうな男性に出会うと、自分で線を引き、関係がそれより先へ進む前に退いてしまうのである。

ホテルの部屋へ帰ったのは十時十四、五分過ぎだった。

佳美はもう一度シャワーを浴びて、自宅から持ってきたパジャマに着替え、冷蔵庫から缶ビールを出して飲んだ。

食事中は那奈に遠慮してグラスビールを二杯飲んだだけだったからだ。

ベッドに腰掛けて一本目を飲み終わると、二本目を出した。それを持ってテーブルの前へ行き、テレビを点けた。

どこかでニュースをやっているはずだと思い、一から順にチャンネルを替えていくと、道路脇に立った記者が何かの事件か事故の現場報告をしているらしい画面が現われた。

佳美はリモコンをテーブルに置き、椅子に腰を下ろした。

プルタブを引き開けて、ビールを一口飲んだとき、記者の報告は終わり、大きなテーブルを前に三人の男女が並んで掛けたスタジオに変わった。

縁なしの細い眼鏡をかけた中央のキャスターの顔が大写しになり、「まったく言語道断の事故ですね」と、記者の報告した件に短いコメントをつけた。どうやら、泥酔した男が車で暴走し、歩道を歩いていた人を道路下の用水路まで跳ね飛ばし、死亡させたらしい。

「次は、コマーシャルの後、陽華女子大学教授の針生田耕介氏が教え子の大学院生を強姦しようとしたとして告訴され、逮捕された、というニュースをお伝えします」

キャスターが言いおわると、突然ビートの利いた音楽とともに真っ青な空にぐんぐん昇って行くヘリコプターの像が現われた。

佳美は、ビールの缶を手にしたまま椅子の上で硬直した。

3

十月二十三日――。

珠季は、清香と避難している経堂の兄の家から、小石川の自宅まで社長専用車で送ってもらった。

十一階建てのマンションの前に着いたのは午前十時十四、五分過ぎ。

先週の火曜日（十七日）に夫の針生田耕介が逮捕された直後は、記者やカメラマンなどマスコミ関係者が大勢マンションへ押しかけてきて、珠季と清香は外出もままならない状態だった。が、いまはマンションの前にそれらしい人の姿や車はまったく見られなかった。すでに新しい「獲物」を見つけてそちらへ移動したのか、それとも珠季たちが不在だとわかったからか……。

いずれにしても珠季はほっとし、兄の弘昭に礼を言って車を降りた。オートロックになっているマンションの玄関を入り、自分たちの部屋のある七階までエレベーターで昇った。

今日珠季が自宅へ帰ったのは夫に頼まれた用事を済ますためである。

だから、珠季は、居間、夫婦の寝室、夫の書斎、清香の部屋と見て回り、室内の状態が出て行ったときのままであることを確認すると、銀行の貸金庫の鍵とカードをバッグに収め、部屋をあとにした。

マンションを出て、地下鉄丸ノ内線の茗荷谷(みょうがだに)駅前へ向かった。買い物に行ったり清香を駅まで迎えに行ったり、毎日のように行き来していた坂道である。それなのに、知らない街を歩いているようなよそよそしさを感じた。どこか自分たち一家を忌避しているような……。自分の意識の問題であることは、珠季にもわかっている。だが、一週間前と現在とでは、目に映る周囲の景色ががらりと変わってしまった。

坂を登り切って春日通りへ出たところで右に折れた。

夫の給料の受け取りや公共料金の自動振り込みなどに利用しているS銀行小石川支店は、三、四百メートル行った通りの右側、茗荷谷駅の手前にあった。

珠季は少し緊張した。

銀行の貸金庫を扱うのは初めてだったからだ。

財産の管理や重要書類の保管といった事柄は、元々珠季は不得手だったし、関心も薄かった。夫を信用していたので、すべて任せていた。そのため、金庫を開けるための鍵とカードの置き場所、暗証番号は教えられていたものの、これまでそれらを使用する必要が生じなかった。

しかし、夫の自由が奪われるという想像もしなかったことが起きた。そして、たまたまそれに重なって、長男である夫があずかっていた実家の権利証――両親が亡くなった後、栃木県の夫の実家は売りに出されていた――を弟に渡さなければならない事情が生じたのだ。

珠季は、最近はほとんどATMしか利用したことのない銀行へ行くと、案内係の行員の説明を受けてから貸金庫室へ入った。

そこは窓のない二メートル四方ほどの空間だった。備品は、左手の台の上に置かれた鉄製のボックスと筆記用具、それに台の手前の丸椅子だけ。

珠季は表示に従って鉄製のボックスにカードを差し込み、四桁の暗証番号を押した。すると、「しばらくお待ちください」という表示とともに低く唸るような機械音が響いてきた。この部屋まで金庫を運んでくるベルトコンベヤーの作動音らしい。

珠季は丸椅子に腰を下ろし、周りを見回した。

狭い箱の中に閉じ込められたようで、落ち着かない。閉所恐怖症の人なら五分と我慢できないにちがいない。

珠季は夫の耕介のことを想像した。

夫が勾留されている池袋西署の留置場は、狭いとはいってもベッドがあるのだから、これほどではないだろう、ふとそんなふうに思ったのである。

夫は、自宅で仕事をしていた先週の火曜日の午後、何の前触れもなしに訪ねてきた二人の刑事に伴われて警察へ行き、そのまま逮捕された。容疑は強姦未遂。警察の発表によると、教え子である留学生のYさんにホテルの部屋で襲いかかり、強姦しようとしたため、Yさんが告訴したのだという。

だが、夫は、逮捕される前も逮捕された後も一貫して容疑を否認していた。Yさんの告訴の内容は事実ではない、自分は潔白だ、と主張していた。

そのことは新聞やテレビでも報じられたし、珠季は、夫に接見した弁護士の宮之原正範から詳しく聞いた。

宮之原弁護士によると、相手の女性は――国籍や氏名は公表されていないが――ウエラチャート・ヤンというタイ人の大学院生だという。そして夫は、その女性のほうから誘いかけてきた、と言っているらしい。もしかしたら、誰かが自分を陥れるために彼女をつかって仕組んだ罠ではないか、と。

――ですから、奥さんには自分を信じてほしい、と言っています。そう伝えてくれと何度も頼まれました。

宮之原弁護士から自分宛の夫の言葉を聞き、珠季は夫を信じた。夫が自分の教え子に襲いかかるなんてあるわけがない。だから、この件がもしウェラチャート・ヤンという留学生の意思でなかったとしたら、夫が言っているように、誰か――大学内の夫のライバルだろうか――が仕組んだ罠にちがいない、と思った。

台の右側の小さな仕切り板が上がり、奥からベルトに載った鉄製の金庫が現われた。金庫といっても、平たい小型トランクといった形の箱である。

金庫が停止し、仕切り板が再びその出入り口を塞いでから、珠季は鍵をつかって金庫の錠を解き、上蓋を開いた。

金庫の中には、A4型対応、B5型対応の何枚かのクラフト紙の封筒、数種のペーパーホルダー、かつて夫が書類入れにつかっていた革製のセカンドバッグなどが入っていた。夫がそれらのどこに何を入れてあるのかははっきりしなかったが、目的のものはすぐに見つかった。宮之原弁護士を通して聞いていたように、表に「栃木の家と土地　権利証」と書かれた封筒があったからだ。

珠季は、中身を確認すると、封筒を金庫の外に置いた。

あとはそれを持って東京駅へ行き、宇都宮から来る義弟に渡せば、終わりである。

時計を見ると、義弟が東京駅に着くまでまだ二時間以上あった。

茗荷谷から東京駅までは丸ノ内線一本なので、三十分とかからない。喫茶店かどこかでどうせ時間を潰すのなら……と珠季は思い、金庫の中に夫がどんなものを入れているのか見てみることにした。鍵もカードも自由にできるのだから、見ようと思えばいつだって見られる。が、今日のようなことでもないかぎり貸金庫室へなど入らないだろうからだ。

まず封筒の中から見ると、自宅マンションの権利証、ローン契約書、夫の生命保険証書、夫と珠季の簡易保険証書、国債などがそれらの約款や説明書と一緒に四枚の封筒に分けて入れられていた。

ペーパーホルダーに挟まれていたのは夫の仕事に関係した文書類らしく、中には英文のものもあった。

革製のセカンドバッグの中身は預金通帳と領収書や伝票など雑多な書類だった。

預金通帳は使用済みの古い通帳が七、八冊輪ゴムで括られてポケットの一つに入れられ、現在使用中の通帳二冊は別のポケットに入っていた。S銀行の総合口座の通帳は珠季が管理しているので、ここにある使用中の通帳は他行のものだった。N銀行の総合口座の通帳と、R銀行の定期預金専用の通帳だ。R銀行に定期預金があることは知っていたが、正確な額は覚えていなかったし、夫がN銀行池袋支店に口座を持っていることは初めて知った。

といっても、夫は隠していたわけではないだろう。夫が話したのに、珠季が上の空で聞いていて記憶にとどめなかった可能性が高い。夫は給料の他に原稿料や講演料、テレビの出演料などの収入があるのに、それらはS銀行の口座に振り込まれていなかったし、「小遣いや交際費は臨時の収入でやっている」と言っていたのだから、それらの金を管理するための口座があるのは当然だった。

兄の弘昭に「騙そうと思えばおまえほど騙しやすいヤツはいない」とよく言われたが、自分はなんて脳天気なのだろう、と珠季はあらためて思った。これまでお金に苦労したことが一度もないし、両親も兄も夫もみな信用できる人だったから、任せておけば安心だった。詳しい事情など知る必要がなかった。そのため、いつの間にか何でも人任せにする習慣が身に付いてしまったらしい。

だが、これからはこれではいけない、と珠季は自分に言い聞かせた。今度のように、人にはいつ何が起こるかわからないのだから。今回はまだ兄に頼ることができたが、今後は夫にも兄にも頼れないような事態に直面するかもしれない。そのときは自分一人の力で清香を護り抜かなければならないのだ。

N銀行の通帳を開いてみると、預金残高は二百七十三万余円だった。ただし、記帳されている最後の日付は今年の五月八日である。その後もどこかから振り込まれたり夫がキャッシュカードで引き出したりしているだろうから、実際の残高がいくらあるのかはわからない。

入金の項を見ると、××新聞とか〇〇テレビといった記載が多いから、これはやはり原稿料やテレビ出演料を受領するための口座だったらしい。

そう思いながら、珠季は日付を遡って見ていった。

と、二月十四日に二百万円が一度に引き出されていた。前後を見ても、他は五万円から二十万円の間なのに――。

二百万円といえば、そのころカードで一日に引き出せる限度額――現在は多くの銀行が五十万円前後らしい――だったのではないか、と思う。

今年の冬、まとまった金の必要な事情があった、といった話は聞いていない。いくらのほほんとしている自分でも、そうした話なら、聞いていれば記憶の片隅に残っているだろう。ということは、夫は自分に黙って二百万円を何かにつかったようだ。

だからといって、夫に後ろ暗い事情があって自分に話さなかったわけではないだろう。きっと話すほどのことではないと判断したからにちがいない。

珠季はそう思ったものの、気持ちのどこかに引っ掛かりが残った。

何につかったのだろうと漠然と考えながら通帳の最初のページまで見たが、一度だけ三十万円が引き出されていたものの、あとは五万円、十万円という額ばかりだった。

珠季は二冊の通帳をバッグのポケットに戻し、次は大きさも紙質もまちまちな雑多な書類の束を取った。

そんなものを見たところで何にもならないと思いながら、気を入れず、適当にぱらぱらと繰っていった。

ほとんどが領収書類だったが、書き損じの振込用紙（振込依頼書）など、なぜこんなものを金庫に入れておいたのだろうと首をかしげたくなるようなものも交じっていた。

珠季が〈あれっ？〉と思って指を止めたのは、振込金受取書と記された一枚の紙の上だった。銀行の窓口で振込依頼書と現金を出して振込みの依頼をすると、領収書代わりに返される、振込依頼書の記載内容がカーボンで複写された紙らしい。

その振込金受取書はN銀行のものだった。依頼人欄には夫・針生田耕介の名ではなく諏訪竜二という聞いたこともない氏名が書かれ、住所も豊島区池袋二－七－××となっていた。書いた人間が怒ってでもいるような殴り書きの文字である。

振込先は、Ｍ銀行東大和支店にある前田結花という女性名の普通口座４００５７××。振込金額は百万円だった。

——他人の振り込んだお金の領収書がどうしてこんなところにあるのかしら？

珠季はそう思い、訝しんだ。

が、よく見ると、乱暴な書き方ではあるが、文字が夫の筆跡に似ているような気がした。

ということは、これは夫が書いたものだろうか。

珠季が驚いていると、さらに驚くべき事実が立ち現われた。

その振込金受取書を束から抜き取ったところ、下からもう一枚の振込金受取書——同じ筆跡、同じ記載内容のＳ銀行の振込金受取書——が出てきたのである。

珠季は、それらの手続日（振込依頼をした日）がともに今年の二月十四日になっているのを見て、

——これらのお金を振り込んだのは夫にちがいない。

と、思った。

夫は今年の二月十四日にＮ銀行の自分の口座から二百万円を引き出し、それをＮ銀行とＳ銀行の窓口から百万円ずつ前田結花という女性の口座に振り込んだのだ。

なぜ百万円ずつに分けて振り込んだのかというと、二百万円を一度に振り込もうとすると身分証明書の呈示を求められるからだろう（珠季の記憶では、S銀行の場合、百五十万円以上振り込むときは本人であることを確認できるものが必要だという「お知らせ」が、しばらく前、待合室に掲示されていた）。

キャッシュカードをつかってATMから振り込まなかった理由は明らかである。何らかの理由から振込人を「諏訪竜二」にする必要があったからにちがいない。また、ATMで引き出した金をその場で振り込まなかったのは、ATMをつかって一日に振り込める現金は少額の銀行が多いため、二百万円を振り込むには何日もかかるからだろう。

そうした事情は想像がついたものの、肝腎なことは何ひとつわからなかった。

前田結花というのは、どこで何をしている、どういう女性なのか（銀行の口座がM銀行東大和支店になっているということは東大和市に住んでいるのだろうか）。夫といかなる関わりがあるのか、あるいはあったのか。夫はその女性の口座に、どうして二百万円もの大金を振り込んだのか。諏訪竜二という男は実在するのか、それとも夫が適当に思いついてつかった偽名にすぎないのか……。

珠季は、自分は脳天気なのんびり屋かもしれないが馬鹿ではないと思っている。中学や高校の成績だっていつも上の下ぐらいにはいて、兄の弘昭よりも良かったのだから。

だが、考えても、はっきりした答えは何も出てこなかった。

夫が強姦未遂の容疑で逮捕されたと思ったら、今度はどこのどういう女かわからない相手に二百万円も振り込んでいた――。

珠季はこれまで夫を信じていた。強姦未遂というのも、夫の言うとおり、ウェラチャート・ヤンという女性のほうから誘いかけてきたにちがいない、と思っていた。

しかし、いまはそうした気持ちが少し揺らぐのを感じた。

珠季は、残っていた書類を最後までざっと見てから、とにかく振込金受取書に記されている振込先の銀行口座、受取人の氏名、依頼人の住所氏名をメモした。いまのところ、それらをつかってどうしようという考えはなかったが……。

二枚の振込金受取書を書類の束の中に戻し、元のバッグに収めた。バッグを金庫に入れ、金庫の蓋を閉じて鍵を掛けた。

横のボックスにカードを差し込むと、再び機械音が低く響き出し、開いた穴から金庫が壁の向こうに消えた。

珠季はこれからのことを思い、緊張と漠とした不安を感じた。小さく溜め息をつき、椅子から腰を上げた。

4

白井弘昭は運転手の水田育雄が開けてくれたドアから車を降りた。背後では門扉を閉じるモーターの音がしていた。

時刻は午後十一時を七、八分過ぎたところである。

庭石を踏んで玄関に立ち、ドアホンを鳴らすと、珠季が応答した。モニターで白井の顔を確認したからだろう。

妻の千恵は、珠季と清香がこの家へ来た翌日（先週の土曜日）から福井、金沢、富山とまわる演奏旅行に出ていて不在だった。

白井がそのまま三十秒ほど待っていると、珠季が中からチェーンと錠を解き、

「おかえりなさい」

と、ドアを開けた。

その妹の姿を見て、針生田が逮捕された唯一の効用は珠季の体重が減ったことのようだな、と白井は思った。肉まんのようだった頬がへこみ、胴回りも少し細くなった

ように感じられた。

針生田が強姦未遂容疑で逮捕されたのは今月十七日だから、今日でまる十日になる。針生田は一貫して容疑を否認していたし、弁護士の宮之原正範は、警察が告訴人の言うことを鵜呑みにして針生田を逮捕したのは不当だ、と抗議していた。同時に、彼の釈放を求めていた。

しかし、針生田はまだ勾留されたままなのである。

珠季は針生田の無実を信じているらしい。自分の夫が学生を強姦しようとするわけがない、と思っているようだ。が、白井はそう単純には信じられなかった。というより、珠季の前では言わないが、針生田を疑う気持ちのほうが強い。彼に襲われたという留学生が嘘をついているとは思えなかったからだ。

白井は靴を脱いで上がり、

「変わったことはなかったか？」

と、聞いた。

うん、と珠季がうなずき、ふっと泣きべそをかいたような顔になった。白井の帰りが遅かったので、不安だったらしい。

珠季と清香の母子が家へ来てから、白井はできるだけ早く帰るようにしていたが、今日は首都圏店の店長会議に顔を出した後、本社へ帰って役員会を開いていたため、この時間になってしまった。

白井は、針生田の事件が起きる前からメディア・スクラムという言葉を知っていた。世間の注目を引く事件が起きたとき、テレビ、ラジオ、新聞、雑誌などの報道関係者が大勢――まるでスクラムを組んだように――加害者の家族や被害者の家族のもとに押しかけることである。ただ、その実態をテレビ等で見聞きしても、あくまでも他人事で、まさか自分の身内に起きようとは想像したことがなかった。

ところが、十日前、針生田耕介が強姦未遂容疑で逮捕されると、珠季たちの入居している小石川のマンションがメディア・スクラムに包囲された。

そこで、白井は自宅のセキュリティを任せている警備会社に連絡を取り、珠季と清香をスクラムの内側から救い出し、経堂の家へ連れてきてもらったのである。

「清香の様子は？」

居間へ向かいながら白井は聞いた。

「あの子は鈍いのかしら？」

と、珠季が首をかしげた。「自分の家にいたときと全然変わらない感じで好きな本を読んでいるわ」

「あの大騒ぎをどう思っているんだろう。おまえに何も聞かないのか？」

「うん」

この家へ来るとき珠季は、お父さんが急に外国へ行ったのでしばらく伯父さんの家で暮らすから、と清香に話したらしい。

「知っていて知らないふりをしているということは？」

「そんなことができる子じゃないと思うけど……」

「父親が逮捕された事情を誰かから聞かされたということはないのかな」

「いまのところはないんじゃないかと思うわ。あの子、自分の殻に閉じこもって、関心があること以外にはあまり意識を向けないでしょう。こんなときはそれが良かったのかもね」

白井が現在もっとも気にかけているのは清香だった。針生田がこれからどうなろうと、おとなの珠季は自分で対処すればいい。が、清香はまだ十歳である。清香にだけはできるだけ辛い思いをさせたくないし、自分のやれるかぎりのことをしてやろうと白井は思っていた。

十一時を過ぎたのでは清香はもう寝たのだろう、誰もいない居間には音を絞ったテレビが点いていた。

ご飯は？　と珠季が聞いたので、

「役員会の前に食べたから、ビールだけもらおうか」

白井は応え、自分の部屋へ行って鞄を置き、シャワーを浴びてパジャマに着替えてきた。

千恵の不在のときが多いので、このへんの手際はいい。

一人のときは、この後、自分で冷蔵庫から缶ビールを取ってきて、テレビを見ながら飲む。

が、今夜は、珠季が居間のテーブルにビールのロング缶とコップ、サラミソーセージとチーズとセロリの盛り合わせを並べ、待っていた。

テレビは消されていた。

白井が向かい側に腰を下ろし、コップを取ると、珠季がビールを注いでくれた。

白井はそれを一気に半分ほど飲み、サラミソーセージを一片食べてから、

「例の件、今日、大貝さんから最初の報告が届いた」

と、話した。

大貝英彦——。新潟県警の元刑事だった私立探偵だ。歳は五十代の半ば。父・昭一郎が懇意にしていたので、昭一郎の葬儀のときだけでなく一周忌と三回忌の法事のと

きも顔を見せていた。だから、珠季も顔と名前は知っている。

「前田結花という人と主人の関係、わかったの？」

珠季が聞きたい気持ち半分、不安半分といった視線を白井の顔に止めた。

「いや、そこまではまだだ。ただ、東京・東大和市に住んでいる二十二歳の専門学校生だということはわかった」

「専門学校生……？」

「吉祥寺にある宝飾デザインの専門学校だそうだ。陽華女子大とは何の関係もない」

「東大和と吉祥寺か。小石川とも目白とも離れているし、通勤や通学の途中で会うこともないわね」

「うん」

「それじゃ、その人と主人はどこで知り合ったのかしら？」

「わからないが、どこかで接点を持っていたのは間違いない」

「そりゃそうだわ。主人はその人の口座に二百万円も振り込んでいたんだもの」

そのことは、四日前、珠季が針生田に頼まれた書類を取りに銀行へ行き、わかった。

振り込まれたのは、いまから八カ月余り前の二月十四日。針生田はその日、N銀行の自分の口座から引き出した二百万円を二回に分け、N銀行とS銀行の窓口からM銀行東大和支店の前田結花の口座に諏訪竜二という名で振り込んだのだった。

二百万円を振り込んだのが針生田だという証拠はない。が、同じ日に引き出された金額と振り込まれた金額の一致、振込金受取書に書かれた文字が針生田の筆跡に似ていること、振込金受取書が針生田の契約した貸金庫の中にあった事実、これらから見て、「諏訪竜二」が針生田の偽名だったのは九分九厘間違いない。

珠季はそう考えたため、前田結花と針生田の関係が気になり、どうしたらいいかと白井に相談した。

話を聞いた白井も驚くと同時に不審を覚えた。調べてみたほうがいいかもしれないと思った。

といって、見も知らない探偵に調査を頼み、針生田にとって不都合な事情が出てきたら――その可能性が大いにあった――まずい。強姦未遂容疑で逮捕・勾留されているときだけに尚更(なおさら)だった。

そう思って、珠季と話しながら思案していたとき、大貝英彦の頬骨の出た浅黒い顔が浮かんだ。

新潟県警にいたころ、大貝は昭一郎に危機を救われたことがあったとかで、「白井さんは私の大恩人です」と感謝の言葉を口にし、昭一郎が死んだ後も、「私でお役に立てそうなことがあったらいつでも声をかけてください」と息子の弘昭に言っていた。

白井は早速、金町に住んでいる大貝に電話して事情を話し、調査を依頼した。

その一回目の報告を今日電話で受けたのである。

「その人……前田結花という人には、家族がいるの？」

珠季が空になった白井のコップにビールを注いでから、聞いた。

「両親と弟がいるようだ」

と、白井は答えた。「東大和の家は親の家らしい」

「じゃ、当然独身ね？」

「そう」

「主人とその人、どんな関係だとお兄ちゃんは思う？」

二十二歳の若い女の口座に二百万円も振り込んでいた――。

その事実からおおよその想像はついたが、白井はわからないと首を横に振った。どんな関係だったにせよ、二月に金を振り込んだ時点で終わっていたのかもしれないし……。

「大貝さんには引きつづき調べてもらっているわけね」

「ああ」

「じゃ、いずれわかるわね」

「何とも言えないな」

もし二人の関係が現在もつづいていればわかる可能性が高い。だが、すでに終わっていた場合は突き止めるのが難しいかもしれなかった。

珠季が白井のビールをもう一缶取ってきてから、風呂へ入るために出て行った。

あまりアルコールに強くない白井は、酔いの回り始めた頭で針生田について考えた。どういう男なのだろうとあらためて思った。義弟とはいっても滅多に会わなかったし、親しく交わったわけではない。だから、これまでもわかっていたとは言えないが、頭の良い真面目な学者だと思っていた。

それが、教え子に強姦未遂容疑で訴えられたかと思うと、妻に内緒で若い女の口座に二百万円も振り込んでいた事実が明らかになったのである。

強姦未遂については本人は否認しているが、たぶん事実だろう。そう考えると、妹の夫であっても許せなかった。

白井の胸に痛みを伴った苦い思いが湧いてきた。

強姦からの連想が彼を二十年前に引き戻したのである。

あの晩、香月礼子と喧嘩していなかったら、と思う。いや、喧嘩しても、いつものように礼子を家まで送って行っていたら……。そうすれば、礼子は男たちに襲われずに済み、自殺することもなかったにちがいない。礼子が死んだ後で何度繰り返したかわからない後悔は、白井の心にいまでも消えない傷を残していた。

白井と礼子は幼馴染みだった。同じ年に同じ高校を卒業した後、白井は東京の大学へ進み、礼子は新潟市の信用金庫に勤めた。白井はずっと礼子が好きだったが、礼子の気持ちはいまひとつという感じで、彼は不満であり、不安でもあった。それでも、帰省するたびに白井は礼子と会ったし、〝親しい友達と恋人の中間〟といった程度の親密さで交際をつづけていた。

ところが、大学四年の夏、白井が燕へ帰ると、礼子の態度がそれまでと違って妙によそよそしく感じられた。ぴんときた白井が問いつめたところ、礼子は「私はあなたのものじゃないわ。誰とどうしたっていいじゃない。いちいち干渉しないで！」と彼に食ってかかり、上司を好きになってしまったのだと認めた。そのため白井も腹を立て、そんな妻子持ちなんかと……となじり、互いに相手を責め合っているうちに、礼子が「私、帰る」と突然白井に背を向けて歩き出した。それを白井は〈勝手にしろ！〉と思い、追って行かなかったのだった。

あのとき、もし、もし自分が礼子を追いかけて行っていたら……。

風呂から上がったらしい珠季が、

「それじゃ、私、先に寝むから」

と顔を覗かせた。

白井は現実に引き戻され、首を回して「ああ」と応えた。

三日後の月曜日の午後、ホワイトスワロー本社の社長室にいた白井のもとに大貝から二度目の報告が届いた。

それは、二枚の振込金受取書の振込依頼人欄に記されていた「諏訪竜二」は実在しており、しかも前田結花と親しく付き合っている男である、というものだった。

珠季から相談を受けたとき、白井は、諏訪竜二というのは針生田が適当に考えた偽名だろうと思った。だから、その住所欄に記された「豊島区池袋二－七－××」には生命保険会社のビルが建っていると三日前に大貝から聞いてからは、諏訪竜二の名は意識からほとんど消えかかっていた。

それが再び浮上したのだった。

針生田が諏訪竜二の名をつかったのは、その名前で金を振り込んでくれと前田結花に言われたからなのか、あるいは、諏訪竜二も針生田と何らかの関わりがあったために針生田がその名をつかったのか、どちらかであろう。

いまのところ、そのどちらだったとも判別がつかない。

諏訪竜二に関してこれまでにわかったのは、埼玉県入間市に住んでいること、前田結花より二つ三つ上の二十四、五歳らしいこと、定職がなく、いわゆるフリーターらしいが、あまり働いているようには見えないこと、以上だった。

大貝は、針生田と前田結花の関係を知るために前田結花の交友関係を調べた。すると、諏訪竜二の存在が明らかになったのだが、肝腎の針生田に関しては何もつかめなかった。つまり、これまでのところ、前田結花の周辺から針生田らしい男の影はまったく窺えない——。

白井は、引きつづき調査を進めてくれるように大貝に頼んでから、彼の報告を珠季に伝えるため、自宅に電話をかけた。

しかし、話し中だったので、しばらくしてからかけなおそうと、仕事に戻った。と、五分もしないうちに珠季から電話がかかってきた。

「お兄ちゃん、いま弁護士さんから連絡があったんだけど、主人が釈放されたの。釈放されて帰ってくるの。不起訴になったんですって……」

白井が受話器を取るなり珠季は弾んだ声で話し出したが、すぐに涙声になり、言葉がつづかなくなった。

5

ウェラチャート・ヤンは丸顔で目が大きく、ぽっちゃりとした体付きだった。一方、桧山満枝は切れ長の魅惑的な目をし、均整の取れたすらりとした体形をしていた。

二人の印象を一言で言うと、ヤンは可愛い娘、桧山満枝は頭の良さそうな女性だ。タイプは違うが、二人とも美人で魅力的であることは間違いない。

身長は、ヤンが百五十二、三センチ、満枝は佳美とだいたい同じぐらいに見えるから、百六十一、二センチだろうか。弁護士に初めて会うからだろう、それぞれ茶系、紺系のスーツを着ていたが、二人とも豊かな胸のふくらみは隠せなかった。

佳美たちが初対面の挨拶を終えたとき、事務員の佐伯ミドリが茶を運んできた。

十一月七日の午後、九段下にある創共同法律事務所の応接室である。

満枝がヤンと自分について少し詳しく紹介し、自分たちが佳美のところへ来るに至った事情を説明した。

それによると、

ウェラチャート・ヤンはタイからの留学生で、陽華女子大学人間社会学研究科・社会福祉学専攻の大学院生、満枝は同じ研究科の心理学専攻の大学院生だという。

二人が親しくなったのは、数カ月前、ヤンがたびたびある教授にセクハラを受けて困っている、とフェミニズム研究会に相談に来てからだった。

ヤンの訴えを聞いて、満枝たちフェミニズム研究会のメンバーは対応策を協議した。が、ヤンが加害者の氏名を明かさずにいる間に、ある教授、つまり針生田教授の破廉恥な行為はエスカレートし、池袋のホテルの部屋でヤンに襲いかかるという事件が起きた。

この事件によって、それまで自分の指導教官を訴えることにためらいを覚えていたヤンが、告訴を決意。翌日、満枝と一緒に池袋西警察署を訪ねた。ヤンは日本語を自在に話すし、読むことも書くこともできるが、一人では心細かったので満枝に同道を頼んだのだという。

こうして針生田は逮捕された。が、彼はヤンのほうから誘いかけてきたと言って容疑を否認しつづけた。そのため、検事は有罪判決を勝ち取るのが難しいと判断してか、八日前に不起訴を決めた。

このままではヤンの怒りと悔しさは到底収まらない。どうしたら針生田の犯罪を証明し、彼を糾弾できるだろうか、とあらためてフェミニズム研究会に相談にきた。そこで満枝たちは、針生田を相手に民事訴訟を起こす方法があることを話し、もし訴訟に踏み切るなら全面的に協力すると約束した――。

「ヤンさんに協力するといっても、訴訟なんて私たちも初めてなので、どこの何という弁護士さんにお願いしたらいいのかわかりませんでした」

満枝が説明を継いだ。「それで、以前、大学祭で講演していただいた田所英治郎先生をお訪ねしたところ、自分はいま手一杯で引き受けられないが、うってつけの弁護士がいる、そう言われて、香月先生を紹介してくださったんです」

そうした経緯については、佳美はすでに聞いていた。できれば力になってやってほしい、と田所から電話があったのである。

田所英治郎は原暁美事件の主任弁護人である。が、たとえ紹介者が田所でなかったとしても、佳美は二人に会う気になっただろう。検事が針生田を不起訴にしたと知り、憤りを感じていたからだ。

貧しい国の子供、女性といった最も弱い立場の者の側に立った発言をしている針生田に、佳美は共感し、拍手を送ってきた。それだけに、強姦未遂容疑で逮捕されたと知ったときはショックだった。ああした研究、発言をしてきた人がまさか……と思い、冤罪なのではないかと相手の留学生を疑う気持ちも起きた。が、留学生の側に冤罪を仕組む動機などありそうもないとわかり、佳美は針生田に対して強い怒りを覚えた。

といっても、その後も佳美の中には、針生田が無実だったら……と願う気持ちが残っていた。針生田の妻、珠季への同情も少しはないではないが、何よりもこれまでの彼の正当な主張が歪められ、貶められないように。

しかし、いまの満枝の話によって冤罪の可能性は完全に消えた、そう考えてよさそうである。針生田がある日突然ウェラチャート・ヤンに襲いかかったというのなら、ヤンの作り話である可能性もないではない。が、針生田はそれまで何度もヤンに対してセクハラを繰り返し、ヤンは困って満枝たちに対応策を相談していたというのだから。

佳美の脳裏に姉の十三回忌に来てくれた白井弘昭の顔が浮かんだ。が、彼や珠季との個人的な関わりはこの際関係ない、と思った。針生田がヤンを強姦しようとしたのが事実なら、彼を許すことはできない。真実を明らかにして相応の責めを負わせ、同時にヤンを不当な攻撃、疑いから救い出してやらなければならない。

桧山満枝の説明を聞いた後、彼女とウェラチャート・ヤンがどの程度（日本の）民事訴訟についての知識があるのか、佳美は聞いてみた。

すると、二人ともほとんどないに等しいことがわかった。

ヤンは、タイの民事訴訟についてもどのように行なわれているのか知らないと言うし、満枝も刑事・民事を問わず、これまで裁判を傍聴した経験さえないという。

それでは具体的な話し合いに入っても理解できないだろうと佳美は思ったので、まず日本の司法制度に関して簡単に話し、それから民事訴訟について、
①　民事訴訟は、個人なり団体なりが裁判所に〈訴え〉を起こすことによって始まる。
②　訴えを起こすには、裁判所に〈訴状〉を提出しなければならない。
③　訴状には、当事者である〈原告〉と〈被告〉の住所・氏名と、原告はどういう理由で何を被告に求めるのか、といった点を記載し、もし弁護士を〈訴訟代理人〉に立てる場合はその住所・氏名も明記しなければならない。
④　裁判所に訴状を提出して受理されれば審理が始まるが、それは裁判官の面前で口頭によって証拠調べを行なう〈口頭弁論〉という方法が取られる（口頭弁論は刑事裁判の公判に当たる手続きだが、民事裁判では公判とは言わない。また民事訴訟には被告人という呼び方もない）。

⑤　裁判に勝つためには、口頭弁論に備えて、こちらの主張を記した説得力のある〈準備書面〉を作成し、充分な証拠をそろえなければならない。

といったことを説明した。

「ですから、私たちはまず、針生田教授に対してヤンさんがどういう理由で何を求めるのか、という点をはっきりさせておかなければならないんです。それを明確にしておかないと、訴状が書けませんから」

佳美は説明を継いだ。「専門用語で言うと、どういう理由でというのは〈請求の原因〉と言われ、相手に何を求めるのかというのは〈請求の趣旨〉と言われています」

「後のほうの請求の趣旨は、針生田先生に自分の非を認めた謝罪広告を新聞に出すように求めることもできるんですか？」

満枝が質問した。

「できます。ただ、この案件の場合、勝訴したとしても、裁判官にそこまで認めさせられるかどうかはわかりませんが。このような訴訟の請求の趣旨は、慰謝料あるいは損害賠償としていくらいくら払え、とするのが一般的です」

「ヤンさんはお金がほしくて訴えようとしているわけではないんです。針生田先生に非を認めて謝ってほしいだけなんです」

満枝が言って、ヤンに「ね？」と同意を求めると、ヤンが「はい」とうなずいた。

「たとえ、お金を問題にしない場合でも、それを相手に支払わせるのは勝利の証なんです」

「新聞を見ていると、マスコミの誤った報道などで被害を受けた人が、謝罪の言葉と訂正記事を載せるようにといった請求をしているのを時々目にしますけど」

「それとこれとは違います」

「でも、釈放後、針生田先生は、インターネットのホームページで自分は冤罪だと主張しています」

「わかりました。それなら、請求の趣旨として、慰謝料の他に、何らかのメディアをつかって謝罪の意思を表明するように求める件も入れましょう」

佳美は言った。果たしてそこまで認める判決が出るかどうかはわからないが、依頼人が求めるなら反対する理由はない。

「では、どのメディアをつかってどうせよという具体的な請求については次にお会いするときまでに考えておいてください。私も考えておきますから」

「はい」

と、満枝とヤンが同時に答えた。

「次は、ヤンさんがどういう理由で針生田教授を訴えるのかという請求の原因です。裁判では主にその正当性をめぐって争うことになりますので、訴状の中で最も重要な項目です。充分に検討を加えたうえで書いておかないと、裁判に勝てません」

佳美がつづけると、ヤンの顔に緊張が走り、大きな目に脅えの色が浮かんだ。針生田に襲われたときのことが頭に浮かんだのかもしれない。さらには、それに関して刑事と検事に根掘り葉掘り聞かれたときのことが……。

佳美としては、できればヤンにそうした辛い体験を繰り返させたくない。だが、訴訟を提起する以上は避けて通るわけにいかなかった。

「ヤンさんにとっては思い出すだけでも辛いと思いますが、針生田教授に具体的にどのようにされたのか、話してくれますか」

「あの、それについては、ヤンさんの手記を香月先生に読んでいただくということではいけませんか？」

満枝が聞いた。

「そのことを書いたものがある……？」

「はい。警察に告訴する前、ヤンさんが書いたんです。ヤンさんの記憶が鮮明なうちに文書にしておかないと、刑事さんや検事さんにいろいろ聞かれているうちに頭が混乱し、何が事実だったのかはっきりしなくなるおそれがありましたから、私がそうするように勧めました」

賢明なやり方だった。

佳美は、満枝の的確な判断とヤンに対するきめ細かい助言――リードと言ったほうが正確かもしれない――に感心した。

佳美の第一印象のとおり、桧山満枝は頭が良くしっかりした考えを持った女性のようだった。行動力もあるようだ。それはこれまで話しながら感じていたことだが……。

「その手記を刑事と検事にも見せたわけですね?」

「はい。ヤンさんがそれを見せてから説明したんです。ですから、香月先生にもまずそれを読んでいただき、ご不明の点、疑問に思われた点があったら後でヤンさんに聞いていただく、そういうことでいかがでしょう?」

そういう手記があるのなら、満枝の言うようにしたほうがヤンの気持ちの負担が軽くなるにちがいない。それに、佳美が事件の全体の状況を頭に入れるうえでも有効だった。

佳美は了承した。

ヤンがバッグから、ホッチキスで留めた文書を取り出し、差し出した。

佳美が受け取って繰ってみると、パソコンで打ったらしいそれはＡ４判で七ページあった。

この場で読むのが難しい分量ではないが、佳美は満枝の言った針生田のホームページも合わせて読んだうえでもう一度落ちついて考えたかった。そこでヤンと満枝の予定を聞き、明晩七時に再びここで会う約束をした。

6

ヤンと満枝を送り出した後、佳美は早く手記を読みたいのを我慢し、九時近くまで別の訴訟の準備書面を書く仕事をした。

そのため、中野のマンションへ帰ったのは九時半過ぎだった。

シャワーを浴びて、コンビニで買ってきた鮭弁当とインスタントみそ汁で夕食を済ませてから、ヤンの手記を読んだ。

［ウェラチャート・ヤンの手記］

針生田耕介先生の指導を受けていた私、ウェラチャート・ヤンは、十月十六日の午

後、大学の針生田教授室で先生と会う約束になっていました。修士論文の執筆に取りかかる前に先生に私の構想をお話しし、アドバイスを受けるのが目的でした。

ところが、その日の朝、先生から私のケータイに電話があり、池袋ニューワールドホテルの部屋で仕事をしているので、そこへ来るように、と言われました。

ホテルと聞いて、私は嫌な感じがしました。それまで私はたびたび先生に肩や腕に触られたりしていたからです。ですが、指定されたのが午後一時という時間でしたし、まさか先生が襲いかかってくるとは想像しませんから、わかりましたと答え、約束の五分ほど前に九階の先生の部屋を訪ねました。

針生田先生は、締め切りの迫った雑誌の原稿を徹夜で書いていたので……とおっしゃりながらガウン姿で私を迎えました。

私は思わず逃げ出そうとしましたが、警戒しなくても何もしないよと先生が笑いながら言われたので、私は部屋へ入り、テーブルを挟んで先生の前に座りました。

それから私はバッグからノートや資料を取り出し、自分の構想を先生に説明しました。

先生は時々質問やコメントを挟みながら私の説明を聞いてくださり、非常に有用なアドバイスをくださいました。

「ま、こんなところだね」

ひとわたり話された後で先生が言われたので、私は、

「お忙しいところ、どうもありがとうございました」

と、お礼を述べました。これで良い論文が書けそうだと思い、心から感謝の気持ちを込めて。

そのとき、先生がすっと立ち上がり、私の左横に来られました。

私の掛けていた椅子はラブチェアと言われる二人掛けのソファで、私が右端に寄って掛けていたため、左側が空いていたのです。

私は驚いて逃げ出そうとしましたが、先生のほうが一瞬早く私の肩に右腕を回し、身体を引き寄せました。

「ミス・ヤン、僕はきみが好きだ」

言いながら、先生は自分の唇を私の唇に押しつけてきました。

私は肝を潰しながらも反射的に顔を背け、先生の身体を両手で力一杯押しました。

そのため、唇だけは引き離すことができましたが、身体は首に巻き付けられた先生の腕によって逃れられませんでした。

「先生、放してください」

「僕はきみが好きなんだ」

「先生……」

私は何とか逃れようとしたのですが、先生の腕にはいっそう力が込められ、小柄な私の力ではどうにもなりません。

「ミス・ヤン、僕はきみが好きなんだよ。だから、だから、いいだろう?」

先生は再び私にキスしようとして顔を寄せてきました。

私は首を振ってそれを逃れながら、

「先生、許してください。お願いします。先生……」

と、哀願しました。

先生はキスしようとするのをやめ、今度はスーツの下のブラウスの襟元から左手を胸に入れてきました。

ブラウスのボタンが弾け飛んだのもかまわず、乱暴にブラジャーをずらします。

私は悲鳴を上げ、逃れようといっそう激しく暴れました。

「どうせ処女じゃあるまいし、そんな声を出さなくたっていいじゃないか」

先生が怒った声で言われ、乳房を鷲づかみにしました。

私はさらに大きな声で「きゃー!」と叫び、

「先生、許してください！」

と、もがきました。

しかし、もう先生の耳には届かないようでした。

先生は私の首に回していた右腕を外すや、私をラブチェアの上に押し倒しました。

そして、その手をスカートの下に入れ、私の下着を引き下ろそうとしました。

先生のケータイの着信メロディが鳴ったのはそのときです。

私を押さえつけていた先生の腕と身体から一瞬力が抜けました。

その瞬間、私は床の絨毯（じゅうたん）の上に転がり逃れ、這（は）って先生から離れました。

先生は追ってこようとしました。

が、はだけていたガウンの裾を自分で踏みつけ、よろけました。

その隙に私は部屋を飛び出したのです。バッグやノートなどの持ち物は全部置いたままでした。

ガウン姿の先生が部屋の外まで追ってくるなんてありえないはずなのに、そのときの私はそこまで頭が働きませんでした。先生が追いかけてくるのではないかという恐怖に駆られ、乱れた髪や衣服をなおす余裕もなく、エレベーターホールまで必死で走りました。

そうして降下ボタンを押した後、初めて廊下を見やり、先生が追ってきていないことを知ったのです。

私はほっと息をつきました。

といっても、それはほんの一瞬で、一階に停止していたらしいエレベーターが昇ってくるまでずいぶん長く感じられ、その前に先生が部屋から出てきたらと思うと気が気ではありませんでした。

誰も乗っていないエレベーターが着き、私が乗って扉が閉じたとき、私はようやく安堵しました。

それから一階まで降りる間、幸い乗ってくる人がいなかったので、私はねじれていたスカートを直し、ブラウスのボタンのとれているのがわからないようにスーツで隠しました。

一階に着いてからトイレに入り、衣服を整え直し、鏡の前で髪を指で梳き、街で人に見られても変だと思われないようにしてホテルを出ました。

しかし、ホテルは出たものの、お金もケータイもありません。電車かバスに乗って女子留学生会館へ帰ることも誰かに電話することもできません。歩いても留学生会館まではそれほどの距離ではありませんが、帰ったところで、自分の部屋の鍵がないので中へ入れません。

私は途方に暮れました。交番へ行って事情を話し、警官と一緒に針生田先生の部屋へ戻るしかないのかもしれない、そしてバッグを取ってくるしかないのかもしれない、と思い始めました。

ですが、私は、たとえ警官が一緒でも針生田先生に会いたくありませんでした。恐怖心もありましたが、それ以上に先生の顔を見たくなかったのです。

では、どうしたらいいのでしょう？

行き着いた結論は、陽華女子大学のフェミニズム研究会の部屋まで歩いて行き、桧山満枝さんか伊佐山早苗さんに会おう、という考えでした。

桧山さんと伊佐山さんにはこれまで何かと相談に乗ってもらっていたので、今度もまずお二人のどちらかに事情を話し、どうしたらいいかを一緒に考えてもらおう、そう思ったのです。

知った人に出会わないようにと祈りながら、私は大学まで歩きました。そうしてフェミニズム研究会を訪ねると、部屋にいたのは桧山さん一人でした。

私の話を聞いた桧山さんは憤りました。でも、どうするかは後で考えましょうと言って、私の代わりにニューワールドホテルまで行き、針生田先生がチェックアウトするときにフロントにあずけておいた私のバッグや資料を取ってきてくれたのです。

それから私は桧山さんと一緒に桧山さんのマンションの部屋へ行き、何があったのかを詳しくお話ししました。そして、針生田先生を許せない、告訴しよう、と決意したのです。


佳美は針生田の強姦未遂事件に関心を持っていたので、新聞に報道された程度の知識はあった。

とはいえ、新聞には5W1Hの結論しか書かれていないので、ウェラチャート・ヤンが針生田に襲われたときの具体的な状況については彼女の手記を読んで初めて知った(読みながら怒りで頭がくらくらした)。

手記に書かれている経緯は事実と考えてたぶん間違いないだろう。

佳美はそう思ったが、針生田の生の主張も知っておく必要があるので、桧山満枝に聞いた彼のホームページを開いた。

そこには、ホテルの部屋における出来事と、ウェラチャート・ヤンをホテルへ呼んだ理由、そのときガウン姿だった点について、次のように記されていた。

論文執筆に関して、私がひととおりのアドバイスを終えたとき、

——先生、ここのところはどう解釈したらいいのでしょうか?

と、Yさんがテーブルの上の資料を指差して聞いてきた。

そこで、私が「どれどれ」と言いながら前から覗き込むと、Yさんが、

——先生、すみませんが、こちらに来て私と一緒に見ていただけませんか。

と言って、腰をずらし、私の座れる場所を空けた。

私はわかったと応えて立ち上がり、Yさんの横に移動した。

と、Yさんが、

——先生、私、先生が好きです。

言いながら、私の首に抱きついてきた。

私は驚いて一瞬身を引いたが、私とて木石ではない。Yさんの肩を抱いて引き寄せた。

私がキスすると、Yさんはそれに応えてきた。

それで、当然自分とのセックスを望んでいるものと思い、私はYさんのブラウスのボタンを外して胸に手を入れた。

すると、

――先生、やめてください！

Yさんが突然大声を上げ、私を突き放した。

私はびっくりし、

――ミス・Y、きみはその気で僕を誘ったんじゃなかったのか？

と、聞いた。

――私は誘ってなんかいません。先生が好きだと言っただけです。

――ミス・Y、きみは僕をからかっているのか？

――からかってなんかいません。私、帰ります。今日はありがとうございました。

Yさんは言うと、資料もノートもそのままに、逃げるように部屋を出て行った。

私はYさんの意図が理解できず、呆気にとられて見送っていた。

刑事たちが私を訪ねてきたのは翌日の午後、私が自宅にいたときだった。

刑事たちは、Yさんが私に強姦されそうになったと告訴したので事情を聞かせてほしい、という。

私は驚いたが、きちんと説明すればわかってもらえるだろうと思い、刑事たちと一緒に池袋西警察署まで行った。

しかし、彼らは私の話を信じようとせず、そのまま私を逮捕した。

私がYさんにホテルへ来てもらったのは、原稿執筆の仕事が忙しく、大学まで出て行く時間がなかったからで、それ以外の意図はまったくない。ガウン姿だったのは、Yさんが来る直前まで徹夜で仕事をしていたからだが、着替えをせずにYさんを部屋へ迎え入れたことは不用意だった、と反省している。

佳美は針生田の主張と弁明を読み、頭に血が昇るのを感じた。

卑劣この上ない、と思った。

未遂、既遂を問わず、強姦事件の現場は加害者と被害者の二人だけしかいない場合が多い。そのため、少なからぬ加害者は、相手もその気になっていたと強姦容疑を否認する。ところが、針生田の場合、言うに事欠いて、相手のほうから誘いかけてきた、と主張しているのだった。自分が泊まっているホテルへ若い女性を呼び寄せ、ガウン姿で応対しておきながら――。

しかも、彼は、これまでウェラチャート・ヤンにセクハラを繰り返してきたことについては口を拭(ぬぐ)い、一言も触れていなかった。

二、三年前、遊びほうけていて卒業に必要な単位取得が危うくなった女子学生が教授を誘惑し、拒否されるや、襲われたと訴えた例があった。動機は、〝自分の肉体の価値を否定された〟ための腹癒せだったらしい。

しかし、ウェラチャート・ヤンには、どう考えても、偽りの告訴をする理由、動機が見当たらない。逆に、指導教官を告訴すれば、不利益が大きい。論文執筆の見通しは立たなくなるだろうし、日本人の学生以上に有形、無形の不利益を蒙るだろう。ヤンとて、それぐらい当然わかっていたはずである。それなのに、告訴に踏み切ったのだ。虚偽であるわけがない。

ヤンと針生田、双方の主張を読み比べただけでも、どちらが嘘をついているか明白なのだから、二人から直接事情を聞いた刑事と検事には、それがいっそうはっきりとわかったはずである。

ところが、検事は針生田の起訴を見送ったのだった。

加害者と被害者の二人しかいない密室で何があったのかを証明するのは難しい。といって、検事がそれで起訴猶予にしたのでは、被害者が自分の身に降りかかる多くの困難、不利益を覚悟して告訴した意味がない。

強姦に遭うか強姦されそうになった被害者が告訴した事件の場合、不起訴になる割合が非常に高率だった。それは、検事が裁判に勝てないかもしれない事件は起訴しないからである。彼らはそうは言っていないが、敗訴したら自分たちの失点になるため、事件の真相を究明して加害者を処罰するという検察の任務を忘れ、被害者に泣き寝入りを強いるのである。

しかし、ウェラチャート・ヤンは泣き寝入りせず、民事訴訟に訴えても針生田の犯罪を明らかにしようとしているのだった。提訴を決意するには、桧山満枝とフェミニズム研究会の勧めと後押しがあっただろうことは想像できる。といって、それだけではこれほど重大な決断はできないだろうから、ヤンの中に、彼女に誘いかけられたと主張する卑劣な針生田に対する強い怒りがあることは疑いない。

そう考えられるだけに、佳美はこの裁判は何としても勝たなければならないと思った。ヤンのためだけではない。強姦犯人の悪質さ、卑劣さを広く喧伝し、男には軽く見られがちな強姦という犯罪が被害者の女性にいかに深い傷を負わせるものであるかを世間に知らせるためにも——。

佳美の脳裏に原暁美の顔が、姉の礼子の顔が浮かんできた。

礼子はいつまでも歳を取らず、死んだときの二十二歳のままだった。それでいて礼子は佳美よりいつだって歳上だった。だから、姉の礼子を思い浮かべるときの佳美は、三十五歳の現在の佳美ではなく、いつも中学生に戻っていた。

いや、それとも少し違うようだ。佳美はやはり現在の佳美らしい。少なくとも意識的な思考をするときはそうだ。それなのに、妙なことながら、二十二歳の姉はいつだって佳美より歳上なのである。

姉が死を選んだ直接の動機はわからない。遺書がなかったから、両親にもはっきりした理由はわからなかったようだ。が、強姦事件に遭わなかったら自殺しなかったことだけは間違いない。

姉は街から家へ帰る途中で二人の男に襲われた。その後、通りがかった人に助けを求めたため、姉の意思にかかわらず事件は公になり、「被害者のA子さん」が姉であることはすぐに町内に知れ渡った。

事件が起きたのは佳美たちの中学校が夏休みに入って間もなくだった。が、犯人が捕まらないまま九月になって新学期が始まると、事件の噂は学校にも広まり、佳美は毎日のように意味ありげな視線を向けられ、ひそひそ話の対象にされた。無視するか、平気な振りをしてやり過ごしたが、学校へ行くのが苦痛になり、高校受験を半年後に控えた大事な時期にそうした騒動に自分を巻き込んだ姉を恨んだ。

姉にとって中学生の佳美は子供にしか思えなかったのだろうか、それとも佳美の冷たくよそよそしい態度に話す気になれなかったのだろうか、自分の気持ちを佳美に吐露したり相談を持ちかけたりすることはなかった。佳美も自分の問題、特に進学と成績の問題で頭がいっぱいだったので、尋ねなかった。だから、姉がどれほど苦しみ、悩んでいたのか、わからなかったし、想像もできなかった。いや、想像してみようともせず、強姦事件の被害者である姉の存在を心のどこかで疎ましく、煩わしく感じていた。

それだけではない。

姉が自殺したとき、佳美は姉に対する自分の仕打ちを責める一方で、〈こんな大事なときにお姉ちゃんはどうして自殺なんかしたのよ〉と恨めしくさえ感じた。

そのため、その後ずっと勉強、勉強でやってきて、念願の司法試験に合格し、弁護士になったとき、佳美は自分がいかに自己中心的な人間であったかに気づき、――他の事情がどうあろうと、私さえもう少し姉の身になって考え、姉の苦悩を理解してやっていたら、姉は死ななかったかもしれない。

そう思い、苦しむことになったのである。

自分を責め苛む声に夜眠れなくなり、精神科の医院に通った。

二年ほどして、薬なしで生活できるようにはなったものの、心に刻まれた傷が完全に癒えたわけではない。いまでも時々ベッドの上で不意に金縛りに遭ったように身動きできなくなることがある。自分の中に巣くっているエゴという怪物に恐怖して。

世の中には凶悪で酷い犯罪は沢山ある。が、佳美にとって、強姦は特別の意味を持っていた。それは姉を殺しただけでなく、極端な言い方をすると〝自分に姉を殺させた犯罪〟だったからである。

佳美がいまさら何をしようと、姉は生き返らない。自分が姉に対してした仕打ちが免罪されるわけではないし、姉は許してくれないだろう。

だが、佳美は……結局これも自分の心の負担を軽くするためかもしれないが、強姦の被害に遭った女性の力になり、強姦という犯罪の非人間性について少しでも多くの人に知らせたい、と考えているのである。

佳美は、針生田のホームページを印刷し、パソコンをシャットダウンさせた。

翌日の夜、佳美は再びウェラチャート・ヤンと桧山満枝に会うと、ヤン、針生田双方の主張を基に話し合い、正式にヤンの訴訟代理人になる契約を交わした。

第3章　焼殺

1

小用を足して水を流し、身体を回しかけた春山周一は〈おやっ！〉と思った。目の中をオレンジ色の光がよぎったように感じたからだ。

春山は動きを止め、外側に格子の付いている小窓を見やった。

――何か燃えているようだ。

彼がそう思った直後だった。窓の向こうで、炎が大きく上がった。

場所は、春山の家から北に百メートルほど離れた諏訪家のあたり。両家の間には緩い下り傾斜になった茶畑しかないので、よく見えるのだ。

春山は、小用を足す前に外を見た覚えはない。が、小窓はトイレの入口の正面、ほぼ顔の高さに付いているので、ドアを開けたとき無意識のうちに視線を向けたはずである。それで何も気づかなかったということは、窓の外にはいつもの闇しかなかった、と考えられる。つまり、火は、春山が小用を足していた四、五分の間——六十七歳の春山は前立腺肥大のため用を足すのに若いころの三倍ぐらい時間がかかる——に燃え出したらしい。赤い炎を上げる前に、下のほうでくすぶっていた可能性はあるが……。

「こりゃ大変だ！」

春山はひとり口に出して言うと、慌ててトイレを飛び出した。

正確な時刻はわからないが、いつもトイレに起きる時刻から推して、午前二時台か……遅くとも三時ちょっと過ぎぐらいだろう。

この時間、焚き火をする者はいないから、火事にちがいない。

春山は寝室へ駆け戻り、

「おい、起きろ！　火事だ」

妻の明子に大声で言いながら灯りを点けた。

明子は跳ね起きたが、あまりにも突然のことで何が何だか呑み込めないのか、ただ驚いたような脅えたような顔をして布団の上に横座りしている。

「諏訪んとこが燃えてんだよ」

春山はもう一度言った。

と、明子にもわかったようだ。春山に向けられた目の中で脅えの色が一段と濃くなった。

「俺はすぐに行ってみる。だから、おまえは消防署に電話してくれ」

「消防署って……」

「一一九番に決まってるだろう」

春山は怒鳴り、パジャマの上にジャンパーを引っ掛け、玄関へ走った。

玄関は南の庭に面しているから、鍵を開けて外へ出ても炎は見えなかった。が、庭の中程まで行って振り仰ぐと、屋根の上の空がうっすらと明るくなっていた。

春山は門の外の道へは向かわず、納屋の横から西側のネギ畑へ出た。

そこから北を見ると、二、三メートルの高低差はあるが、ほぼ正面が諏訪美喜夫の家だった。

春山がトイレを飛び出してからまだ五分とは経っていないはずなのに、あまり大きくない諏訪家は完全に炎に包み込まれていた。ここ半月ほど雨が降らずに乾燥しているとはいえ、火の回りが異常に早いようだ。

消防車の到着を待つ以外にもうどうしようもなさそうだったが、春山は、「火事だ、火事だ！」と大声で叫びながら、茶畑の畝の間を駆けた。

このあたりは入間市の南の外れに位置し、すぐ南側は狭山丘陵である。野菜畑や茶畑が多く、人家は少ない。といっても、この地でずっと農業をしてきた春山の家の東側には二軒の農家が屋敷を接していたし、諏訪家の北側と西側にも——どちらも五、六十メートル離れてはいたが——数年前に分譲された四棟の建て売り住宅と農家があった。

春山は、諏訪家の庭を囲っている低い生垣の手前で足を止めた。

これ以上は顔が熱く、火の粉が飛んでくるので、危なくて近づけない。

それほど風はないはずなのに、火が風を呼んだのだろう、真っ赤な炎と煙が巨大な竜が絡まり合いながら天に昇っていくように燃え盛っている。

諏訪の一家は転入者なので、春山は親しい付き合いはない。が、地域の祭りのときに美喜夫と酒を酌み交わしてから、道などで会えば立ち話ぐらいはする。

いま燃えている家は、以前は農家だった。諏訪美喜夫の一家が古家を買って越してきたのは十年ほど前である。当時は夫婦と中学生の長男の三人家族だったが、数年前に妻が病気でなくなり、現在は警備会社に勤めている美喜夫と、ろくに働いているようには見えない長男の二人暮らしだった。

——二人とも火事に気づき、無事に逃げ出していればいいが……。

春山はそう思いながら生垣に沿って左へ回って行き、諏訪家の北側を通っている道路へ出た。

左（西）から数人の黒い影が近づいてくるのが見えた。

春山は待たずに諏訪家の門のほうへ進んだ。

前方からも北へ延びている道からも二人、三人と駆けてくる。

だが、諏訪美喜夫か長男らしい姿はどこにも見当らない。

春山は、扉のない石の門の前に着いた。

熱くて、消火活動などとてもできない。道路の反対側に立っているのがやっとで、庭へ入ることも叶（かな）わなかった。

次々に人が集まり、口々に何か言い合っているが、やはり諏訪美喜夫と長男の顔はなかった。

「諏訪さんはどうしたんでしょうね？」

一人の男が春山に近寄ってきて、話しかけた。

この春、ＪＲを停年退職したのと同時に畑付きの家を買って移り住んできた島本という男である。

「私も心配しているんですが、どこにも見えないようなんです」

と、春山は答えた。

昨日十一月十八日は土曜日だが、いくら土曜の夜でも午前二時三時まで起きていたとは考えられない。しかも、火の回りは非常に早かったようだ。とすると……。

「逃げ遅れたんですかね」

春山の不安を島本が口にした。

「そうかもしれません」

「ああ、ですが、諏訪さんはガードマンなので夜勤が少なくなかったようですし、息子さんもしょっちゅう外泊していたようですから、誰も家にいなかったということも考えられます」

確かにその可能性もあった。

「きっとそうですよ」

それならいいが……。

春山が希望的にそう思ったとき、北の市街地の方角からサイレンの音が重なり合いながら響いてきた。

「市街地ならともかく、ここは入間市の最南端……見てのとおり、南側には山しかないどん詰まりです。国道一六号線からだと二キロ、県道からでも一キロ以上離れているんです。こんなところを深夜の二時過ぎに出歩いている者などいたとは思えませんね」

と、栗山拓実が言った。

2

田代昌和が栗山と並んで立っているのは、昨日の午前二時二十分ごろまでは諏訪美喜夫宅が建っていた前、北側の道である。

諏訪一家が十一年前に越してくるまでは農家だったという古い木造の平屋は火事で燃えてしまい、いまは黒い残骸が弱々しい晩秋の日射しを浴びていた。屋根は焼け落ち、元の立体的な構造の名残をとどめているものといえば、炭のようになった何本かの柱と斜めに垂れ下がった梁(はり)だけ。生垣の丈が低く、広い庭には樹木らしい樹木もないので、集落の背後の枯れた丘陵が焼け跡の向こうによく見えた。

「出歩いていた者はいなくても、たまたまトイレに起きた春山周一が火の手の上がるのを見たように、家の中から犯人の姿を見た者がいるかもしれない」

と、田代は応えた。

「この季節、窓を開けて寝ている者はいないでしょう。それに、いまどき、トイレに透明なガラス窓の付いている家なんて、春山の家ぐらいしかありませんよ」

確かにそれは言えるだろう。

が、だからといって、ここで聞き込みを中断する理由にはならない。

そのことはもちろん栗山だって承知して言っているのだった。

田代は埼玉県警刑事部捜査一課の部長刑事、栗山は所轄入間南署の刑事だった。田代は四十六歳。栗山は田代より十歳ほど下の感じだ。

二人はいま、自分たちに割り当てられた区域の約半分の聞き込みを終わり、一旦現場へ戻ったのである。半分といっても、三分の一近い六軒は不在だったが……。

田代たちが聞き込みをして歩いているのは、諏訪美喜夫宅の火事が放火の疑いが濃くなったからだった。

彼らの立っている前――元々扉などなかったらしい石の門の内側――では、天眼鏡を手にした鑑識課員たちが地面に顔をつけるようにして犯人の遺留品捜しをしていた。

今日は十一月二十日（月曜日）である。時刻は午後二時を十分ほど過ぎたところだった。

諏訪美喜夫宅の火事が完全に鎮火したのは昨日の午前四時近く。その後で消防署員が焼け跡に入ると、二つの遺体が並んで見つかった。

二体とも丸焦げで、男女の区別がつかなかったため、初めは諏訪美喜夫・竜二の父子にちがいないと考えられた。ところが、検死の結果、一体は女性であることが判明。それに前後して、派遣先の倉庫会社で夜間勤務に就いていた美喜夫――彼はさいたま市に本社がある警備会社の社員だった――に連絡がつき、死体は諏訪竜二と彼の知り合いの女性である可能性が高くなった。

夜が明けて、消防署と警察署合同の現場検証が行なわれると、火は家の外側から燃え始めた疑いが強まった。それも火元は一カ所ではなく、数カ所に燃えやすい物を置いて灯油かガソリンを掛け、火を点けたのではないか、と考えられた。つまり外部の人間による放火である。

放火ではないかということは、現場検証の前に消防官と所轄署の刑事が別個に聞いた近所の住民の話からある程度予想がついていた。現場へ真っ先に駆けつけた春山周一ら複数の住民が、火の手が上がったかと思うとわずか数分で建物は炎に包み込まれてしまったようだった、と証言していたからだ。

燃えたときの正確な状況は今後の詳しい調査を俟たなければはっきりしない。が、放火なら、男女二人の死は殺人である疑いが濃厚になった。

そのため、昨日の午後、埼玉県警の刑事部捜査一課管理官の滝井義郎警視と、田代の直接の上司である捜査一課殺人班第三係長の河村裕輔警部を実質的な指揮官とする捜査本部――本部長は県警本部刑事部長――が入間南署に設置されたのだった。

当面の捜査の重点は、

①　死んでいた男女二人の死因と死亡時刻をはっきりさせる。

②　諏訪竜二（二十四歳）の所在が今日になってもつかめないので、死者の一人は彼である可能性が高い。そこで、彼の交友関係を調べ、もう一人の死者である女の身元を突き止める。

それに並行して、諏訪竜二の周辺に、彼あるいは彼と女の二人に殺人の動機を持っていそうな人物がいないかどうかを調べる。

③　放火犯人は、諏訪美喜夫が不在と知らず、彼の殺害を狙った可能性もある。だから、諏訪美喜夫に恨みを持っていそうな人物がいないかどうかも調べる。

④　放火犯人と二人の死者との間に、また諏訪美喜夫との間に何の関係もない場合もある。そこで、埼玉県内だけでなく、入間市に隣接した東京都武蔵村山市などで最

近似たような放火事件が起きていないかどうか、記録に当たる。

⑤　犯行時刻前後に現場付近で不審な人物あるいは車を見た者がいないかどうか、聞き込みを行なう。同時に、犯人は下見をしていた可能性があるので、犯行前に諏訪家の近くでふだん見かけない人か車を見た者がいないかどうかも調べる。

以上だった。

これらのうち、

①は、隣市・所沢にある県立医科大学の法医学教室で遺体の司法解剖がすでに行なわれているので、間もなく判明するはずである。

②は、諏訪美喜夫に聞いても、息子の竜二がどこの誰と付き合っていたのかわからず、女に心当たりはないという。が、近所の複数の住民は、「夜、若い女が時々竜二と一緒にタクシーで諏訪宅に来て、翌朝もタクシーを呼んで帰っていたようだ」と述べていた。要するに、竜二は父親が夜勤の晩を選んで女を連れ込んでいたらしく、死んでいたのはその女だった可能性が高い。そのため、捜査本部では、女は竜二の生活の近辺にいたにちがいないと考え、彼が以前アルバイトをしていたという複数のコンビニやガソリンスタンド、さらには中学や高校時代の友人に当たっていた。

諏訪美喜夫によると、竜二は、以前はしょっちゅう職場を替えながらも月に二十日ぐらいは働いていた。ところが、今年の二、三月ごろからは昼は家でごろごろしていて夕方になると出かけ、働いているのか遊んでいるのかわからない状態だった。美喜夫がどこで何をしているのかと尋ねると、新宿でバーテンをしていると答えたが、それが嘘であることは、七月のある晩、吉祥寺で喧嘩をして警察に一晩世話になったことからわかった。そのとき竜二は、バーテンというのは嘘だが、友達に頼まれてちょっとした仕事を手伝っている、と言った——。

竜二は半ばパラサイトの状態で、父親の家で食べて寝ていたので、遊ぶ金と衣服を買う金があれば足りたはずである。とはいえ、それでも月に数万円は必要だっただろう。

その金を、彼はどこでどうやって手に入れていたのか。金の入手ルートと、一緒に死んでいた女あるいは今度の放火事件は関係があるのかないのか。最近、竜二に何かトラブルがなかったかどうか。彼と一緒に死んでいた女の身元を突き止めるための聞き込みをしている刑事たちは、それらの点についても同時に調べていた。

③は、諏訪美喜夫の上司や同僚、仕事以外で彼と付き合いのあった友人、知人に当たっていた。

④は、東京の事件に関しては警視庁に照会し、過去一年間に類似の放火事件が起き

ていないかどうかを調べていた。

⑤は、捜査本部の三分の一近くの刑事が投入され、田代と栗山もその地取り捜査班の一組として現場周辺の聞き込みに動いていた。

放火のあった現場は狭山丘陵のすぐ北側、入間市宮寺××というところである。

田代が栗山から聞いた話によると、狭山丘陵は東京と埼玉の都県境に位置する東西約十一キロメートル、南北約四キロメートルの丘陵樹林帯で、東京都側は東大和市、武蔵村山市、瑞穂町に、埼玉県側は所沢市と入間市に掛かっているのだという。

狭山丘陵のかなりの部分は、東京の水瓶(みずがめ)として大正から昭和にかけて造られた多摩湖と狭山湖の水源を保護するため、車や人の立ち入り、樹木の伐採などが制限されてきた。それによって、東京近郊としては希有(けう)な自然が広い範囲で残っており、アニメ映画「となりのトトロ」の舞台のモデルになったことから、トトロの森とも呼ばれている――。

栗山がそうした話をしてから、

――田代部長は『となりのトトロ』を見たことがありますか？

と言ったので、田代はあると答えた。

すると、栗山は自分で聞いておきながら、

——そうですか！

と、意外そうな顔をした。

見たことがあるなんてもんじゃない、三、四十回は下らない。

田代がそう言ったら、栗山はもっと驚くにちがいない。このごっつい顔をした捜査一課殺人班の刑事が、いったいどんな顔をしてあのトトロを見ているのか、と。

が、嘘ではない。いまは大学生になっている一人娘の絵里が小学校へ上がる前、田代が家にいるときはいつも、「トトロをやって」とビデオの操作をせがまれたのだ。そのころは妻の啓子も生きていたので、絵里を真ん中にしてソファに並んで掛け、絵里がフフッと笑う場面がいつも同じだと言っては二人で微笑み合ったものだった。

絵里は登場人物のセリフをほとんど暗記していた。また、自分は主人公のサツキのつもりでいた。だから、田代が「絵里は小さいから、妹のメイだろう」と言ってからかうと、本気で怒り、しばらくは口をきいてくれなかった。サツキは美少女だが、メイはあどけない幼女なのだ。

それはともかく、田代は、諏訪美喜夫も自分と同じように妻を亡くし、父子二人だけの家庭だったと聞き、美喜夫に同情すると同時にちょっと複雑な思いを抱いた。

絵里は母親を失って三年ほどした中学二年のとき、ちょうど反抗期という事情もあったのだろう、事ごとに田代に逆らい、万引きで補導されたりした。当時の田代はまだ大宮西署の勤務だったので、何日も家に帰らないといったことはなかったし、近くに住んでいた啓子の姉が頻繁に顔を出して助けてくれた。それでも、このままでは絵里をまともに育てられないと思い、警察官をやめることを真剣に考えた。が、彼が迷いながらそうこうしているうちに、波が引くように絵里が落ち着きを見せ始め、その後はこれといった問題も起こさず、二十一歳になる現在まで無事にやってきた。いまでは忙しい田代に代わって家事の八割がたをこなし、父親とも適当に話をする。見たところ、父親に明かせない大きな秘密を抱えているとも思えない。とはいっても、絵里がどういう友達と付き合って毎日何をしているのか、田代はほとんど知らなかった。聞けば嫌がるので、絵里の話からそれとなく推測するだけである。だから、彼だって、突然、諏訪美喜夫と似たような立場に立たされないという保証はどこにもないのだった。

田代と栗山は焼け跡の前を離れて西へ六、七十メートル行き、右（北）へ折れた。東側は畑だが、西側の角に生垣に囲まれた大きな家が一軒あり、畑二枚ほどおいた先に四、五軒の家が並んでいた。

先ず（ま）は角の佐々木という家である。

田代たちは門のない庭に入り、戸の開いていた土間に立って、案内を請うた。が、奥に向かって「今日は」「ごめんください」「佐々木さーん」と代わるがわる声を掛けても、返事がない。

開け放したままにしているのだから、誰もいないということはないだろうが、ずいぶん不用心である。

畑にでも出ているのかもしれないなと話し、田代たちが身体を回しかけたとき、長靴を履いた八十歳前後の老人が暗い土間の奥からのっそりと現われた。

「今日は」

田代が挨拶すると、老人は怪しむような目で二人を見て、「ああ……」と曖昧に応じた。

「警察の者ですが、諏訪さん宅の火事に関して、ちょっと話を聞かせていただけませんか」

田代は用件を告げた。

「俺は何も知らねえな。諏訪んとこが燃えてるって聞いても、爺ちゃんは家にいろって息子が言うんで、出て行かなかったし」

「目は覚めていたんですね？」

「目はその前から覚めていたよ。八時に寝ると、たいがい二時ごろには一回覚めちゃうからね」

「諏訪さん宅が火事だというのはどうして知ったんですか？」

「『火事だ、火事だ！』って誰かが大きな声で言うのが聞こえたんだ。ただ、そのときはどこかはわからなかったが、びっくりして、布団に座っていたら、息子が来て、諏訪んとこが燃えているらしいって……」

　火事だ、火事だという声は、春山周一が畑の中を諏訪宅のほうへ駆けて行きながら叫んだときのものにちがいない。

「そのとき、息子さんが、佐々木さんは家にいたほうがいいと言ったわけですか？」

「うんだ。爺ちゃんは危ないから家にいろと言って、嫁と二人で出て行った」

「ご家族は？」

「いまは三人だ。孫が二人いるが、娘のほうは嫁に行ったし、総領息子は外に出ている」

「目が覚めて布団の中にいたとき、『火事だ、火事だ！』という声の前に何か物音がしませんでしたか？」

田代は尋ねた。

「物音……？」

老人が田代の言った言葉をつぶやき、記憶を探るような目をした。

「何かがぶつかるような音とか、引き摺るような音とか……」

犯人は、灯油かガソリンを車に積んで運んできたのはほぼ間違いない。だから、それを車から下ろして家の周囲に撒くとき、注意していても何らかの音をたてた可能性がある。諏訪家とはかなり離れているが、間に何もないし、深閑としていた深夜のこと、何らかの物音が老人の耳に届いていたとしても不思議はない。

しかし、老人は「覚えてねえな」と首を横に振った。

「それじゃ、車の音はどうでしょう、車の音を耳にしませんでしたか？」

「ああ、自動車の音なら、聞いた」

と、今度は老人が即座に答えた。

「どんな音でしたか？」

「どんなって言われても……」

「例えば、停まっていた車がエンジンを掛けて走り出したような音だったとか、道を走り過ぎる音だったとか……」

「道を通ったんだ。諏訪の家のほうから来て、そこで曲がって行った」

ということは、佐々木家の東側の道を北へ向かった——。

「佐々木さんがその車の音を聞いたのは、『火事だ！』という声を聞く前ですね」

「うんだ」

「何分ぐらい前だったか、覚えていませんか？」

「『火事だ！』という声が聞こえたのはその後ちょっとしてからだから、三、四分……いや、あれでも五、六分は経っていたかな。ま、十分とは経っていないと思うが、はっきりしたことはわからね」

田代は栗山と見交わした。

栗山の浅黒い顔が心持ち上気し、その目は「犯人の車と見て間違いないようですね」と言っていた。

もちろん田代もそう思った。

佐々木家の東側を北へ向かっている道は真っ直ぐではないし、途中で別の道と交差したり枝分かれしたりしている。が、どう行ってもじきに県道か国道一六号線に出られるし、そうした幹線道路を通らなくても諏訪家から離れられる。

佐々木が車の音を耳にしたのが、もし「火事だ！」という声を聞く三、四分前だった場合は、春山周一がトイレの窓から「炎がぱっと上がるのを見た」とき、犯人はまだ諏訪家の前にいた可能性が高い。それがたとえ五、六分前だったとしても、春山が火事を目撃したのは犯人が車に乗って逃げ出した直後ぐらいだろう。

ということは、どちらにしても、犯人が点火した後、火はあまり時をおかずに大きく燃え上がったと考えられ、「家の周囲の数カ所に燃えやすい物を置いて灯油かガソリンを撒いて点火したらしい」というこれまでの見方を裏付けている。

これは、犯人にとって、かなり危険なやり方だった。目撃されるおそれが小さくなかったし、最悪の場合は取り押さえられていたかもしれない。

それなのに、犯人はなぜそうした方法を採ったのだろうか。

その理由は、家の中に寝ている人間をどうしても殺す必要があったからだった可能性が高い。つまり、火が大きく燃え上がる前に火事に気づかれて逃げられたら犯人にとってもっと危険になる、と判断したからであろう。

そう考えた場合、犯人が諏訪美喜夫を殺そうとしたという可能性は消える。諏訪美喜夫は生きており、犯人についての心当たりはまったくないと言っているのだから。

残るは、犯人は諏訪竜二を殺そうとしたか、女を殺そうとしたか、竜二と女の二人を殺そうとしたかだが、火を点けられたのが諏訪竜二の家だった事実から見て、竜二が女の巻き添えになって死んだという可能性は薄いだろう。

とすると、犯人は諏訪竜二を殺そうとしたか、竜二と女の二人を殺そうとしたか、どちらかだったと考えられる。田代の勘では、〈犯人は諏訪竜二と女の行動パターンを予め調べておき、諏訪美喜夫が不在の晩、竜二と女が一緒に泊まるのを突き止めたうえで放火した〉、つまり後者だった可能性が高いように思われるのだが……。

「ところで、佐々木さんは、最近、諏訪さんの家の近くで見慣れない人間を目にしたことはありませんか？」

田代は老人に顔を戻し、質問を継いだ。

「うーん」

と、老人が考えるように首をひねり、「覚えてねえな」と答えた。

「見かけたことのない車が門の前に停まっていたとか……でもいいですが」

「どうだったかな。車なんかいちいち気にしねえし……」

「息子さんかお嫁さんにも話を聞きたいんですが、おられますか？」

「いや、いねえ。二人とも勤めてっから。嫁はパートだから、四時には帰ってくっけど……」

まだ三時前なのに、四時まで待っているわけにはいかない。

田代たちは不在だった家を夕方もう一度訪ねるつもりだった。だから、その後でここにも来ればいいだろう。

田代はそう思い、老人に礼を言って、栗山とふたり土間を出た。

後半の聞き込みは幸先の良いスタートだった。それだけに、犯人を突き止めるための具体的な手掛かりがつかめるかもしれないと期待したが、期待どおりにはいかなかった。

が、五時を過ぎてから再訪した、諏訪家から南西に二百メートルほど離れた山際の家で大きな収穫があった。庭にダンプカーを停めて降りてきた五十歳前後の男から、次のような話を聞くことができたのである。

「火事の晩のことは何も知らないけど、四、五日前の夕方なら、諏訪んとこの前の道に車を停めていた男を見たよ。門のすぐ前じゃなく、西に三、四十メートル離れた路肩だけどね。女房と車で買い物に行った帰りだから、四時ごろだったかな。男は諏訪の家のほうへ向けた車の運転席でラジオでも聴いているふうだった。どうして覚えているのかっていうと、花粉の季節でもないのに、男が野球帽を被ってマスクとサングラスを掛けていたからだよ。見かけたことのない人間だし、顔を隠しているみたいだったんで、気持ちに引っ掛かっていたんだ。立った姿も素顔も見てないから、歳や体付きはわからないけど、まあそれほど若くもないし年取ってもいない感じだったな。……ああ、それから、車はシルバーのセダンだった」

その晩、田代たちが入間南署に帰ったのは七時半過ぎである。

田代と栗山が捜査本部の置かれている四階の講堂へ上がって行くと、地取り班の刑事たちはほとんど帰っており、複数の組が田代たちがダンプカーの運転手から聞き込んだ話と重なる情報を得ていた。

車に乗った見慣れない男の目撃情報である。

情報はまちまちで、男の車については、ダンプカーの運転手と同様に白系統のセダンだったと言う者、黒いワゴン車だったと言う者、クリーム色の軽乗用車だったと言う者などがいた。男は車を諏訪家の門が見える場所に停めていたと言う者もいれば、前の道をゆっくりと走って行ったかと思うとすぐに戻ってきたと言う者もいた。それらの目撃情報がすべて事件に関係していたという証拠はない。男の顔をしっかりと見た者はなく、だいたいの人相、年齢もばらばらだし、無関係な話が交じっている可能性もある。とはいえ、「運転席の男は帽子（野球帽かハンチング）を被り、マスクとサングラスをかけていた」と話した者が三人おり、それらの目撃がいずれも放火事件の起きる数日から一カ月ほど前までの間だったことから――正確な日付は誰も覚えていなかったが――、その男が犯人で、複数回現場の下見に来ていた可能性はかなり高い、と考えられた。

田代たちがそうした情報交換をしているうちに捜査会議が始まり、そこでも重要な事実が報告された。

一つは、遺体の解剖によって判明した事実である。死んでいた男女はいずれも十代後半から三十代までの間と見られること、二人とも強い打撲の跡や刺し傷、切り傷はなく、多量のアルコールを飲んでいたものの睡眠薬等の薬物を摂取していた形跡はなかったこと、死因は煙を多量に吸い込んだことによる窒息で、死亡推定時刻は十一月十九日（日）の午前二時から三時までの間と見られること、などである。

そしてもう一つは、死者の身元が二人ともほぼはっきりしたことだった。

まず男のほうは、血液型と歯の治療跡が諏訪竜二に一致し、ＤＮＡ鑑定をするまでもなく、諏訪竜二と断定された。

一方、女のほうは、諏訪竜二らしい男と一緒に死んでいたというテレビの報道を見て、

――諏訪竜二と付き合っていた女なら、前田結花ではないか。

と知らせてきた匿名の電話を手掛かりに調べたところ、その通りである可能性が高くなった。

前田結花は東京都東大和市に両親、弟と住んでいる二十二歳の専門学校生。十八日、十九日の夜とも帰宅しておらず、今日二十日の午後になっても連絡がない。つまり、所在が不明だった。

母親によると、二晩ぐらい無断で外泊することは珍しくなかったので、放っておいたらしい。が、今日の午後、刑事の訪問に慌てて連絡を取ろうとしても、携帯電話は通じず、メールに対する返信もない――。

「少し前……八時半過ぎに両親に電話してみたが、前田結花はまだ帰っていないし、連絡もないそうだ」

と、河村警部が説明を継いだ。「両親は、結花が付き合っていたらしい女友達の電話番号を調べては片っ端から尋ねているらしいが、誰も結花の所在を知らない。十八日の午後、吉祥寺駅近くを一人で歩いているのを見かけたと言った者がいたそうだが……。いずれにせよ、結花の部屋から採取した髪の毛をつかったＤＮＡ鑑定の結果が出れば、女が前田結花かどうか、百パーセントはっきりする」

3

十一月二十三日（勤労感謝の日）――。

茜がJR新宿駅の3、4番線ホームへ上がって行くと、午前八時三分発の特急「成田エクスプレス」がすでに入線していた。

茜はこれまでにハワイ、韓国と二度海外旅行をしたが、二度とも京成線の電車を利用したので、料金が三倍もする成田エクスプレスに乗るのは初めてである。

もう一度切符を見て指定された車両に乗り込み、中央まで進むと、四人用のボックス席にウェラチャート・ヤンの姿があった。

桧山満枝によると、成田エクスプレスの普通車は車両の半分ずつ座席の向きが違っているため、中央だけが向かい合いのボックス席になるのだという。

満枝は年に二、三回は外国へ行っているようだが、空港との往復にはいつも成田エクスプレスを利用しているらしい。そのためだろう、今回、ヤンがタイへ一時帰国することになって、成田まで見送りに行こうという話になったとき、「それじゃ、私が成田エクスプレスの切符を手配するわ」と当然のように言った。そのとき、茜は、手配は満枝がしても代金はそれぞれが出すものと思っていた。ところが、茜たちが払おうとしても、そんな細かいこと言わなくてもいいわよ、と満枝は笑って受け取らなかった。

昨日までは満枝、伊佐山早苗、そして茜の三人が空港へ行くことになっていた。ヤンを含めて四人である。が、今朝、急に都合がつかなくなったというメールが早苗からあったので、これから来るのは満枝だけ。席を一つ空けたまま終点まで行くことになった。早苗は払い戻しの手続きを取ろうとしたようだが、別の人が乗ってきたら話しづらいからいい、と満枝が止めたらしい。

茜が座席の横に立って、「おはようございます」と挨拶すると、

「あ、久保寺さん、おはようございます」

と、ヤンが茜のほうへ顔を上げた。

「ヤンさん、早かったですね」

「はい」

「今回は本当に良かったですね」

茜は、ヤンの斜め前、通路寄りの座席に腰を下ろした。

良かったというのは、九月十九日に起きたクーデターの後ずっと軟禁状態に置かれ

ていたヤンの父親が自由になったのだ。

「ええ」

と、ヤンがうなずいた。

だが、その表情はどことなく硬かった。数日前、母親からの電話をフェミニズム研究会の部屋へ知らせにきたときは、本当に嬉しそうだったのに……。

いざ帰国する段になってみると、また不安になってきたのだろうか。

茜はそう思い、

「やはり、お父さんの無事な姿を自分の目で見るまでは心配ですか?」

と、聞いてみた。

「いいえ、そんなことありません」

ヤンがにっこり笑って否定した。

「それならいいですが、何だかちょっと緊張しているみたいだったから」

「そうですね、やっぱり少し緊張しているかもしれませんね。父は無事でも、家族の生活は以前のようにはいかないでしょうし、具体的にどうなるかは帰ってみないとわかりませんから」

「でも、ヤンさんはこれからも日本で勉強をつづけるんでしょう?」

「私はそうしたいと思っています」

茜とヤンが話していると、満枝が着き、列車は間もなく発車した。

座席はまだ半分ぐらいしか埋まっていなかった。渋谷、東京と停まって行くらしいから、途中で乗ってくるのだろう。

「お休みの日に、お二人には朝から……すみませんでした」

と、ヤンが頭を下げた。

ヤンの正面、茜の横の窓際の席には満枝が座っていた。

「私たちが勝手に言い出したんだから、気にしなくていいのよ。ね？」

満枝が茜に同意を求めたので、茜は「はい」と応えた。私たちが……といっても、言い出したのは満枝だったが……。

おかげで、帰りに満枝と二人だけでちょっとした旅ができることになり、茜は浮き浮きしていた。

「それにしても、ヤンさんの帰国と学園祭がぶつからなくてよかったわ」

と、満枝が言った。

ヤンは、フェミニズム研究会が主催した《講演と討論の集い》で発言したわけではない。が、最後に満枝がヤンを紹介し、ヤンが針生田教授を相手に民事訴訟を起こすつもりでいることを明らかにした。すると、会場から針生田教授に対する怒りの声とヤンに対する励ましの声が湧き起こり、《集い》はヤンの出陣式のような熱気を帯び、成功裏に幕を閉じたのである。

ヤンが民事訴訟を決意すると、茜たちフェミニズム研究会は全面支援を約束した。そして、学園祭が始まる四日前の今月七日、ヤンは満枝と二人で弁護士の香月佳美を訪ねたのだった。

「ヤンさんは何日ぐらいしたら日本へ帰ってくるんですか？」

茜は聞いた。

「行ってみないとはっきりとはわかりませんが、桧山さんや久保寺さんに支援していただいている訴訟のことがあるので、できるだけ早く帰ってくるつもりです」

と、ヤンが答えた。

「香月先生は、ヤンさんが一時帰国されることをご存じなんですか？」

「はい。桧山さんが連絡してくださいましたから」

「ヤンさんのお父さんが自由になられたって私が電話すると、香月先生、とても喜んでくださったわ」

満枝がヤンの言葉につづけた。

「でも、私のために先生と桧山さんの予定を狂わせてしまって……」

茜が聞いているのは、今月中にもう一度ヤンと満枝が香月弁護士を訪ねて打ち合わせをし、来月早々にも提訴する、という話だった。

「私のことなんてどうでもいいわよ」

と、満枝が言った。「それから香月先生だって、ヤンさんに気にしないように伝えてって私に言ってらしたわ。そう話したでしょう？　一週間や十日遅れても関係ないからって……」

「はい」

「だから、ヤンさんは、ひとまず日本のことは忘れて、久しぶりに会うお父さんやお母さんとゆっくりしてらっしゃい」

ヤンより歳下の満枝が、姉が妹にでも言い聞かせるような調子で言った。

「ありがとうございます」

「そして、日本へ帰ってきたら、また一緒に頑張りましょう」

はい、とヤンがうなずいたとき、列車は渋谷に着いた。

新宿を出てわずか五、六分だった。

茜は代々木、原宿と各駅に停車して行く山手線しか乗ったことがなかったので、その早さに驚いた。

渋谷で乗り込んできた乗客は数人だった。

が、二十分ほどして列車が東京駅の地下ホームに滑り込み、そこを出たときには、茜たちのいるボックス席の一つを除いて座席はみな埋まっていた。

空港でヤンがチェックインするまで見送った後、茜たちはＪＲの快速エアポートで成田まで戻り、下車した。

新勝寺にお参りして行こうか、と満枝が言ったので、茜は諸手を挙げて賛成したのだ。

茜たちは駅前でホットサンドとコーヒーの昼食を摂ると、広場を出て左へ歩き出した。

あまり広くないその道は、じきに門前町のたたずまいを見せ始め、休日のせいか、人が結構出ていた。茜が父から聞いた話では、現在は郊外に大きなショッピングセンターや団地などができているらしいが、飛行場が開港する以前の成田の街と言えば、新勝寺の山門まで通じているこの参道沿いだけだったのだという。

茜は小学校一、二年生のころ、両親に連れられて一度だけ初詣でに成田へ来たことがある。といっても、おとなたちの身体に埋まってしまって何も見えず、はぐれないように必死に母の手を握り締めていたという記憶しかない。そのため、両側に羊羹、落花生、甘栗、漬け物などの土産物店やレストランが軒を連ねているごみごみした通りは初めて見る光景に等しく、物珍しかった。

それらの店を適当に覗いて歩きながら、茜が子供のころの話をすると、

「ふーん、久保寺さんはそんな思い出があって、幸せね」

と、満枝が羨ましそうに言った。

茜は、人でごった返している成田山へお参りに来ただけで……とちょっと不思議に思ったが、黙っていた。

「私は一人っ子なのに、家族そろってどこかへ行った記憶なんて一度もないのよ」

満枝が言葉を継いだ。軽い調子の言い方だったが、言葉の裏に寂しさが覗いているように感じられた。

「お父さんが早くに亡くなられたからですか？」

「違うわ。早くって言ったって、父が亡くなったのは私が高校一年のときだから」

「………」

「そういう家だったの。貿易会社を経営していた父は、仕事仕事で滅多に家に帰らな

かったし……。本当は女の人がいたんだけどね。それぐらい、小学校四、五年生ぐらいになると、私にだってわかったわ。それなのに、母は、お父さんはお仕事が忙しいからって言っていたの。いま考えると、私にというより、自分にそう言い聞かせていたんじゃないかと思うわ」

満枝の家の詳しい事情がわからないので、はっきりしたことは言えないが、もし自分が満枝だったら、中学生になっても母親の言葉をそのまま信じていたのではないか……茜はそんな気がした。

「お母さんとお二人ではよく出かけられたんですか？」

「本当のことに気づく小学校四、五年生ごろまではね。でも、その後は母とも一緒に行かなくなったわ」

「どうしてですか？」

「母が私を自分の夫の代わりにしているようで、嫌だったの。母は元々私に対して過干渉だったんだけど、このままだと自分は母の思うがままに動くお人形にされてしまう、そんなふうに感じたのかもしれない」

「桧山さんて、小学生のころからしっかりした自分を持ってらしたんですね。私にはとても想像できないわ。小学校四、五年生のころの私なんて、両親の関係がどうなっているかなんて何も知らなかったし、ちょっと反抗はしても結局は親の言いなりだったから」

「それは、久保寺さんが幸せだったという証拠よ。私だって、父が毎日夕方になると帰ってきて、家族そろって夕飯を食べて……というような家庭に育っていたら、きっと何も知らず、母を拒否するなんてこともなかったと思うわ」

そうかもしれないが、やはり満枝と自分の個性、能力の違いではないか、とも茜は思った。

「それはともかく、父が亡くなった直後は、母と私の関係も多少は良かったのね。父が亡くなった悲しみは悲しみとして、母も気持ちに整理がつけられたらしくて……。でも、じきにまた母は私の生活のすべてに口を出し、私を支配しようとし始めたわ。だから、私は、高校を卒業するまではじっと我慢していて、大学へ入るのと同時に家を出たの。実は、私はずっと父を憎んでいたんだけど、その父が私のために預金してくれていたお金があったから」

茜たちは、色とりどりの羊羹が山と並べられた大きな店の前を過ぎた。

その先は道が二叉に分かれていたが、右手が参道であることは景観からも人の流れからもわかった。

満枝と並んでかなり急な坂道を下り出すと、

――そうだ、この坂を下りきったところに大きな旅館があって、その先の左側が山門だったわ。

と、茜の頭にぼんやりとした記憶がよみがえった。

茜は何となく懐かしいような嬉しいような気分になったが、口には出さなかった。満枝に気兼ねする気持ちが働いたのだ。

店先で生きている鰻を裂いて蒲焼きにしている食堂――レストランと言うより食堂と呼んだほうがふさわしい感じの店――の前を過ぎたとき、下から三歳ぐらいの男の子を真ん中に挟んだ若い夫婦（だろう）が坂を登ってきた。

男の子は脚がくたびれたというより遊んでいるのだろう、両親にせがんでは二人の腕にぶら下がった。

それを見て、茜は、どこかで同じような光景を目にしたような気がした。それも、さほど前にではなく……。

そうか、と茜はいつ、どこで見たのかを思い出した。

と同時に、あのときの若い母親は今年の学園祭には来なかったな、と思った。

あれは九月末の土曜日、フェミニズム研究会の部屋で《講演と討論の集い》のポスター作りをした日だった。目白駅前のマクドナルドで満枝にコーヒーをご馳走になった後、ヤンとも別れ、雑司ヶ谷公園の前を通って都電の駅へ行こうとしていたときだ。子供は男の子ではなく、女の子だったが……。

――あの母親は、今年はどうして学園祭に来なかったのだろう。子供の世話を夫に頼めなかったのだろうか。

学園祭には来たが、フェミニズム研究会が主催した《講演と討論の集い》には来なかった、ということも考えられる。が、その可能性は低いように茜には思えた。今年の《講演と討論の集い》は、講師の上山千重子のネームバリューのおかげだろうか、去年のシンポジウムの二倍近い七十人余りの参加者があった。それでも、あの母親が来ていれば、それとなく気にしていた茜にはわかったはずである。

「去年の学園祭のシンポジウムが終わった後のことを覚えていますか？」

茜は満枝に聞いてみた。

「去年の……？」

満枝は訝しげな顔を茜に向けて聞き返しかけたが、何かに気づいたのか、ハッとしたように後の言葉を呑み込んだ。

が、すぐに何でもなかったかのような表情に戻り、

「何かあったかしら？　覚えていないんだけど……」

　と、首をかしげた。

　茜は満枝の反応がちょっと気になったが、そのことには触れずに言った。

「会場の後片付けがほぼ済んだとき、ほっそりした若い女性が廊下から入ってきて、桧山さんに……」

「ああ、思い出したわ。私に話しかけてきた人ね」

「はい」

「確か、シンポジウムについての感想を言ってこられたんだったわ。とても良かったって」

「チューターの草薙冴子さんの発言が気になったとか……？」

　あのとき、茜たちに十分ほど遅れて部室へ帰ってきた満枝はそう言った。

「そう言えば、そんなことも言っていたかもしれないわね。でも、もう一年以上前の話なので、具体的に何を話したかなんて覚えていないわ」

　満枝がちょっと不快げに顔をしかめたので、茜は「すみません」と謝った。

「ううん、べつに久保寺さんを責めたわけじゃないけど。それより、あのとき私に話しかけてきた女の人がどうかしたの？」

「はい。……あ、いいえ、どうかしたというわけじゃなく、先々月の末、ちょっと見かけたものですから」

「そう。どこで？」

「雑司ヶ谷公園のそばです。いま擦れ違った親子みたいに、小さな女の子と夫らしい男の人と仲良く歩いていたんです。女の子が両親の腕にぶら下がって……」

「ふーん。で、久保寺さんはその人に挨拶したわけ？」

「いいえ、していません。向こうは私のことなんか覚えている様子がありませんでしたし……。ただ、私のほうは、こんなに近くに住んでいたのかと思い、去年シンポジウムが終わった後まで残って桧山さんに熱心に質問していた人なら、今年も来てくれるかな、と何となく気にしていたんです」

「私は気づかなかったけど、《講演と討論の集い》に見えていたかしら？」

「いいえ、来られませんでした。それで、今年は時間の都合がつかなかったのかな、と……」

「そう」

と、満枝が何かを考えているような顔をしてうなずいた。

茜たちは坂を下りきり、大きな旅館の前を過ぎた。

少し右にカーブした先、左側が山門だが、大本堂の建っている境内の中心とも言うべき広場までは、そこからいくつかに分かれた石段を上らなければならない。

茜たちは山門を入り、小さな土産物店が左右にひしめき合っている石畳の参道を抜けた。

最初の石段を数段上ったとき、飛行機の音が聞こえたような気がし、茜は足を止めて、空を見上げた。

が、飛行機の影はどこにもないから、空耳だったのかもしれない。

茜は再び歩き出しながら、

――ヤンさんの乗った飛行機はもう飛び立っただろうか。

と、思った。

4

十一月二十四日の午後二時過ぎ、田代は栗山とともに多摩都市モノレールの多摩動物公園駅で降りた。

朝、入間南署の捜査本部を出たときは快晴に近かったのだが、高円寺、三鷹と聞き込みをして歩いている間に次第に雲が広がり、午後になってから風も出始めた。

田代たちは交番で道を聞き、駅の西側一帯を占めている動物園とは反対のほうへ十分ほど歩き、柏葉大学の正門前に着いた。
七、八年前に開校したばかりだと聞いてきたが、丘陵の一角を切り開いて造られた大学らしく、キャンパスの周囲は黄色く色づいた雑木の樹林だ。近くには民家もなく、道を挟んだ正門の反対側にコンビニとファーストフードの店が一軒ずつあるだけだった。
思い思いの服装と髪型をした男女の若者たちが出入りする門から少し離れ、田代は篠原信恵のケータイに電話した。正門前に着いたことを知らせたのだ。

篠原信恵と思われる娘は、五分としないうちに緩やかな勾配を持った構内の道の上に現われた。三鷹から電話してくれた葛生(くずう)ミキに服装と髪型を聞いていたものの、別の女子学生と一緒だったから、その時点では〈あの娘らしいな〉と思っただけである。が、門を出てきたところで田代たちを見て目礼したので、間違いないと確信した。

透明なキャリーケースを右脇に抱えたその女性は、胸の前で左手を小さく振って友達と別れ、ツツジの植え込みのそばに立っていた田代と栗山のほうへ歩いてきた。

田代たちも二、三歩彼女に歩み寄り、

「篠原信恵さんですか？」

と、確認した。

「はい」

と、女性が緊張した面持ちで答えた。

背丈は普通だが、身体は太めで、髪を肩の下まで垂らしていた。服装はジーパンにスニーカー、フードの付いたモッズコート——裾に紐が入ったコートをそう言うらしい——だった。

田代は、自分と栗山を紹介してから用件を伝えた。

「葛生さんから聞かれたと思いますが、私たちは、先週の土曜日の夜……正確には十九日の午前二時過ぎ、前田結花さんが諏訪竜二さんと一緒に殺された事件について調べています」

諏訪竜二と一緒に死んでいた女性の身元に関する電話が捜査本部にあったのは四日前。その後、死者はタレコミどおり前田結花に間違いないと鑑定された。

この間、諏訪美喜夫については、争いごとを好まない温厚な性格で人の恨みを買うような人間ではないとわかったし、入間市に隣接した地域では今回と類似した放火事件はここ一年間起きていないということも判明した。

また、一昨日、探偵社の社員だという男から電話があり、「石井正夫と名乗る依頼人のメールを受け、十月五日から九日までの五日間、前田結花を尾行して彼女の行動を調べた」と知らせてきた。男によると、依頼人とはすべて携帯電話のメールでやり取りし、料金は銀行振り込みだったので相手が男か女かもわからない、という（男に聞いた携帯電話は通じなかったから、彼に調査を依頼した人間は闇で買った電話を使用し、偽名をつかったと見て間違いないだろう）。

こうした事実と、「帽子を被ってマスクとサングラスをかけた男」が事件の前に諏訪家の下見をしていたと思われること、建物の周りに燃えやすいものを置いて灯油を掛け、火を点けたらしい状況――火を点けたのは三カ所と推定され、掛けられたのは灯油だったと判明した――などから、

《犯人は、まず探偵をつかって前田結花について調べ、次は自分で彼女と諏訪竜二の行動を見張り、諏訪美喜夫が不在のときに結花と竜二の二人を殺そうとした》

という可能性が非常に高くなった。

そのため、田代たちの捜査は大きく二つの班に分かれて進められた。

一つは〝車〟から犯人に迫る捜査であり、もう一つは諏訪竜二と前田結花の生活・交友関係から犯人に迫る捜査である。

田代たちが佐々木老人から聞いた話からも想像されるように、犯人は現場まで車で来て車で逃げたのはほぼ間違いない。とすれば、事件当夜、犯人の乗った車はNシステム（高速道路や国道などの主要道路に配備された自動車ナンバー自動読み取り装置）に捉えられている可能性がある。そこで、「車捜査班」は、入間市の事件現場を中心にした半径十五キロメートルの円内に設置されているNシステム計十二カ所——半径十キロメートル以内にある五カ所だけでいいのではないかという意見もあったが、十五キロに拡げられた——の記録に当たり、その中に、〈諏訪竜二か前田結花と関わりのある者が所有する車〉あるいは〈レンタカー〉がないか、と調べていた。もしレンタカーがあれば、借りた人間を突き止め、その人間と被害者との間に何らかの関係がないかどうかを調べるのである。

しかし、こちらの捜査からは、これまでのところ犯人に結び付きそうな事実は得られていなかった。

その理由としては、

①〈犯人と被害者との関わりが両者だけの秘密で誰にも知られていなかった〉か、

②〈現場へ行くときも現場から逃げるときも犯人がNシステムの配備されている可能性のある主要道路を避けた〉か、

どちらかだったと考えられる。

もし①なら、今後の調べによって犯人と被害者の関わりが明らかになり、犯人を特定できる可能性があるが、②だった場合はどうしようもない。

もう一方、田代と栗山が関わっている、被害者の生活・交友関係から犯人に迫る捜査は、注目すべき事実を突き止めていた。

諏訪竜二も前田結花も仕事らしい仕事をしていた形跡がないのに、今年の冬ごろから急に金回りがよくなった、という事実である。

ただ、これまでは、二人がその金をどこでどうやって手に入れたのか、がわからなかった。

ところが、今日、田代たちは三鷹の老人保健施設で働いている前田結花の中学時代の友人、葛生ミキを訪ね、耳よりの話を聞いたのである。

葛生ミキはそれほど重大なことだとは思わずに話したようだが、篠原信恵の話を聞けば結花の金回りがよくなった事情を調べるための手掛かりが得られるかもしれない、という情報だった。

「ついては、篠原さんがご存じのことを伺いたいんですが、どこか落ちついて話せるところはありませんか？」

田代は言葉を継いだ。

「この近くには喫茶店もありませんし、構内のベンチでもいいですか？」

と、篠原信恵が聞いた。

「結構です」

それじゃ……と篠原信恵が先に立っていま出てきた門を入って行き、田代たちをヒマラヤスギに囲まれた一角へ導いた。

そこは石畳の広場になっていて、真ん中に睡蓮の浮いた浅い池があり、石畳の四方の縁にベンチが二つずつ並んでいた。

日向(ひなた)になった北側のベンチにだけ、お喋りをしている男女のグループがいたものの、他の三方のベンチは無人だ。人もあまり通らないようだった。

ここなら誰にも話を聞かれる心配がなさそうだ。

田代はそう思って、栗山と目顔でうなずき合い、南側のベンチを指して、

「あそこでいいですか？」

と、篠原信恵に聞いた。

篠原信恵がいいと答えたので、田代たちはそのベンチへ行った。

日陰なので、長くいたら寒くなりそうだが、篠原信恵もスカートではないので、三十分ぐらいなら大丈夫だろう。

「篠原さんと葛生さんは、前田結花さんと、東大和市立東中学校時代の友達だそうですね」

篠原信恵の右隣りに掛けた田代は身体を三十度ほど彼女のほうへ回し、本題に入った。

篠原信恵が「はい」とうなずいた。

「葛生さんは生前の前田さんと同様、いまでも東大和市に住んでいるそうですが、篠原さんはどこにお住まいですか？」

「私は中学を卒業して間もなく立川に引っ越し、いまは小金井に住んでいます」

「ご家族と？」

「はい。両親と姉が一人います」

「中学時代、篠原さんは前田さんと仲が良かったんですか？」

「二年のとき同じクラスだっただけで、べつに仲が良かったわけではありません」

「卒業後、付き合いは？」

「全然ありませんでした」

と、篠原信恵が答えた。

その言葉は事実と考えていいだろう。前田結花の交友関係を調べても、今日、葛生ミキに話を聞くまでは誰からも篠原信恵の名前は出てこなかったのだから。

田代たち「被害者の生活・交友関係捜査班」がこれまでに聞き込んだ前田結花に関する話は、けっして芳しいものではなかった。

前田結花は早熟で身体も大きかったらしい。中学二年ごろから渋谷や新宿の盛り場を遊び歩き、援助交際と称する売春をしていたようだ。ただ、定時制高校に入学して間もなく暴走族の少年Kと同棲し始めると、Kに操を立て、売春だけはしなくなったらしい。恐喝や暴行で何度か警察に補導されたようだが、施設に収容されるまでには至らず、Kが少年院へ送られたのを機に暴走族とも切れた。その後、地元のハンバーガーショップなどでアルバイトをしながら五年かかって定時制高校を卒業し、吉祥寺にあるジュエリーデザインの専門学校へ進んだ。

といっても、けっして品行方正な生活を送るようになったわけではなく、相変わらず不良仲間と付き合い、ドラッグをやったり、盛り場をふらついている少女をつかまえては強請・たかりをしていたらしい。

諏訪竜二と知り合ったのは一年半ほど前のようだ。竜二と彼の仲間に吉祥寺でナンパされたのがきっかけらしい。ただ、知り合ったからといってすぐに親しくなったわけではなく、二人がしょっちゅう一緒に行動するようになったのは今年の冬ごろからではないかという。

ちょうどその前後から前田結花の金遣いが荒くなった。アルバイトをしている様子もないのに、十万円もするシャネルのバッグやジャケットを買い、諏訪竜二とフォード・マスタングのレンタカーを借りて遊び歩いたりした。また、結花にホテルでフランス料理のフルコースを奢ってもらったと証言した友達もいた。そのうちの一人は、「祖母が死んで自分に三百万円遺してくれたからだ」と結花から聞いていたが、彼女の両親に尋ねてもそうした事実はなかった。

前田結花が金を持っていたらしいことは、タクシーの運転手の話によっても裏付けられた。「諏訪竜二が夜、時々若い女と一緒にタクシーで帰ってきて、翌朝もタクシーを呼んでいたようだ」という話を近所の人から聞いていたので、田代たちは入間市と所沢市のタクシー会社を当たった。すると、結花は朝帰るとき、西武線やJR八高線の最寄り駅までではなく、立川や吉祥寺までタクシーで行っていたのだ。

前田結花は、そうした金をどこからどうやって手に入れたのか――？

田代たちは、そのことが事件に関係している可能性が高いと見て調べた。

だが、わからなかった。

結花に関しての調べに並行して、諏訪竜二の生活・交友関係についても田代たちは調べていたが、そちらも同様だった。つまり、二人のどちらにも、まとまった金が手に入るような事情は見つけられなかった。

結花が開いていたR銀行東大和支店の普通預金口座にも、諏訪竜二が開いていたS信用金庫所沢支店の普通預金口座にも、ここ一年、十万円単位の入金はなく、残高はいずれも一万円に満たない額だった。

諏訪竜二の預金に関しては、通帳もキャッシュカードも焼失してしまったらしく残っていなかったが、彼がS信用金庫所沢支店に口座を開いていたことは父親の美喜夫の話から明らかになっていた。一方、前田結花の預金については、カードはやはり彼女の持ち歩いていたバッグとともに燃えてしまったのか、見つからなかったが、通帳が自宅に残っていた。そこで、田代たちは、美喜夫と結花の両親の了解を得て、S信用金庫とR銀行に問い合わせ、二人の口座の入・出金状況と預金残高を突き止めたのである。

田代たちは、〈被害者たちがまともではない方法で金を手に入れていたらしい〉という事件のスジと思われるものはつかんだ。

しかし、そこから先へ進めずにいた。

そんなとき、葛生ミキから、

――篠原信恵が前田結花に食事に誘われ、ご馳走になった。

と、聞いたのだ。

といっても、それだけなら、参考までに篠原信恵に会って、前田結花とどういう話をしたのかを聞いてみようか、と思った程度だっただろう。

ところが、葛生ミキは、その話に関連して田代たちが予想もしなかったことを言ったのである。

「中学を卒業後、篠原さんは前田結花さんと全然付き合いはなかったが、この夏……七月の末ごろ、ＪＲ新宿駅の東口で偶然出会った、そういうわけですね？」

田代は質問を継いだ。

はい、と篠原信恵が答えた。

「中学を卒業した後、会ったことはあったんですか？」

「駅なんかで何回か顔を合わせたことはあります」

「そうしたとき、前田さんにお茶か食事に誘われたことは？」

「ありません」

と、篠原信恵が首を横に振った。「いつも短い言葉を交わしただけで別れました」

「それなのに、夏、新宿で会ったときは、久しぶりに会ったのだから一緒に食事でもどうかと誘われた?」

そうした経緯はもちろん葛生ミキから聞いたのである。

そうだ、と篠原信恵が答えた。

「どうしてだと思いますか?」

「前のときは、私がお友達と一緒か、前田さんが誰かと一緒にいたか、どちらかだったからかもしれません」

「新宿で会ったときは、篠原さんも前田さんも一人だった?」

「はい。私はお友達と別れて帰るところでしたし、前田さんは待ち合わせたお友達が急に行けなくなったとメールしてきたと言っていました」

「前田さんに食事に誘われたとき、篠原さんはどう思いましたか?」

「正直言って、嫌だなと思いました」

「ということは、前田さんと食事などしたくなかった?」

「はい」

「どうしてでしょう?」

「元々親しかったわけではないし、前田さんについてはいろいろ良くない噂を聞いていたからです」

「良くない噂とは、暴走族に入っていたとか、ですか?」

「それもありますが、暴走族を抜けてからのこともいろいろと……」

篠原信恵はぼかした。「あ、でも、前田さんは私やミキには何もしませんでしたけど」

「嫌だなと思ったのに、どうして誘いに乗ったんですか?」

田代は質問を継いだ。

「初めは、用事があるからと言って断わったんです。でも、『いま、家に帰るとこだと言ったじゃねえかよ。あたしなんかとは付き合えないっていうわけか』と怖い顔をして睨まれ、仕方なく、じゃ一時間ぐらいなら、と……」

「そうしたら、前田さんは、金の心配なら するなと言ったとか?」

「はい。『あたしが誘ったんだから、あたしが奢るからよ』って……。バイトで金が入ったところだとも言っていました」

「で、レストランへ行く前に、一緒に銀行のキャッシュコーナーへ行った?」

「そうなんです」

篠原信恵が、そんなことまで葛生ミキから聞いたのかと言いたげな顔をしたが、田代たちにとってはそれこそが肝腎な点だった。

「そのときのことを詳しく話してくれませんか」

「詳しくといっても、前田さんがちょっとお金を引き出して行くから一緒に来てと言ったので、中までついて行き、待っていただけです」

「前田さんのそばで？」

「はい。私はドアを入ったところで待っていようとしたんですが、前田さんが来てと言ったので……。でも、前田さんが暗証番号にタッチするときは横を向いていたので、見ていません」

「そのとき前田さんが引き出したのはいくらですか？」

「十万円です。私は二、三万円かなと思っていたのですが……」

前田結花のR銀行の口座からは、七月に十万円引き出された形跡はない。

これは、結花がR銀行とは別の銀行に口座を開いていた事実を示している。

しかし、彼女がそうした口座を開いていたことを示すものは、彼女の家からもどこからも見つからなかった。

その理由は、預金通帳を諏訪竜二にあずけ、キャッシュカードを自分で持ち歩いていたため、火事で両方とも燃えてしまったのではないか、田代と栗山はそう考えた。

「それで、私がびっくりすると、前田さんがちょっと得意そうな顔をしてにやりと笑い、すごく割のよいバイトがあったのだ、と言ったんです」

篠原信恵がつづけた。

前田結花が篠原信恵をわざわざＡＴＭの前まで一緒に来させたのは、旧友に自分が金を持っていることを示したかったからにちがいない。

とすれば、その金が何らかの不正な手段によって手に入れたものであっても、前田結花は危険を感じていなかったと考えられる。

「金を下ろしたのは何銀行のキャッシュコーナーですか？」

「Ｍ銀行です」

「そのとき前田さんがつかったキャッシュカードがどこの銀行のものだったかはわかりますか？」

田代は肝腎な質問をした。

「わかります。Ｍ銀行のカードです」

篠原信恵が躊躇（ちゅうちょ）なく答えた。

「金を下ろしたのがM銀行のキャッシュコーナーだからといって、必ずしも前田さんのつかったのがM銀行のカードだと言えないことは……」

「知っています」

篠原信恵が、当たり前ではないかという顔をした。

「では、どうしてM銀行のカードだとはっきりわかったのですか？　ちらっと見たぐらいではどこの銀行のカードかまではわからないんじゃないかと思いますが」

しつこいと思われるかもしれないが、重要な点なので、田代は念を入れた。

「私もM銀行の赤いキャッシュカードを持っているからです」

篠原信恵の答えを聞き、田代は目と目で栗山とうなずき合った。

ハードルを一つ越したからだ。

これで、M銀行の前田結花の口座を調べれば、どこから、いつ、いくら入金していたかがわかる。ということは、その振込人が犯人あるいは犯人と関係がある者なら、犯人に行き着ける可能性が生まれたのだった。

田代たちは篠原信恵に礼を述べ、ベンチから腰を上げた。

田代たちはその日のうちに前田結花の両親の承諾を得てM銀行に照会の手続きを取

り、翌日、銀行からの回答を手にした。

それによると、今年の一月二十日、前田結花がM銀行東大和支店に普通預金の口座を開き、そこに、二月十四日に百万円、同じく二月十四日に百万円、六月九日に五十万円と三回、計二百五十万円が振り込まれていた。

ここまでは田代たちの想像していたとおりであった。

しかし、肝腎の点は彼らが期待したようにはいかなかった。

振込人名は、三回とも諏訪竜二になっていたのである。

5

岸谷江梨子が働いている中華料理店は、伊豆急下田駅のすぐ目の前にあった。

白井弘昭は、そこで「本日のおすすめ」の麻婆(マーボー)豆腐定食を食べた後、近くの喫茶店で一時間ほど時間を潰して店を出た。

明日で十一月も終わりという水曜日の午後である。

歩いて十二、三分の距離を二十分以上かけて江梨子のアパートへ行くと、さっきはなかった自転車が部屋の前に停められ、江梨子がすでに帰っていた。

白井は喫茶店ででも話を聞こうと思ったのだが、江梨子は人に聞かれたら嫌なのだろう、三時になれば休めるのでそのとき自宅へ来るように、と言われたのだ。

江梨子の部屋は上下三室ずつの小さなアパートの一階、真ん中だった。白井はさっき、その右隣りの部屋に住んでいる女に江梨子の働いている中華料理店を教えてもらった。

白井が江梨子の部屋のドアをノックすると、すぐに中からドアが開けられ、彼女の緊張した顔が迎えた。

江梨子は、前田結花の中学時代の友人である。ただ、二人は同じ中学ではなく、結花は東大和市立東中学校、江梨子は同市立西中学校の出身だった。年齢は江梨子が一つ上だという話だから、現在二十三歳か。それにしては、化粧っ気のない、どこか生活の苦労が染みついたような浅黒い顔は、ずいぶん老けて見えた。

江梨子が「どうぞ」と硬い声で言ったので、白井は狭い三和土(たたき)に靴を脱いで上がった。

彼女の後から安物のカーテンを分けると、四畳半ほどのダイニングキッチンだった。襖(ふすま)が閉まっているのではっきりとはわからないが、他に一部屋か二部屋あるようだ。ダイニングテーブルには椅子が二脚あり、そのうちの一脚には幼児用の補助椅子が付けられていた。

江梨子がその補助椅子を外して、白井に掛けるように言い、テーブルの反対側、流しの側へ回った。

「コーヒーと紅茶、どっちがいいですか？」

「どっちでもいいです」

「じゃ、インスタントだけど……」

江梨子が二つのマグカップに瓶の顆粒を適当に入れ、魔法瓶の湯を注いだ。

「ミルクと砂糖は？」

「結構です」

江梨子がマグカップの一つを白井の前に置き、腰を下ろした。

「刑事さんは、私がこんなところにいるなんて誰に聞いたんですか？」

江梨子が気がかりそうな目を白井に当てた。

白井を刑事と勘違いしているのだ。

白井は、刑事だとは名乗っていない。中華料理店で注文を取りにきた江梨子と話したとき、十日前に前田結花が殺された事件を知っているかと聞き、江梨子が知っていると答えたので、その件で少し話を聞かせてほしいと言っただけである。ただ、相手が誤解したかもしれないと思ったが、そのままにした。というより、暗に誤解するように仕向けた、と言ったほうが正確かもしれない。もしそうしなかったら、江梨子は、後で自宅へ来いなどと言わなかっただろうし、白井と話すのも拒否した可能性がある。

しかし、いつまでも誤解のままにするわけにはいかなかった。埼玉県警の捜査はまだ江梨子に到達していないようだが、いずれ刑事たちも前田結花と江梨子の関係を聞き込み、江梨子に会いに来る可能性が高い。そのとき、警察官を詐称した男がいたとわかったら、厄介なことになるおそれがある。

「私は刑事じゃありませんよ」

と、白井は努めて軽い調子で言った。

「えっ、違うの？」

江梨子の目に驚愕（きょうがく）の色が浮かび、それが脅えの色に変わった。「じゃ、誰？　何のために結花のこと調べているの？」

いつでも逃げられるようにだろう、江梨子は腰を浮かし、上がり口のカーテンに目をやった。

「こういう者です」

白井は、用意してきた《ノンフィクションライター　三条昭》の名刺を差し出し、ある雑誌に頼まれて前田結花と諏訪竜二が殺された事件を取材しているのだ、と言った。

名刺に住所は載せず、新しく契約した携帯電話の番号だけ入れておいた。

これなら、万一偽名を問題にされるような事態になったとしても、三条昭というのはペンネームだと言えばいい。

「でも、さっき、警察だって……」

江梨子は抗議する口調で言ったが、表情から恐怖の色は薄れていた。危害を加えられるおそれだけはないと見たのだろう。

「私は、警察だとは一言も言っていないはずです」

「だって、私は警察だと思ったから……」

「もし誤解を与える言い方をしたのだったら謝ります」

白井は下手に出た。ここで江梨子の話が聞けなかったら、予定を遣り繰りして下田まで来た甲斐がなくなる。

江梨子がふくれっ顔をしたまま、テーブルにあったマイルドセブンの箱から一本抜き取り、一緒に置いてあった使い捨てライターで火を点けた。

「ただ、私は警察じゃないので、只で話を聞かせてくれとは言いません。もし役に立ちそうな事実を教えてくれたら、相応のお礼をします」

白井は用意していたセリフをつづけた。

と、予想したとおり、煙草の煙を大きく吐き出した江梨子の表情に微妙な変化が見られた。それまでの不満、不平そうな顔に、微かに期待するような色が窺えた。

白井はそれを見極めたうえで、

「岸谷さんが下田に住んでいると教えてくれたのは今井咲子さんです」

と、江梨子の最初の問いに答えた。

江梨子が、ああ……と納得したような表情をした。

江梨子と今井咲子とは、東大和市立西中学校時代の同級生だった。

咲子によると、江梨子の両親は江梨子が中学を卒業する数カ月前に離婚し、同時に江梨子は母親の実家のある静岡県下田市へ引っ越したのだという。

こうした話を今井咲子から聞いたのは白井ではない。彼が調査を依頼していた大貝英彦である。大貝が咲子に会って岸谷江梨子に関する情報を仕入れ、白井に報告したのだ。江梨子なら針生田と前田結花の接点を知っているかもしれない、と。

それを聞いたとき、白井は自分で江梨子に会おうと考えた。結花と針生田の接点は、白井が存在を予想しながらも一方で恐れているものだった。それだけに、〝覚悟〟を決めるためにも自分で直接確かめよう、と思ったのである。

白井が大貝英彦に調査を依頼したときは、前田結花と諏訪竜二が殺される前だった。だから、その時点では、妹の珠季に頼まれたこともあり、前田結花の口座に諏訪竜二名で二百万円を振り込んだと思われる針生田と結花の関係を単純に知りたいと思っただけだった。

ところが、二人の関係、接点がはっきりしないまま大貝の調査が休止状態になっていたとき、前田結花と諏訪竜二が殺された。

白井は全身から血が退いていくような恐怖に襲われた。

珠季も、事件の被害者の名前を知ったとき、肝を潰したようだ。どうしたらいいかとおろおろ声で白井に電話してきた。

針生田が勾留されていたときは、彼が釈放されたら二百万円の振り込みの件を聞いてみる、と珠季は言っていた。前田結花というのはどういう女で、諏訪竜二名の振込金受取書が貸金庫にあったのはどういうわけか、と。が、珠季は、気になりながらもその答えを聞くのが嫌だったのだろう、針生田が釈放されても、切り出すのを一日延ばしにしていた。そんなとき、前田結花と諏訪竜二が殺された、というニュースが飛び込んできたのだった。

珠季によると、埼玉県入間市で放火殺人のあった十一月十八日の晩、針生田は大塚駅の北側にある大塚コンチネンタルホテル――前に仕事場として利用していた池袋ユニバーサルホテルから替えた――に泊まっていた。取材の申し込みなどの雑音に悩まされずに勾留中に溜まった仕事を片付けたいからと言い、前日の金曜日の夜からホテルの部屋に缶詰になっていたのだという。

が、十八日から十九日にかけての深夜、彼がホテルの部屋を抜け出さなかったとは言い切れない。

白井は平静を装い、とにかく落ちつくように、と珠季に言った。針生田を信じ、しばらく様子を見るように、と。

しかし、白井自身、とても落ちつくどころではなかった。諏訪竜二の家に放火して彼と前田結花を殺したのは針生田ではないかという疑惑に、息苦しくなるぐらいだった。

現場近くでは、事件の数日前から一カ月前ぐらいまでの間に、帽子を被ってマスクとサングラスをかけた男が何度か目撃されているらしい。もしその男が犯人だとはっきりし、針生田が警察に勾留されていた間（十月十七日～三十日）に姿を見せていたとわかれば、針生田は犯人ではないということになるのだが……。

白井は、誰かに相談しないではいられなくなり、どうしたいというはっきりした考えもないまま、大貝英彦に連絡を取った。

と、大貝も被害者の名前を知って、驚いていたようだ。遠慮がちに白井と同じ疑惑を口にし、

——調べますか？

と、聞いた。

——どうしたらいいでしょう？

白井は聞き返した。

——世の中には知らないほうがいいこともあります。

——ただ、知らないでいて何事もなく済めばいいのですが……。

——そうですね。

——一方、知ったからといって、事実を変えるわけにはいきません。

——そうですが、警察より早く事件の真相に到達できれば、蒙るダメージを多少は軽くできるかもしれません。

——例えば、どのように……？

——そこまではまだ想像がつきません。ただ、現在のところ、捜査線上に針生田さ

んの名前が浮かんでいないことだけは確実だと思われます。

——わかりました。それじゃ、調べを進めてください。

白井は心を決めて言った。今後どうするかは、判明した事実とそのときの状況によって判断しよう、と考えながら。

こうして、大貝が、《ジャーナリスト（フリーランス）　大里英夫》という名をつかって休止していた調査を再開し、今井咲子から岸谷江梨子のことを聞き込んだのである。

一昨日の新聞によると、警察は前田結花のM銀行の口座を突き止め、そこに二月十四日に百万円が二回、六月九日に五十万が一回、計二百五十万円が諏訪竜二名で振り込まれていた事実を知ったらしい。そして、金を振り込んだ人間は前田結花と諏訪竜二に恐喝されていた可能性が高いと考え、秋になってから二人が三度目の恐喝を行なったために殺されたのではないか、と推理していた。

その点、白井と大貝の見方も同じだった。白井たちも、犯人は恐喝が今後も繰り返されるのを恐れ、それを断ち切るために前田結花と諏訪竜二を殺したにちがいない、と推測した。

そのことと直接の関係はないが、二度目の恐喝を受けて五十万円振り込んだときの振込金受取書が見つからなかったのはなぜか、と白井は考えてみた。

貸金庫の中にあったのに珠季が気づかなかったということもあるだろうが、なかった可能性が高いように思えた。五十万円なら、当時はＡＴＭで現金を振り込める限度内である。針生田は窓口へ行かずにＡＴＭから振り込み、そのとき出てきた振込金受取書を貸金庫に保管しておかなかったのではないか。二月十四日に窓口で百万円ずつ二回振り込んだときには、二百万円を引き出したＮ銀行の預金通帳を金庫に戻したついでに振込金受取書も金庫に入れておいた。だが、六月九日のときは、わざわざ貸金庫室へ入ってまで振込金受取書を金庫に保管する必要を感じなかった、そう考えるのが妥当だろう。

振込方法がどうあれ、警察と白井たちの決定的な違いは、前田結花の口座に諏訪竜二名で二百五十万円を振り込んだ人間を知っているか否か、だった。

白井におろおろ声で電話してきた珠季は、その後思い切って針生田と話した。二百万円の振込金受取書を見つけた経緯を説明し、前田結花との関係を質したのだ。

珠季の話は、針生田にとってはまさに寝耳に水の驚きだったようだ。

彼は顔色を変え、一瞬返答に詰まったが、

――ちょっと複雑な事情が絡んでいるのでいまは話せないが、いつか必ずきちんと説明する。

と、答えた。つまり、前田結花と何らかの関係があったことと彼女の口座に諏訪竜二名で金を振り込んだ点については否定しなかった。

だが、殺人については、珠季が直接言及しなかったにもかかわらず、

――前田結花と諏訪竜二が殺された件には僕は関係ない。僕はその晩ずっと大塚のホテルにいた。埼玉県の入間市どころか、ホテルの部屋から一歩も外へ出ていない。どうか僕を信じてほしい。

そう言って否認したらしい。

白井は、一昨日会社を訪ねてきた珠季からこの話を聞いた。

珠季は針生田の話を言葉どおりには受け取っていなかった。口では夫を信じていると言ったが、信じ切れずに苦しんでいることは、目の中の脅えの表情と黒い隈のできた顔を見ればわかった。

「今井さんによると、岸谷さんからもらった年賀状は三年前のものなので、岸谷さんが現在も同じところに住んでいるかどうかはわからない、という話だったんですが……」

白井は話を進めた。

たとえ住所が変わっていても、母親の実家がある下田へ行けば江梨子の新しい住所を知るのはそう難しくないだろう。

白井はそう考え、彼自身が動くのは江梨子の現住所を自分が突き止めてからにしてはどうかという大貝の申し出を断わった。

思い返してみれば、楽観的に過ぎる素人考えだったが、運は白井に味方した。

下田に着いて、江梨子の年賀状に記されていた住所を訪ねると、アパートのドアの上に《高村　岸谷》の表札があったのである。

「あの後、誰にも年賀状なんか出していないから」

江梨子が煙草の火を灰皿に押しつけ、暗い顔をして、つぶやいた。

咲子のほうはその翌年も江梨子に年賀状を出したが何の音沙汰もなかった、そう大貝に言ったらしい。

「三年前……ということはもう四年近く前だけど、咲子から年賀状をもらって一月も経たないときだったわ。亭主の船が時化に遭って沈み、死んじゃったのよ。亭主っていっても、籍は入ってなかったんだけど」

白井は、《高村　岸谷》という連名の表札の意味を了解した。

「ご主人は漁師だったんですか？」

「そう。私が高校を中退してスナックに勤めていたとき、店にしょっちゅう来ていたの。それから一年ぐらいしてここに一緒に住んで、次の年に子供ができて、今年こそ結婚式をやって籍も入れて……というときだったわ」

「お子さんは？」

「昼は保育園にあずけ、夜は母親にみてもらってる。私、夜も働いているから」

「お母さんの家は近いんですか？」

「自転車なら四、五分……歩いても十五分とはかからないわ。東大和から引っ越してきて一年ぐらいして再婚したの」

「苦労したんですね」

「若いときにさんざん悪いことしたから、神様が怒ったのかもしれないわ」

まだ二十三歳の女が唇をちょっと歪め、自嘲するように薄く笑った。

それから急に気づいたように、笑みを引っ込め、

「私って馬鹿みたい。自分のことなんか話して」

と、言った。「三条さん、私の身の上話なんか聞きに来たんじゃないのにね」

「いいですよ」

「すみません」

身の上話をしたせいだろうか、江梨子は初めのときよりだいぶ白井に気を許したように感じられた。

これで肝腎の話が聞きやすくなった、と白井は思った。

「三条さんが私のところへ来たということは、結花の中学時代のことが知りたいわけね」

「そうです」

白井と大貝が前田結花の中学時代の生活に注意を向けたのは、結花が殺されてからだった。

結花がどういう人間かということは大貝の調査である程度わかっていたものの、詳しく知ったのは彼女の死後である。彼女は殺人事件の被害者であるにもかかわらず、その経歴、芳しからぬ行状は、テレビのワイドショーや週刊誌の格好のネタにされた。

定時制高校時代に暴走族と付き合い、その一人と同棲していたこと、中学時代は放課後になると渋谷や新宿へ行き、盛り場をふらついていたこと、そのころ援助交際をしていたらしいこと……。

白井と大貝は、そのうちの中学時代の援助交際、つまり売春に注目した。

針生田がもし無名のサラリーマンだったら、昔の買春ぐらいでは脅しの材料になら
ないだろう。
が、針生田は発展途上国の児童労働や少女売春の問題などを研究してきた社会学者
だ。そして現在、「国境を越えた福祉世界の構築こそ二十一世紀の課題である」とテ
レビや新聞で言っている国際社会福祉学者、大学教授である。そうした人間がかつて
中学生の少女を相手に買春していたとわかったら、どうなるか?
待っているのは、囂々たる非難と罵声の嵐であり、社会的な死であるのは間違いな
い。

としたら、針生田にとって、それはどんなことをしてでも隠したい過去だろう。
一方、前田結花から見たとき、その過去はまたとない金蔓だった。
結花は、テレビに出ている針生田を偶然見て、中学生だった自分を買った相手らし
いと知った。これは金になるかもしれないと思い、諏訪竜二に話した。その結果、彼
も乗り気になり、二人で針生田を恐喝した——。
白井と大貝は、針生田が前田結花の銀行口座に二百五十万円を振り込んだ裏にはそ
うした事情があったのではないか、と想像したのだ。
その後、大貝が、東大和市立東中学校の卒業生に当たり、結花が二年生のころ、同

市立西中学校の岸谷江梨子とつるんで東中や西中の生徒から金品を脅し取っていたこと、二人は一緒に渋谷や新宿へ出かけていたことなどを聞き込んだ。さらに彼は、江梨子の消息なら今井咲子が知っているかもしれないという話に出会い、咲子を訪ねて話を聞いたのだった。

「いいわよ。私の知っていることなら、何でも話してあげる」

と、江梨子が言った。

「ありがとう」

と、白井は軽く頭を下げた。

「……あ、ただ、その前に一つだけ教えて。結花たちを殺した犯人が捕まったっていうニュースを聞かないけど、犯人はまだわからないのかしら？」

「わからないようですね」

「見当もつかない？」

「有力な容疑者が浮かんだという話は聞いていないので、そうなんでしょう」

「そう……」

江梨子が神妙な顔をしてうなずいてから、急に何かに気づいたように目を上げ、「で、結花と諏訪なんとかっていう男が殺された事件には、結花が中学時代にやっていたことが関係しているわけ？」と聞いた。

「それはまだわかりません」

「でも、三条さん、結花の中学時代のことを聞きに来たんでしょう？」

「そうです」

「じゃ……」

「事件に関係しているかどうかはまだわかりませんが、関係している可能性があるため、知りたいんです」

「そう、わかったわ。じゃ、何でも聞いて」

江梨子が言うと、二本目の煙草(たばこ)を銜(くわ)え、火を点けた。

「前田さんは中学二年生のころ援助交際と称する売春をしていた、と週刊誌などに書かれていますが、知っていますか？」

「週刊誌は読んでないけど、援交をしていたのは知っているわ」

江梨子が、顔を横向けて煙を勢いよく吐いてから答えた。

「岸谷さんはどうしてそれを知っているんですか？」

「今更隠す必要もないから正直に話すけど、私もやっていたからよ」

江梨子が、白井の予想していた答えを口にした。

「そのころ、携帯電話からは出会い系サイトにまだアクセスできなかったはずですが……」

「そう、できなかったわ。普通の中学生や高校生が持っていたのはほとんどポケベルで、ケータイを持っている子が少なかったし」

「それじゃ、援助交際の相手をどうやって見つけたんですか？」

「だいたいは伝言ダイヤルね。テレクラを利用したこともあったけど……」

「街で声をかけられたことは？」

「渋谷のセンター街や新宿の東口を歩いていると、しょっちゅうよ。いろんなオジサンが遊ばないかって声をかけてきたわ。私はそんなのはだめだったけど、結花は条件次第……誰とでも平気でウリをしたわ」

「中には、同じ相手と二回、三回とデートすることもあったんじゃないですか？」

「あったわ」

「岸谷さんの場合も、前田さんの場合も？」

「そう」

「そうした相手の名前……いや、一回だけの相手でもいいですが、前田さんから相手の名前を聞いたことはありませんか？」

「聞いたかもしれないけど、覚えていないわね。どうせ、みんな本当の名前なんか教えないから、覚えていたってしようがないけど。こっちも、ユカとかリコとしか言わなかったし……」

白井はともかく針生田という姓を告げ、聞いた覚えはないかと尋ねてみた。

「ハリュウダ……？」

江梨子がつぶやいて、ちょっと記憶を探るような目をしていたが、覚えていないと答えた。

針生田と聞いてもこれといった反応を示さなかったところを見ると、江梨子は針生田が逮捕された強姦未遂事件を知らなかったようだ。事件はマスコミでかなり騒がれたが、昼も夜も働いているのではテレビのワイドショーを見ている時間など取れないのだろう。

白井は、自宅にあった針生田の三枚の写真――二枚は珠季、清香と一緒に写っている写真なので彼の顔の部分だけ拡大コピーした――を示し、見覚えはないか、と聞いた。

江梨子が煙草の火を消し、一枚ずつ写真を見た。

「これが、ハリュウダという人？」

「そうです」

「こんな人、見たことないわ」

江梨子が写真を重ね、返して寄越した。

「当時、岸谷さんと前田さんはいつも一緒に行動していたんですか？」

「一緒のことが多かったけど、いつもっていうわけじゃないわ」

「では、前田さんの援助交際の相手をみんな知っているわけじゃない？」

「そりゃ、そうよ。……あ、でも、伝言くれた人に会うとき、結構一緒に行ったから、半分……ううん、三分の一ぐらいには会っているかな」

「ということは、逆に三分の二ぐらいの相手には会っていないわけですね？」

「当然そうなるわね」

それなら、江梨子が針生田に見覚えがなくても、針生田がそのころ前田結花と知り合っていたことを否定するものではない。

「岸谷さんや前田さんに、渋谷や新宿で一緒に遊ぶ仲間はいたんですか？」

「もちろんいたわ」

「名前はわかりますか？」

「チーコとかエミーとかマリとかフーミンとかって呼んでいたけど……」

「苗字や正確な名前は……？」

「わからないわね」

「現在も付き合いのある人はいますか？」

「いないわ。結花とだって、下田へ引っ越してきてからは一度も会っていなかったし」

それでは、彼女たちの誰かが針生田を知っていたとしても、捜しようがない。

白井はそう思ったが、参考までに聞いた。

「そうした仲間の中で前田さんと一番親しくしていた人は誰ですか？」

「エミーかな。可愛い顔をしていたから中学生だと言っても通ったけど、高校生だった子……。私はあまり話したことなかったけど、結花とは気が合ったらしく、私がいないときはよく一緒に遊んでいたみたい」

「どこから来ていたんでしょう？」

「どっか区内だと思うわ。市川とか平塚とか八王子とかから来ていた子が多かったのに、タクシーで二、三十分で行けるとこだって結花が言っていたから」

「前田さんはエミーという子の住所を知っていたんですか？」

「と思うけど……」

「でも、岸谷さんは聞いていないわけですね？」

「誰がどこに住んでいたって関係ないし、関心もなかったから。……あ、でも、一度だけ結花に聞いたら、『リコには悪いんだけど、エミーとの約束だから教えられない』って、そんなふうに言ったような気がする」

「エミーという子は、自分がどこに住んでいるのか、前田さんには教えたものの、他の仲間には知られたくなかったわけですか……」

「そうみたい」

白井が進んできた道はどうやらここで行き止まりのようだった。

彼は、前田結花と針生田の接点を求めて下田まで来たはずなのに、それが見つからず、どこかほっとしていた。

見つからなくても、存在するかぎりは同じである。いずれは警察が突き止めるだろう。が、白井と大貝が想像したような〝売買春〟といった接点は存在しないかもしれないのだった。少なくともその可能性が残ったのだった。

白井は今日の礼として三万円をテーブルに置き、江梨子の携帯電話の番号を聞いた。

そして、もし後で何か思い出すか昔の仲間の消息がわかったら知らせてほしいと頼んだ。

「消息って言うほどじゃないけど、フーミンのことなら、ちょっとだけわかるわ」

江梨子が言った。

「えっ、その後付き合いがあったんですか？」

白井は相手の目を見やった。

「ないわ」

江梨子が少し強い調子で否定した。

さっき誰とも付き合いがないと聞いていたので、白井の言い方が多少咎（とが）めるような口調になっていたのかもしれない。

「もう五年ぐらい前になるかな……偶然、東京駅で会ったのよ」

江梨子がつづけた。「そのとき、高校を中退して、結婚するって言ってた。相手は、フーミンがシャブ中でボロボロになっていたのを助けてくれた先生だって。だから、いまごろは、どこかで幸せな主婦やってんじゃないかな」

「東京駅で会ったとき、どこに住んでいるとかは話さなかったんですか？」

「話さなかったけど、そのときはまだ市川だと思うわ。……あ、私や結花と知り合ったころ、フーミンは私と同じ中三で、市川から来ていたのよ」

「正確な名前はやはりわかりませんか」

「たぶんフミかフユミだと思うけど、わからないわね。最初に会ったとき、聞いたかもしれないけど……」

かつて千葉県市川市に住んでいたフミかフユミという名の二十三歳か四歳の女——。

これだけの手掛かりでは捜しようがなかった。

白井は、江梨子に礼を言って彼女の部屋を辞すと、これからどうしたらいいかと考えながら、あまり広くない通りを歩き出した。

伊豆急下田駅に着いたのは四時数分過ぎだった。

四時発の特急「スーパービュー踊り子」が出たばかり。

一時間に一本ぐらいは「踊り子号」があると思っていたので、帰りの列車は調べずに来たのだが、平日はもう東京行きの特急はないという。

白井は仕方なく四時三十一分発の普通列車に乗り、終点の伊東でＪＲの東京行きに乗り継いだ。

熱海で新幹線に乗り換えても東京着が三十数分しか違わないという車掌の話だったので、その列車に乗りつづけ、東京駅には八時ちょっと前に着いた。

下田から東京まで約三時間半。考える時間がたっぷりあったにもかかわらず、次に採るべき行動は思い浮かばなかった。

下手に動いたら藪蛇になるので、もう何もせずに放っておいたほうがいい。白井の内でそう囁く声もあった。

しかし、放っておいても、針生田が諏訪竜二と前田結花を殺した犯人なら、いずれは珠季と清香に大きな不幸の荒波が襲いかかるだろう。

その場合、食い止めるのは無理でも、それを弱める方法ならあるかもしれない。白井としては少しでも母子に襲いかかる荒波の威力を殺ぎ、二人の受ける痛手を軽くしてやりたかった。珠季よりも清香のために。

――それには、どうしたらいいのだろうか？

白井は一旦社へ帰るため、ＪＲの構内を出て地下鉄丸ノ内線の乗り場に下りた。

第４章　反撃

1

田代は栗山刑事とともに伊豆急行線の終点、伊豆急下田駅に降り立った。

師走とはいっても日曜日だからだろう、こんなに大勢乗っていたのかと思われるほどの人々がホームに溢れた。

時刻は午前十一時四十五分。東京発九時のＪＲ・伊豆急直通の特急「踊り子１０１号」に乗ってきたのである。

人の流れにしたがって改札口を抜け、駅前広場へ出ると、気のせいか、埼玉や東京より空が明るく感じられた。

ここ数日、急に冷え込んだ入間市のあたりより気温もだいぶ高いようだ。

入間南署の前庭にある大きな銀杏の木はすっかり葉を落とし、狭山丘陵の森も晩秋から初冬へと忙しく衣替えをしていた。が、通りの向こう側から山頂近くまでロープウエイが通じているらしい山——女性の寝姿に似ているので寝姿山と言うらしい——にはまだ秋が色濃く残っていた。

今日は十二月三日。

諏訪竜二と前田結花が殺された十一月十九日から、まる二週間が経つ。

だが、田代たちの捜査本部は、いまだに容疑者を署に呼んで事情を聞く、といった段階に至っていなかった。

それだけに、田代たちの今日の行動には大きな期待が掛けられていた。即、容疑者の特定とまではいかなくても、具体的な人物の名が挙がってくる可能性があった。

田代たちはこれから、下田市内に住んでいると思われる岸谷江梨子を訪ねる予定でいる。もし岸谷江梨子が引っ越した後なら、静岡県警の力を借りて新しい住所を突き止め、彼女に会うつもりだった。

田代たちが柏葉大学の構内で篠原信恵に会ったのは十一月二十四日である。

その後、彼らは、信恵から聞いた話を基にM銀行に照会し、

〈今年の一月二十日、前田結花がM銀行東大和支店に普通預金の口座を開いたこと〉

〈その口座に、二月十四日に百万円ずつが二回と六月九日に五十万円が一回、計二百五十万円が諏訪竜二名で振り込まれていたこと〉〈預金はキャッシュカードをつかって五万円（五回）、十万円（十三回）、二十万円（三回）と二十一回引き出され、残金が三十五万一千円だったこと〉〈二月十四日に百万円ずつ振り込まれたのはN銀行とS銀行の窓口から、六月九日に五十万円振り込まれたのはM銀行のATMから、だったこと〉

をつかんだ。

そこから浮かんできたのは、

《今年の一月ごろ、前田結花がある人物（仮にXとしておく）の何らかの弱みか秘密を握り、諏訪竜二と結託して脅した》《もし脅しが二月と六月の二回で終了していれば、Xは二百五十万円の出費を諦めたと思われるのに、結花と竜二は、預金が残り少なくなったとき（九月末〜十月初めごろか）、Xに対して三回目の脅しを掛けた》《それにより、結花が生きているかぎり半永久的に脅しつづけられるとXは恐怖し、殺害を決意。メールをつかって探偵に結花の調査を依頼し、結花が諏訪竜二と手を組んでいるらしい事実をつかんだ》《そこで今度は、Xは自ら二人の行動を見張り、結花が竜二の家に泊まりに行った夜、家の周りに灯油を撒いて火を点けた》

といった事件の構図だった。

　しかし、事件の構図は想像できたものの、肝腎のXを突き止めるための手掛かりは得られなかった。窓口から百万円ずつ振り込まれた際のN銀行とS銀行の振込用紙は保管されており、そこに記された殴り書きしたような文字は同一人のものと判明した。だが、それらの用紙から検出された指紋は不鮮明だったし、両銀行の窓口係（テラー）もどういう人間が振り込んだのかまでは記憶になかったからだ。

　となれば、あとは前田結花との関わりからXに迫る以外にない。

　田代たちはそう考え、新たな視点から前田結花の交友関係を洗いなおした。が、〈結花に重大な弱みか秘密を握られていた可能性のある男〉に結び付きそうな情報はやはりどこからも得られなかった。

　そんなとき、捜査会議で、前田結花の恐喝のネタが彼女の中学時代の援助交際に関係していたのではないか、と一人の刑事が発言した。

——結花は去年の暮れか今年の一月ごろ、かつての援助交際の相手に偶然出会うか、何らかの事情からその相手のことを知った。それを諏訪竜二に話し、二人で恐喝を思いついた。

　こうした可能性はないか、というのだ。

　考えられないことではない。

もし結花の援助交際の相手が、中学生を相手に買春した過去を公にされたら困る立場の人間だったとすれば、二百五十万円支払っても不思議はない。また、さらに恐喝が繰り返されそうになったとき、相手の口を封じた可能性も充分考えられる。

それまでは前田結花の交友関係を洗いなおすといっても、定時制高校時代から最近までが中心だった。が、その後は中学時代に焦点が絞られた。

中学時代、前田結花がつるんで悪さをしていたという隣りの中学、東大和市立西中学校の岸谷江梨子については、かなり前に名前だけは挙がっていた。葛生ミキら結花の複数の同級生が口にしていたからだ。しかし、江梨子は中学を卒業する前に引っ越してしまったというし、今回の事件に関係している可能性は薄いと見られた。それでも居所がわかれば会って事情を聞いただろうが、江梨子のかつての同級生に当たっても、静岡のほうへ引っ越したらしいという程度しかわからなかった。捜し出してまで会おうとは考えなかった。

が、前田結花の中学時代の援助交際について知るには、どうしても岸谷江梨子に会って話を聞く必要が出てきた。そのため、江梨子の西中時代の同級生にできるかぎり会って彼女に関しての情報を求める、という方針が採られた。その結果、田代と栗山が今井咲子というスポーツジムのインストラクターをしている女性を訪ね、

——三年前の正月、静岡県下田市の江梨子から年賀状をもらった。

という話にぶつかったのである。

田代たちが今井咲子から聞いたのは、当時の江梨子の住所だけではない。咲子は意外なことを明かした。一週間ほど前、やはり江梨子について話を聞きたいと言ってきた男がいたので、いまと同じ話をして江梨子の住所を教えた、というのだ。

男は、パソコンで作ったと思われる《ジャーナリスト（フリーランス）　大里英夫》という名刺を咲子に渡していた。印刷されていたのは携帯電話の番号だけで、住所や固定電話の番号はない。

もし名刺の肩書が本当なら、大里という男は前田結花たちの殺された事件について調べ、週刊誌にでも記事を書こうとしているものと思われる。

それにしても、警察より早く岸谷江梨子に着目したということは、男はそのときすでに事件のスジが結花の中学時代の売春にあると睨んでいたのだろうか。

咲子のアパートを出ると、田代は栗山とそんな話をし、訝ると同時に何となく心穏やかならぬものを感じた。そして、とにかく名刺に書かれた番号に電話してみた。

はい、と男の声が応対したので、田代は相手に名乗らせようと思い、

——そちらは……？

と、聞いた。

だが、相手はそれには乗らず、

——何でしょう？　どういうご用件でしょう？

と、警戒するように聞き返した。

仕方がない。田代は、

——大里さんですか？

と、聞きなおした。

——そうです。

——私は田代という者ですが、お尋ねしたいことがあるので会っていただけませんか。

田代は警察だと名乗らずに言った。

——会うのはかまいませんが、私に何を聞きたいんでしょう？

——ちょっと込み入っているので、会ってからお話ししたいのですが。

——それでは、どうして私を知ったのかだけでも教えてくれませんか。

田代は返答に詰まった。今井咲子の名を明かしたときの反応が予測できなかったからだ。彼女の名を出して、もし電話を切られてしまった場合、相手の所在を突き止めるのが難しくなる。

――どこで、あるいは誰から私の名と電話を聞かれたんでしょう？

男の言葉に怪しむような響きが感じられた。

いつまでも黙っているわけにいかないので、田代は、

――今井咲子さんです。

と、事実を答えた。

電話の向こうで男がどんな反応を示したのかはわからないが、声や言葉になっては何も返ってこなかった。

――ご存じですね？

――ええ。

――それじゃ、会っていただけますか？

――田代さんはどうして今井さんに会われたんでしょう？

――そのことも会ってから……。

――それを伺わないことにはお会いできませんね。

男がきっぱりと言った。

やむをえない。田代は決断し、実は自分は埼玉県警の刑事だと明かした。

——それで、大里さんが調べておられる件について、どうしても……。

——そういう事情なら、私は話すことは何もありません。

男が田代の言葉を遮り、田代が待ってくれと言うよりも早く、「失礼します」と電話を切ってしまった。

田代たちは捜査本部へ帰ってから、Ｇｏｏｇｌｅをつかって「大里英夫」でウェブ検索をしてみたが、該当するページは見つからなかった。

そこで、岸谷江梨子に会えば「大里」の動きについてもわかるかもしれない、田代たちはそう考え、下田を訪れたのである。

岸谷江梨子は、今井咲子から聞いてきた「下田市三丁目×の××　南風荘１０２」に住んでいた。ごみごみした通りに面した小さなアパートで、東へ百メートルほど行ったところが下田漁港らしい。

田代たちがドアをノックすると、「はーい」という子供の元気な声がして、三、四歳ぐらいの男の子がドアを開けた。

男の子は三和土に裸足（はだし）で立ち、くりくりした腕白そうな目で田代たちを見上げ、

「どなたでちゅか？」

と、ませた口調で聞いた。

江梨子の子供だろうか、それとも甥でも遊びに来ているのだろうか。

田代は一瞬判断に迷ったが、腰を屈めて聞いた。

「おじさんたち、お母さんに会いたいんだけど、いまちゅか？」

男の子はぴょんと上がり口に跳び乗ったかと追うと、カーテンの陰に引っ込み、

「ママー」

と、大声で呼んだ。

「なーに？」

奥のほうから問い返す声。

「お客さまちゃま……？」

声と一緒に足音が近づいてきて、化粧っけのないジーパン姿の女が、怪訝な顔をしてカーテンを開けた。

肘までセーターをまくり上げた腕と手が赤かったから、ベランダで洗濯物でも干していたのかもしれない。

今井咲子と同年なら二十三、四歳。田代の娘の絵里と二つか三つしか違わない。が、

いまの男の子の母親らしい女は肌がくすみ、所帯やつれしたような顔をしていた。

「岸谷江梨子さんでしょうか？」

田代が問うと、女が怪しむような、警戒するような目をして、「はい」と答えた。

田代は警察手帳を見せた。

「埼玉県警の田代と栗山と言います。先月の十九日、前田結花さんが殺された事件はご存じですね？」

「はい」

「その件で尋ねたいことがあるのですが、入らせてもらっていいですか？」

江梨子が無言でうなずいた。

田代と栗山は、二人がやっと立てるほどしかない狭い三和土に入り、ドアを閉めた。

「お部屋に行ってテレビを見ていなさい」

江梨子が子供に言ってから、田代たちに顔を戻した。

部屋へ上げる気はないらしい。

田代は、名刺を渡してあらためて自己紹介し、

「中学時代、岸谷さんは前田結花さんと親しかったそうですね？」

と、その場で質問を開始した。

栗山が、メモを取るとき肘が田代にぶつからないようにしたのだろう、身体を三十度ほど回した。

「ええ、まあ……」

と、江梨子が曖昧に応えた。

「ついては、前田さんを殺した犯人を一日も早く捕まえるため、岸谷さんの知っていることを話してほしいんです」

江梨子の顔に警戒するような色が浮かんだ。

「私たちは岸谷さんの過去をとやかく言うつもりはありません。また、岸谷さんの名前をマスコミに漏らすこともありません。ですから、何を話されても心配は無用です。ご協力いただけますか？」

「……はい」

「中学時代、前田さんは援助交際と称する売春をしていたと聞いているんですが、事実ですか？」

「はい」

田代は本題に入った。

「岸谷さんはどうしてそれを知っているんでしょう？」

「私も結花……前田さんと一緒にやっていたからです」

田代たちの想像していたことを、岸谷江梨子があっさりと認めた。

「前田さんは、去年の暮れか今年の一月ごろ、当時の援助交際の相手に接触した可能性があるんですが、それについて何か聞いていませんか？」

「結花から？」

江梨子が意外そうな顔で聞き返した。

「そうです」

「聞いていません。中三のとき下田へ引っ越してきてから、私、結花とは会っていませんから」

「電話は？」

「電話で話したのも、引っ越した後一年ぐらいです。いつの間にか結花からかかってこなくなり、結花のケータイが通じなくなったので、それっきりです」

田代は落胆した。江梨子に会えば、前田結花の援助交際の相手に関して具体的な情報が手に入るのではないか、と期待していたからだ。

田代は質問を変えることにした。

「私たちは今井咲子さんに岸谷さんの住所を聞いて来たんですが、やはり今井さんに聞いた大里英夫という男が訪ねてきませんでしたか?」

「オオサト……ですか?」

江梨子が怪訝な顔をした。

「大きな一里二里の里と書く男で、フリーのジャーナリストという肩書が入った名刺を置いて行ったと思うんですが」

「そんな人は来ていません。でも、咲子に聞いたという別の人なら来ました」

「何という人ですか」

「ノンフィクションライターのサンジョウアキラという人です」

「サンジョウアキラの漢字は?」

江梨子が三条昭だと説明した。

「その三条という人が来たのはいつでしょう?」

「水曜日でしたから、えーと四日前……先月二十九日です」

田代は栗山と顔を見合わせた。

フリーのジャーナリスト大里英夫とノンフィクションライター三条昭——。

同一人と見て、たぶん間違いないだろう。

が、その場合、男は今井咲子に名乗った大里英夫という名をどうして江梨子に対してはつかわなかったのだろうか。不都合があったとも思われないのに……。

田代は、その点が少し引っ掛かったが、

「三条昭という人は、岸谷さんにどういうことを尋ねたんですか？」

と、話を進めた。

「結花の援交相手で名前を覚えている人はいないかとか、です」

「で、岸谷さんは、名前を覚えている人がいたんですか？」

「いえ、いません」

「他にはどんなことを聞かれましたか？」

「何とかっていう苗字を言って、聞いたことはないかって……」

「苗字を言った！　具体的な苗字を言って、聞いたことはないかと尋ねたんですか？」

驚きだった。男はすでに容疑者に到達しているのだろうか。

栗山も手帳から目を上げ、怒っているような顔つきで江梨子を見つめた。

二人の刑事の反応は江梨子にも伝染したらしい、緊張した面持ちで「はい」とうなずいた。

「そのとき三条という人が言った苗字、思い出せませんか？」

江梨子が首をかしげ、記憶を探るような目をした。

「断片でもいいです」

「なんとかダ、って言ったような気がしますけど……」

江梨子が自信なげに答えた。

「なんとかダ？　最後にダが付いたわけですね？」

「たぶん……。でも、間違っているかもしれません」

「文字を書いて見せられたわけではない？」

「はい。あ、でも、写真を見せられました」

「写真を見せられた！」

「同じ男の人が写っている写真を三枚見せられ、見たことがないかって聞かれたんですが、ありませんでした」

江梨子に三条昭と名乗った男は、前田結花の援助交際の相手だったかもしれない男の名前（苗字）をつかんでいただけでなく、その写真まで用意していた——。

田代は、熱っぽい目をした栗山と見交わした。

胸の昂り(たかぶ)を感じる一方で強い戸惑いも覚えていた。

三条昭という男は、どこからどうやって前田結花の援助交際の相手だったかもしれない男——結花と諏訪竜二を殺した犯人かもしれない男——に行き着いたのだろうか。

大里英夫と同一人物と思われるその男は、いったい何者だろうか。フリーのジャーナリスト、ノンフィクションライターという肩書は出鱈目だと思われるが……としたら、男は何のために事件を追っているのだろうか。

「三条という人が岸谷さんに尋ねたのは、前田さんの援助交際の相手に関してだけですか？」

田代は質問を継いだ。

そうだ、と江梨子が答えた。

「他に聞かれたことは何もなかった？」

「はい。……あ、結花や私の友達のことをちょっと聞かれました」

江梨子が思い出したらしく、言い添えた。

「当時、一緒に遊んでいた仲間ですね？」

「はい」

「どんなふうに聞かれたんですか？」

「名前がわかるかって……」

「で、岸谷さんはどのように答えたんですか？」

「お互い、ユカとかリコとかエミーとかフーミンとかって呼び合っていただけなので、正確な名前や苗字はわからないって答えました。その後、付き合いもないし……」

「それだけですか？」

「結花が一番親しくしていたのは誰か、とも聞かれました」

「誰ですか？」

「エミーです。でも、本名は知らないし、住所も都内らしいとしかわからない、と話しました。あ、それから、五年ぐらい前、東京駅で偶然フーミンに会ったのを思い出したので、その話もしました」

「どんな話でしょう？」

「高校を中退して世話になった先生と結婚すると言っていた、という話です」

「他には？」

「私や結花と知り合ったころのフーミンは私と同じ中三で、市川から来ていたこと、本名はフミかフユミじゃないかということなどです」

田代たちがほぼ江梨子の話を聞き終わったとき、タイミングを見計らってでもいたかのように、「ママ、まだぁ？」と男の子が江梨子の尻の横に顔を覗かせた。

田代は「坊や、ごめんね」と謝り、三条昭が置いて行った名刺を見せてほしい、と江梨子に頼んだ。

江梨子の取ってきた名刺には、大里英夫の名刺と同じように、連絡先として携帯電話の番号だけが記されていた。

が、田代の予想に反し、その番号は大里の名刺に記されていたのと異なっていたし、名刺の紙質も違うように感じられた。

どういうわけだろう、と田代はちょっと首をひねった。といって、それほど気にもかけず、栗山が書き写すのを待って、アパートの狭い玄関を出た。

時計を見て、下田駅まで急ぐと、午後一時発の踊り子号に間に合った。

東京駅に着いたのは四時前。

入間まで帰る前に公衆電話から三条昭の名刺にあった番号に電話してみた。

一度目は相手が出ないうちに留守番電話に切り替わってしまったが、つづけてもう一度かけると、今度はすぐに、

「はい、三条ですが」

と、男が名乗った。

どうも大里英夫の声と違うようだ。

田代はちょっと面食らい、黙っていた。

「もしもし、三条ですが、どなたですか？」

違う。大里英夫とはやはり別人だ。

田代は対処方法を考えなおすため、何も応えずに電話を切った。

その晩の捜査会議では、「大里英夫」と「三条昭」に接触する方法が検討されたが、これといった巧いアイディアは出なかった。

今年の四月に施行された携帯電話不正利用防止法によれば、携帯電話が不正に利用された場合――「契約者が電話会社の本人確認に応じた場合」という条件付きだが――警察は電話番号から契約者を知ることができる。だが、今回は、捜査に必要があるとはいえ、大里英夫と三条昭の携帯電話が不正に利用されたという証拠はどこにもなかった。そのため、電話番号から二人に迫る方法は採れなかったのだ。

結局、河村警部が二人に電話をかけて意を尽くして話してみる、というあまり有効とは思えない方法に落ちついた。

岸谷江梨子が「なんとかダ」という姓を正確に思い出してくれれば、三条昭なる人物を特定する手掛かりが得られるかもしれないし、それよりも何よりも捜査が大きく進展する可能性がある。

とはいっても、それはただ期待する以外に何もできなかった。

会議では、最後に、前田結花の仲間の「フーミン」を捜し出して話を聞くかどうかという点が議論された。

捜査の参考になる話を聞ける可能性はそれほど高くないが、援助交際をしていたころの前田結花を知っている者としては、捜し出せそうなのは「フーミン」しかいなかったからだ。

岸谷江梨子はフーミンの本名はフミかフユミではないかと言ったが、聞いたわけではないらしい。だから、それはフミコ、フミエ、フミカといった名前だった可能性もある。

とすると、捜し出すための手掛かりは、

《岸谷江梨子が中学を卒業した年の三月、千葉県市川市の中学——公立中学と見てたぶん間違いないだろう——を卒業した、頭にフミの付く名前の女生徒かフユミという名前の女生徒》

である。

市川市に公立中学がいくつあるか知らないが、卒業年度がはっきりしているのだから、卒業名簿を調べるのはそれほど大変な作業ではない。

問題は、卒業名簿を見せてほしいという警察の求めに学校が応じるかどうか、だった。が、すんなりとはいかなくても何とかなるのではないかという意見が大勢を占めた。

その卒業生自身が事件に関係しているわけではないのだから、そのことを強調し、教育委員会を通して頼めば協力してくれるのではないか、というのである。

結果はどうなるかわからないが、やれるだけのことはやってみようということで、「フーミン」捜しが決まった。

2

佳美を残し、佐伯ミドリが応接室を出て行った。

新橋のホテルで行なわれた針生田耕介の記者会見に行ってきたミドリの報告を受けたところである。

佳美は自分の執務室へ戻らず、ソファに腰を下ろしたまま考えつづけた。

今日は十二月六日。この部屋でウェラチャート・ヤンと桧山満枝に初めて会ったのが十一月七日だから、明日でまる一カ月になる。

ヤンと満枝の相談を受けた翌日の晩、佳美は再び二人に会って話をし、ヤンの訴訟代理人になる契約を交わした。その後は陽華女子大の学園祭があったり、佳美の仕事が立て込んで忙しかったりして、互いの予定の調整がつかず、三回目の話し合いは

（十一月）下旬にでも……ということになっていた。そのとき、佳美が作っておいた訴状の下書きを基に話を詰め、提訴を決める、という段取りだった。

ところが、勤労感謝の日にヤンがタイへ帰ってしまったために三度目の話し合いは流れ、現在、ヤンはいつ日本へ戻ってくるかわからない状況なのだった。

この間、佳美は満枝とは何度か電話で話した。が、ヤンとは一度も話していない。帰国後間もなくヤンの携帯電話が通じなくなってしまい、満枝にも連絡が取れないらしい。

クーデターの後、軟禁状態に置かれていた父親が自由になったというので、ヤンは喜んで帰国したらしい。成田空港まで送って行った満枝に、佳美と満枝の予定を狂わせてしまったことを詫び、できるだけ早く日本へ帰ってくるつもりだから佳美にもよろしく伝えてくれ、と言ったという。

だが、帰国したヤンからは何の連絡もないのである。

そこへ飛び込んできたのが、針生田がヤンを告訴する、というニュースだった。

針生田の代理人である宮之原正範弁護士によれば、

――針生田耕介に強姦されそうになったと警察に訴え出たウェラチャート・ヤンの話は事実無根であり、それによって針生田は著しく名誉を傷つけられた。だから、針生田はヤンを名誉毀損の罪で捜査機関に告訴するつもりでいる。

というのだ。

刑法第二三〇条に規定されている名誉毀損の罪は、もし有罪の判決が下れば、「三年以下の懲役もしくは禁固、または五十万円以下の罰金」が科せられる。ただ、これは強姦罪などと同様に親告罪なので、被害者の訴えがあって初めて検事は起訴が可能になる。

二日前の新聞には、宮之原の談話として、

——針生田は刑事告訴するにとどまらず、ウェラチャート・ヤンに対して損害賠償を請求する民事訴訟も提起するつもりだ。

とも載っていた。

そうしたことを針生田本人の口から明らかにするため、今日の午後、彼の記者会見が行なわれたのである。

針生田がウェラチャート・ヤンを名誉毀損の罪で警察か検察に告訴しても、たぶん起訴には至らないだろう。ヤンの主張を立証するのが難しいと考えて「針生田の強姦未遂事件」を起訴しなかった検事が、針生田の言い分を立証できると判断するとは思えない。

問題は、針生田が提起すると言っている民事訴訟だった。

針生田の提訴がヤンの提訴より先に為された場合、佳美たちは反訴という形式を採ることになる。要するに、訴え返すわけだ。先に提訴しようが後で反訴しようが、ヤンの主張と針生田の主張が真っ向から切り結ぶことになるのは同じなのだから、それはべつにかまわない。

ただ、佳美は、桧山満枝にも連絡を寄越さずにヤンはどうしたのだろうと思っていたとき、針生田の提訴の意思を知り、ちょっと戸惑ったのである。

ミドリから聞いた記者会見の模様を思い浮かべ、佳美はあらためて、困難な闘いになりそうだなという予感を覚えた。針生田に付いている宮之原正範が海千山千のベテラン弁護士であることは知っていたが、想像していた以上に手強い相手のようだ。宮之原が演出したにちがいない今日の記者会見は、卑劣なだけではない。巧妙だった。宮之原は、おそらくヤンが民事訴訟を準備しているのを察知したうえで、針生田のほうこそ被害者だと強調し、印象づけるため、先制攻撃に出たものと思われる。

そんな宮之原に自分は勝てるだろうか、と佳美は不安を感じた。ヤンと自分と満枝は、針生田と宮之原を相手にした闘いに勝てるだろうか……。

勝てるかではない、と佳美は自分の弱気を叱った。どんなことがあっても勝たなければならないのだ。もし負けたら、針生田に強姦されそうになった被害者であるヤンにも阻止しなければならない。
は、自分から針生田を誘っておきながら虚偽の申し立てをした卑劣な加害者にされてしまうのだから。それだけは、ヤンのためはもとより、多くの強姦被害者たちのためにも阻止しなければならない。

それにしても、ヤンはいったいどうしたのだろう、と佳美は思う。満枝も困惑していたが、ヤンは訴訟の件をどう考えているのだろう、と少し心配になった。日本へ戻ってくる予定が遅れているだけなら、満枝に電話ぐらいかけてきてもよさそうなものなのに……。日本にいたときは針生田に対する怒りから訴訟を決意したが、母国へ帰って両親の無事な顔を見たら、他国での裁判などどうでもよくなってしまったのだろうか。もしそうなら、ヤンは針生田側の動きを知らないはずだから、安易に考えている可能性が高い。自分が「やめた」と言って降りれば終わりだ、と。が、事はそう簡単ではない。たとえヤンが針生田を訴えるのを取りやめたとしても、針生田が民事訴訟を提起すれば、ヤンは嫌でも被告となり、原告の彼と争わなければならない。

ヤンは初めから何となく少し頼りなかったように思う。針生田を許せないので訴えると言いながらも、どこか他人任せのようなところがあった。補佐役の満枝が非常にしっかりしていて、ヤンをリードしていたので、尚更そう感じられたのかもしれないが……。

とにかくできるだけ早く満枝と会い、今後のことを相談しなければならない。

佳美はそう思い、満枝の都合を聞くために自分の部屋へ戻った。

机の上に置いてあったバッグから、満枝の番号を登録してある携帯電話を取り出した。

が、それを開く前に部屋の電話が鳴り出し、佳美が受話器を取ると、

「ヤンさんからお電話です」

と、ミドリが伝えた。

――ウェラチャート・ヤンが電話してきた！

佳美は一瞬驚きながらも、ああ、ちょうどよかったと思い、椅子に腰を下ろしてから切り替えボタンを押した。

「電話代わりました。香月です」

彼女が言うと、

「ウェラチャート・ヤンです。ご連絡もせずにすみませんでした」

と、ヤンが応じた。

「それはいいけど、よかったわ。ちょうどお話ししたいことがあったから」

「私も先生にお話ししたいことがあってお電話したんです」

「タイからですか？」

「はい、バンコクです」

「それじゃ、長くなると電話料金が高くなるから、ヤンさんの話から先にして」

はい、と答えたものの、何となく言い出しにくそうにしているように感じられた。

が、ヤンはその気持ちを吹っ切るように、一気に言葉を押し出した。

「先生には力になっていただいて申し訳ないのですが、針生田先生に慰謝料を請求する訴え、取りやめたいんです」

話したいことがあって電話したと聞いたとき、佳美はもしかしたら……と思わないではなかった。とはいうものの、ヤンがこれほどストレートに切り出すとは想像しなかったので、少し面食らった。

「ど、どうしてですか？」

思わず責める口調で質した。

「すみません。先生には本当に申し訳ないと思っています」

「私のことはいいけど、どうしてなのか理由を教えて」

「でも、ヤンさんは、尊敬し、信頼していた針生田先生にヤンさんのほうから誘いかけたなどと言われ、絶対に許せないって言っていたのに……」

「そうですが、いろいろ考えて、裁判はしたくないと思ったんです」

「ヤンさんが決めたんなら、私にとやかく言う権利はないけど……」

「香月先生にはお世話になり、とても感謝しています。ただ、先生はこの前、裁判になれば相手の弁護士さんや裁判官にまた根掘り葉掘り質問されることになる、と話されました。私には、それがもう耐えられそうにないんです」

そう、と佳美はうなずいた。逃げ出したくなったヤンの気持ちはわからないではない。告訴したとき、刑事と検事に繰り返し聞かれ、嫌になっていただろうから。だが、民事訴訟を起こせばそれがまた蒸し返されることぐらい、わかっていて、決意を固めたのではなかったのか。

「タイに帰り、ご家族の方と相談して決めたわけね？」

「はい。お父さんとお母さんに相談して決めました」

ヤンが答えた。日本語に堪能でも、〈父・母〉と〈お父さん・お母さん〉の微妙なつかい分けまではわからないようだ。

「でしたら、私はもう何も言いません」

「すみません」

「で、桧山さんにはもちろん話されたわけね？」

佳美は当然「はい」という返事がかえってくるものと思って、軽く聞いた。

だが、ヤンは答えなかった。

「電話されたんでしょう？」

「いいえ」

「えっ、話してないの？」

「はい」

「どうして？」

「桧山さんは反対します……反対するに決まっています。だから、先に先生にお電話したんです」

「でも、桧山さん、自分のことのように一生懸命になっていたのに……」

「ええ。ですから、桧山さんにはこれから電話して謝ります」

「そう」

「ご迷惑をかけて、すみませんでした」

「そのことはもういいわ」

「はい」

「で、今度は私の話なんだけど……実は、ヤンさんが訴訟を取りやめても、ヤンさんが望むようにはいかなくなってしまったのよ」

「ど、どういうことでしょうか？」

ヤンが不安そうに聞いた。

「針生田教授が新しい動きを始めたの」

「……？」

「名誉毀損という言葉の意味、わかるかしら？」

「はい、だいたい」

「人の評判などを傷つける、という意味なんだけど、針生田教授が名誉毀損の罪でヤンさんを告訴するって言い出し、今日、記者会見が行なわれたの」

遠く離れた電話の向こうから、息を呑むような気配が伝わってきた。

「針生田教授が告訴しても、ヤンさんが強姦未遂の罪で針生田教授を告訴したのに検事が起訴しなかったように、たぶん起訴には至らないと思うけど……。ただ、針生田教授は民事訴訟も起こすつもりでいるの」

「針生田先生が民事訴訟を起こしたら、どうなるんですか？」

ヤンがかすれた声で聞いた。

「ヤンさんが訴えるのをやめても、裁判になるわ」

「そ、そんな！」

「加害者なのに……と怒りを感じるかもしれないけど、そういう権利が認められているのよ」

「困ります。そんなの、私、困ります」

「でも、それが日本の法律なの」

「ひどいわ」

「そうね」

「私、知りませんでした。そんなこと、聞いていません。私が警察へ行く前、針生田先生が逆に私を訴えるかもしれないなんて、桧山さん、教えてくれませんでした」

「桧山さんにもそこまでは予想できなかったんだと思うわ」

「でも……」

ヤンは不満そうだった。もしそうしたことを桧山満枝が事前に話してくれていたら告訴しなかったのに、そう言いたげだ。佳美が想像したように、告訴はやはり満枝のリードで行なわれたらしい。

「とにかく、ヤンさんが日本へ帰ったら、針生田教授が提訴した場合に備え、桧山さんと三人でよく話し合いましょう？　そうするしかないんだから。ね？」

ヤンは答えない。

「いつ日本へ帰れそう？」

「わかりません」

「今年中には帰ってこられるかしら？」

「お父さんとお母さんに相談し、できるだけ早く帰るようにします」

佳美は、ヤンの住所と電話番号を聞いてメモし、受話器を置いた。

つづいて携帯電話を取って桧山満枝の番号を表示させ、通話ボタンを押した。

桧山です、と満枝がすぐに出て、

「私はまだニュースを見ていないんですが、いかがでしたか？」

と、聞いた。針生田の記者会見の件だと思ったらしい。

「それは後でゆっくり話すわ。実は、いまヤンさんから電話があったの」

満枝がハッと息を呑んだようだ。

「……それで、何て？」

恐れるかのように聞いた。

「桧山さんにもこれから電話がいくと思うけど……」

佳美は、ヤンが提訴を取りやめたいと言ったことを伝えた。

「そうですか」

満枝は応えたものの、心ここにあらずといった感じだった。

ショックだったにちがいない。

裁判をやめたいというヤンの話がショックだったのか、それとも、ヤンが満枝に相談しないで直接佳美に連絡したことがショックだったのか……。

両方だろうが、後者のショックのほうが大きかったのではないか、と佳美は思った。

「針生田教授の記者会見の件もあるので、できれば今夜にでも会って相談したいんだけど、桧山さんの都合はどうかしら？」

佳美はつづけた。

「はい、大丈夫です。こちらこそぜひお願いします」

と、満枝が気を取りなおしたように答えた。

3

田代と栗山は雑司ヶ谷グリーンハイツの玄関を出ると、前の狭い道を少し戻り、さっき前を通った小さな公園へ入って行った。

公園は二段になっていて、上段にはブランコ、鉄棒、水飲み場などがあったが、田代たちの探している相手らしい姿はどこにもない。

田代たちは中央の階段を下りた。

下は上段よりかなり広い広場になっており、左手には砂場と滑り台が設けられ、広場の端にはベンチが置かれていた。

こちらは結構人の姿があり、ざっと見たところ、十六、七人はいるだろうか。

といっても、ベンチに座ってひなたぼっこをしているらしい二人の老人の他は、みな母親と子供のようだ。

広場でボール遊びをしている母子、よちよち歩きの子供を追いかけている母親、幅広の滑り台で遊んでいるそれぞれの子供を見守っている母親、砂遊びをしている子供たちに付き添っているというよりは砂場の外に立って自分たちのお喋りに余念がない母親たち……。

田代たちが広場の中央近くまで進んだとき、一組の母子が滑り台から離れ、手をつないでこちらへ歩いてきた。

母親は二十代半ば前後だろうか。顔色が悪く、痩せていた。子供は三、四歳の女の子だ。

「あれですかね」

栗山が目顔でその母子を指し、囁いた。「さっきの女が言ったとおりですし……」

「そのようだな」

と、田代も声を低めて応えた。

「どうしますか？　ここで話を聞くわけにはいかないでしょう」

うむ……と田代が考えながらうなずいたとき、母子は砂場を回り、階段のほうへ進んだ。

「帰るのかもしれませんね」

「うん」

「帰るんなら、マンションまで一緒に行って話を聞けばいいですか……」

「とにかく、あれが宮沢芙由美に間違いないかどうか、確認しよう」

母子が階段を上り出したのを見て、田代は言い、後を追うように歩き出した。

田代たちの予想は外れた。

彼らが階段を上り始めたとき、母子はすでに上りきっていたが、出口へは向かわず、女の子が左側にあるブランコに駆け寄ったからだ。

田代は栗山と見交わし、帰るんじゃないのなら慌てる必要はないだろうというようにうなずき合った。

田代たちの捜査本部は、田代と栗山が下田で岸谷江梨子の話を聞いてきた翌日の月曜日から、市川市の公立中学校全校に協力を要請し、「フーミン」捜しをしてきた。

その結果、まず十三人のフーミン候補が浮かんだが、江梨子の話したすべての条件をクリアしたのは市立海浜中学の卒業生である芝崎芙由美一人だけだった。

ここで、前田結花らと付き合いのあった「フーミン」は芝崎芙由美に間違いないだろうということになったが、本人だけでなく家族がどこに住んでいるかもわからなかった。

フルネームが判明しても、居所がわからないでは話を聞きようがない。

そのため、田代たちは、一家が元住んでいた近辺などを尋ね歩き、何とか芙由美の消息を突き止めようとしてきた。そして今日（十二月七日）、ようやく母親が再婚して船橋に住んでいるという話を聞き込み、彼女を尋ね当て、話を聞いたのである。

母親によると、芙由美は都立の定時制高校を中退し、宮沢修次という十五歳年上の恩師と結婚。翌年には女の子も生まれ、現在は東京都豊島区雑司ヶ谷のマンションに三人で暮らしている――。

この話を聞いたとき、田代たちは、宮沢芙由美を訪ねることにためらいを覚えた。

親子三人で幸せに暮らしているらしい彼女は、援助交際をしていた過去を他人に触れられたくないだろうからだ。

しかし、宮沢芙由美は前田結花の援助交際の相手——結花と諏訪竜二を殺した犯人であるかもしれない男——を捜し出すための手掛かりを握っているかもしれないのである。そう思ったから、岸谷江梨子の話を基に「フーミン」捜しをし、やっと突き止めたのだ。会って話を聞かないわけにはいかなかった。

田代たちは、本部の河村警部に報告の電話を入れた後、船橋から東京へ戻り、宮沢芙由美の住んでいるマンション「雑司ヶ谷グリーンハイツ」を訪ねた。

インターホンを鳴らしても応答がなく、誰もいないようなので、しばらく時間を潰してからまた来るつもりでドアの前を離れかけた。

そのとき、真向かいの部屋から出てきた女が、

——宮沢さんの奥さんなら、そこの雑司ヶ谷公園にいると思うわよ。

と、教えてくれたのだ。

女は好奇の目で田代たちをじろじろ見ると、芙由美のことを知らない訪問者だと判断したようだ、次のように付け加えた。

——元々ほっそりした人だったけど、最近何だかすごく痩せて顔色が悪いから、す

ぐにわかるわ。メグミちゃんという女の子も一緒だし……。

田代たちは階段を上りきり、ブランコに近づいた。

おとなの膝ほどの柵の外に立って、あまり強く漕いじゃだめよと女の子に注意を与えていた宮沢芙由美と思われる女が、田代たちに気づき、振り向いた。

瞬間、ハッと息を呑んだような表情をし、棒立ちになった。

顔から見るみる血の気が退いていく。

恐怖に見開かれた目、頰のこけた顔。構図が似ているわけではないが、田代の脳裏にムンクの『叫び』という絵が浮かんだ。

女の反応は田代たちが刑事だとわかったからであるのは間違いない。

船橋の母親から電話で知らされていたのだろう。

それにしても、なぜだろう、と田代は訝った。単に自分の過去を刑事に穿鑿されるかもしれないと思っただけで、これほど驚き、恐怖するだろうか。

何かある……もしかしたら事件に関係した重要な事実を知っているのかもしれない。

田代はそう思い、胸のあたりが強張るのを覚えながら女の前まで行き、

「宮沢芙由美さんですね？」

と、問うた。

女が黙ってうなずいた。声が出なかったのかもしれない。

「埼玉県警の田代と栗山と申しますが、少し時間をいただけませんか」

宮沢芙由美は答えない。目は田代に向けられているが、田代を見ていないようだ。恐怖を胸の奥に封じ込め、どうしたらいいかと脳をフル回転させ始めた感じだ。

「お尋ねしたい件があるのですが、ここでは……」

「あの、どういうことでしょうか？」

芙由美が田代の言葉を遮り、掠(かす)れた声で聞いた。

女の子がブランコをゆっくりと揺らしながら、ちょっと不安そうな顔をして母親と田代たちのほうを見ているが、他に近くに人はいない。

それなら、ここで尋問してもかまわないだろう。

田代はそう判断し、

「宮沢さんは、市川の海浜中学三年生だったころ、渋谷や新宿へよく遊びに行っていましたね？」

と、質問に入った。

「……はい」

芙由美が目を伏せて認めた。

「宮沢さんはそのころ、仲間内でフーミンと呼ばれていたとか？」

「はい」

「その遊び仲間の中にユカと呼ばれていた子がいたのを覚えていますか？」

芙由美が田代から微妙に視線を外し、

「さあ……」

覚えていません、と否定した。

その顔を見て、嘘をついている、と田代は直感した。

芙由美が最初に見せた驚きと恐怖の表情――。あれが前田結花たちの殺された事件に関係していたのだとすれば、覚えていないわけはない。ただ、芙由美の示した反応が別の何らかの理由によるものだった可能性もゼロではないが……。

「私たちは、宮沢さんの過去をあれこれ言うつもりはありません。また、ここで聞いた話を表に出すこともありません。ですから、事実を話してくれませんか」

田代は、岸谷江梨子に言ったのと同じように言った。

「私は事実を話しています。一緒に遊んでいた友達は沢山いたし、ユカなんて子、本当に覚えていないんです」

「リコこと岸谷江梨子さんについてはどうですか？」

「本名は知りませんが、リコなら覚えています。四、五年前、東京駅で偶然会ったことがありますし……」

「ユカは、岸谷さんと一緒に東京の東大和から来ていた、当時中学二年生だった女の子です。思い出せませんか？」

「そう言われれば、そんな子がいたような気もしますけど、やはりはっきりとは……」

ブランコの女の子が「お母さん、押して」と呼んだ。話してないで自分のところへ来いという意思表示だろう。

芙由美が女の子のほうを振り向き、

「すぐに済むから、それまで自分でゆっくり漕いでいなさい」

と、優しく応えた。

「リコの他に、当時の仲間で覚えている人はいませんか？」

田代は質問を継いだ。

「さあ……」

「岸谷さんによると、チーコとかエミーとかマリとかって呼ばれていた子がいたそうですが」

「いたかもしれませんが、そのときだけの友達だったので、忘れました」

個人差はあるだろうが、岸谷江梨子が覚えていたのに、みんな忘れたというのはやはり不自然だった。

しかし、そう思っても、他人の記憶のファイルを覗き見るわけにはいかないので、どうにもならない。

「それじゃ、最近、前田結花という名前を見るか聞くかした覚えはありませんか？」

「マエダユカ……？」

「前の田んぼの前田、紐などを結ぶときの結ぶに草花の花、と書きます」

「見たことも聞いたこともありませんが、それがユカですか？」

「そうです。先月、諏訪竜二という男と一緒に焼き殺されたんです」

「焼き殺された！」

芙由美の落ちくぼんだ目が大きく開かれた。いかにも恐ろしげな表情だが、どこか演技のように見えなくもなかった。

「埼玉県の入間市であった放火殺人事件、知りませんか？」

「知りません」

「かなり大きく報道されたんですがね」

「私、新聞をあまり読みませんし、テレビを見るときも幼児番組やアニメばかりですから」

「ですが、ご主人が帰れば、一緒にニュースを見ることもあるでしょう」

「主人は見ても、私は見ません。主人がテレビを見ているとき、私は子供の世話や家事をしていますし」

前田結花についても放火事件についても、芙由美はあくまでも知らないで押し通すつもりらしい。

もちろん本当に知らない可能性もあるが、最初に見せた異常とも思える反応が頭に残っているので、田代は引っ掛かった。嘘をついているのではないかという疑いが消えなかった。

ただ、知っていた場合、どうしてこれほど頑に知らないと言い張る必要があるのか、それも解せない。江梨子のように素直に知っていると認めたところで、べつに問題があるようには思えないのだが……。

「ところで、ご主人は都立高校の先生だそうですね」

田代は深い意味があって聞いたわけではない。

が、「はい」と答えた芙由美の目に身構えるような警戒するような光が宿った。

なぜだろう、と田代は思う。夫に関して、何か警察に知られたくない事情でもあるのだろうか……。

田代はちょっと気になりながら、

「どこの高校ですか？」

と、聞いてみた。

「板橋にある工業高校です」

「定時制ですか？」

「いえ、以前はそうでしたが、いまは全日制です」

田代は栗山を見やった。

聞き落としたことがあるかもしれなかったからだ。

知らぬ存ぜぬの芙由美に栗山も納得できないのだろう、不服そうな顔をして首をひねった。

が、聞くことはないと目顔で応えた。

田代は芙由美に顔を戻し、子供の遊びの邪魔をした詫びを述べた。

「お役に立てなくてすみませんでした」

と、芙由美も頭を下げた。

田代たちは、すっきりしない気持ちのままブランコの前を離れた。

苦労して「フーミン」を突き止めたのに、結局何ひとつ捜査の参考になりそうな話を聞けず、捜査本部へ帰る脚が重かった。

第5章　脅迫

1

珠季は電話の子機を前のローテーブルに置くと、ソファの背もたれに身体をあずけ、溜め息をついた。

兄の弘昭と話しても不安は消えなかった。そんなことはわかっていたことである。わかっていながら、兄の声を聞かないではいられなくなり、電話したのだが、不安は消えるどころか薄らぐ気配さえ見せなかった。

――針生田さんが関係ないと言っているのなら、信じてやれ。

と、兄は言った。信じるしかないじゃないか、とも……。

だが、兄自身、針生田の言葉を信じているのだろうか。

先月十九日に前田結花と諏訪竜二が殺された後、珠季は夫の針生田に二百万円の振込金受取書を見つけた経緯を説明し、前田結花との関係を質した。

それに対し針生田は、「ちょっと複雑な事情が絡んでいるのでいまは話せないが、いつか必ずきちんと説明する」と答え、放火殺人事件については、自分は関係ない、信じてほしい、と言った。

しかし、彼は、その後も前田結花との関わりについて何の説明もせず、殺人事件については「どうか僕を信じてほしい」と繰り返すだけなのだ。

できれば、珠季だって夫を信じたい。信じられたら、どんなにか気持ちが安まるだろう。だが、前田結花との関係と大金を振り込んだ事情について一切話そうとしない夫を、どうやって信じたらいいのか。もし疚しい点がないのなら、なぜきちんと説明し、妻である自分を安心させてくれないのか。それができないということは、やはり説明できない理由があるからではないのか。

珠季は怖かった。これからどうなるのかと考えると、恐ろしくてたまらなかった。

四、五日前に電話したときもそうだったが、兄が肝腎な点を自分に隠しているように感じるのも気になった。大貝英彦に調べてもらっても、夫と前田結花との関わりを示すものはどこからも出てこなかった、と兄は言った。だから、調査を打ち切った、と。が、本当に夫と前田結花との関係は何もわからなかったのだろうか。本当に調査は打ち切られたのだろうか。

今日は十二月八日だから、今年も残すところ二十日余り。今年は何という年だったのだろう、と珠季は思う。夫がウェラチャート・ヤンというタイ人の留学生に対する強姦未遂容疑で逮捕されるという出来事があったと思ったら、次は、夫が勾留されている間に偶然知った前田結花、諏訪竜二という男女が殺されるという事件が起きた。結婚以来……いや、三十七年間の珠季の人生にとって最悪の年だった。それでも、この忌まわしい状態が今年かぎりのものならまだ救われる。が、年が替わってもつづきそうなのだった。さらに悪くなる予感を秘めているのだった。

珠季は顔を上げ、壁に掛けてあるからくり時計に目をやった。時報ごとに扉が開いて動物やこびとの人形が前に飛び出し、動き出す、清香お気に入りの時計だ。

その時計が間もなく午後二時を告げようとしていた。

清香が帰ってくるまでに茗荷谷駅前まで行って買い物をして来なければ……。

珠季がそう思い、自分の気持ちを励まして腰を上げかけたとき、サイドボードの上の電話の親機から、また一拍の間を置いて目の前の子機から、呼び出しメロディーが流れ出した。

珠季は子機を取ろうとしたのを思いとどまり、親機の前まで立って行った。針生田家の電話機の場合、発信先が子機には表示されないからだ。

ディスプレーを見ると、「公衆電話」の表示が出ていた。

夫の携帯電話と研究室の電話、兄の携帯電話と会社の電話はもとより、主立った友人・知人の電話の番号は登録してある。だから、それらからかかってきた場合、相手の氏名が親機のディスプレーに出る。また、番号を登録してなくても相手の番号が表示され、番号非通知の電話はかからないようになっている。

が、唯一の例外は相手が公衆電話からかけてきたときだった。その場合は「公衆電話」と表示されるだけなので、相手が誰なのか、どこからかけてきたのか、見当さえつけようがない。

そのため、珠季は受話器を取るのをためらった。

また嫌がらせの電話ではないか、と思ったからだ。

針生田が強姦未遂容疑で逮捕された後――電話番号を公表していないのにどこでどうやって調べたのか――たびたび嫌がらせの電話がかかってきた。ほとんどは公衆電話から。

ただ、針生田が釈放されてしばらくするとそうした電話もかからなくなり、珠季は少しほっとしていた。

ところが、一昨日、針生田が宮之原弁護士とともに記者会見を行ない、

――自分はウエラチャート・ヤンを強姦しようとしていないので、彼女を名誉毀損の罪で告訴し、損害賠償請求の民事訴訟も起こす。

と話すや、立て続けに四本の電話がかかってきた。一本は「自分も同じような冤罪に苦しめられている。よくぞ言ってくれた」と励ます電話だったが、三本は「盗っ人猛々しいとは貴様のようなヤツを言うのだ！」と針生田の行為を激しく非難するものだった。

だから、珠季は、「公衆電話」の表示を見て、また嫌がらせの電話では……と出るのを躊躇したのである。

だが、携帯電話を持たずに外出した知人が珠季に連絡を取りたいと思ってかけてきた電話だったら困る。あるいは、清香に関係した電話だったら……。

もし嫌がらせの電話だとわかったらすぐに切ってしまえばいいだろう、珠季はそう思って受話器を取り、

「はい」

と、少し硬い声で応答した。

「針生田耕介さんの奥さんですか？」

若い感じの女性の声が事務的な調子で聞いた。

「どちら様でしょうか？」

珠季は聞き返した。「違う」と答えなかったことは肯定したのと同じだが、やむをえない。

「前田結花という女の知り合いの者です」

相手が言った。

珠季は思わず息を呑み、受話器を取り落としそうになった。

そうした珠季の驚いた様子は相手の女にもわかったらしい。

「奥さんは前田結花を知っているみたいですね」

と、言った。自分で前田結花の名を出しておきながら、意外だったような口ぶりだ。

「い、いいえ、知りません」

珠季は慌てて答えた。「それはどういう方ですか？」

「先月の十九日、埼玉県の入間市で放火事件があり、若い男女二人が死んだのは知っていますか？」

女が珠季の問いには答えずに聞いた。

「さあ……」

「そのとき死んだ女のほうが前田結花です」

珠季の心臓は強い鼓動を打ち始めた。女は何を言おうとしているのか、何を目的に電話してきたのか……。

「針生田さんはその前田結花にあることをネタに脅され、結花の銀行口座に諏訪竜二名でお金を振り込んだんです。諏訪竜二というのは前田結花と一緒に殺された男です」

女がつづけた。

夫の針生田が前田結花の銀行口座に金を振り込んだ事実を知っているのは、当事者である夫と前田結花（と諏訪竜二）を除くと、珠季と兄の弘昭、それに兄が調査を依頼した大貝だけのはずである。もし兄か大貝が誰かに漏らしていなければ――兄が漏らすわけはないだろうし、大貝も信用がおけると兄は言っていた――、警察でさえ針生田の名はつかんでいない。

それなのに、前田結花の知り合いだと名乗った女は、振込人が針生田である事実だけでなく、金を振り込んだ理由まで知っているらしい。

それが事実なら、前田結花から聞いたとしか考えられないが……。

「夫が脅されたネタというのは、どういうことでしょうか？」

珠季は聞いた。自分の声が震えているのがわかった。

「奥さんは、援助交際という言葉を知っていますか？」

珠季だってそれぐらい知っていたので、「はい」と答えた。

「針生田さんは、前田結花が中学二年生だったとき、彼女と援助交際をしていたんです」

「まさか！」

考えるより先に声が出ていた。「主人にかぎって、そんなこと、そんなこと……するわけがありません！」

「信じる信じないは奥さんの勝手です」

女が冷たい声で突き放すように言った。「ですが、奥さんが私の話を信用しないとなると、この電話を切って警察にかけなおさなければならないんですが……」

「ま、待ってください」

珠季は慌てて呼びかけた。女が電話してきた目的はわからないが、とにかく警察への通報だけはやめさせなければならない。

「じゃ、私の言ったことを信じますか？」

「その前に、あなたがどうしてそんなことを知っているのか、教えてください」

「警察は私と前田結花の関係を知りませんが、私も昔、結花と一緒に援助交際をやっていた仲間だからです」

女が答えた。

「でも、それだけでは、前田さんが主人を脅したことまでは……」

「もちろんそれだけじゃありません。今年の正月過ぎ、結花が私に電話してきて、昔、自分の援交相手だった男の名前がわかった、有名な大学教授でテレビに出ていた、と言ったんです。そしてニヤニヤ笑いながら、まとまった金になりそうだと……。私はいまは真面目に働いているので、そんなことはやめたほうがいいと止めました。私だって、昔のことをばらされたりしたら嫌ですから。でも、結花は、諏訪竜二に焚き付けられたらしく、私の忠告を聞きませんでした。そして、針生田さんの研究室に電話をかけ、中学生の女の子を買った過去をばらされたくなかったらお金を出せと脅したんです」

珠季は信じたくなかった。ただの買春だけでもショックなのに、夫が中学生の少女の性を金で買っていたなんて……。

ただ、それが事実なら、夫が前田結花の口座に二百万円、五十万円と二度も金を振り込んだ事情（後の五十万円については証拠はないが、結花に再度脅されたときＡＴ

Mから振り込んだのだろう）は明快に説明がついた。さらには、その理由を妻である自分に話せないでいる事情も。

「どうですか、私の話を信じてくれましたか？」

「あなたの名前を教えてください。そうしたら、信じます」

「私は名前を教える気はありません。それで奥さんが信じないなら、結構です。いまの話を警察にするだけです」

「あなたの目的は何ですか？　どうして私に電話してきたんですか？」

「奥さんを助けてあげようと思ったんです」

私を助ける？　そんな話は信じられない。

「諏訪竜二の家に放火して結花たちを殺した犯人が誰なのか、私は知りません。でも、結花は、針生田さんから脅し取ったお金が残り少なくなってきたとき、また針生田さんを脅して金を取ろうとしたんです。そうしたら、殺されてしまったんです。このことを私が警察に話せばどうなるかは、火を見るより明らかでしょう。それでも奥さんがかまわないというのであれば、そうしますが……」

「いえ、待ってください。お願いします」

珠季は言った。相手の要求がいかなるものであろうと、呑もう、と心を決めた。

「奥さんが待てと言うんでしたら、待ちます。そのつもりで電話したんですから」

「援助交際はともかく、放火に関しては私は夫を信じています。夫が放火殺人などという大それたことをするわけがありません。ですが、警察は私のようには考えないかもしれません。いえ、けっして考えないでしょう」

「そのとおりです」

「それで、あなたが警察に電話するのをやめる代わりに、私はあなたに何をしたらいいんでしょうか？」

女の目的は金にちがいないと思いながら、珠季は聞いた。

ところが、女は、

「何もする必要はありません」

と、意外な答えを口にした。

「では、あなたはなぜ……？」

「奥さんを助けてあげようと思った、そう言ったはずです」

「でも……」

「私は、針生田さんに強い怒りを感じています。といっても、それは針生田さんが前田結花たちに対して何かしたかもしれないからではありません。結花とは電話で時々話しただけで、親しくしていたわけではないですし……。それに結花は、私が止めたにもかかわらず針生田さんを脅したんですから、どうなったって自業自得です」

「……？」

「針生田さんは一昨日、記者会見をしましたね。それをテレビで見て、腹が立ったんです。許せないと思ったんです。ホテルで女子学生に襲いかかっておきながら、相手のほうから誘いかけてきたなんて……。奥さんにも当然同じように話していると思いますが、そんなことあるわけがありません」

珠季は初め、夫は無実だと思っていた。夫が教え子に襲いかかるはずがない、自分を裏切るわけがない、と信じていた。が、その後、二百万円の振り込みの件が明らかになり、前田結花と諏訪竜二が殺された。それなのに、夫の口から納得のいく説明はない。そのため……それらの件と強姦未遂事件とは直接の関係はないとはいえ、元のようには夫を信じられなくなっていた。

「私は、よほどその場で警察に電話して、いま奥さんに話した、私の知っていることを教えてやろうかと思いました」

女がつづけた。「ケータイを取って、一一〇番をプッシュしかけました。でも、私は警察が好きじゃありません。それに、針生田さんが捕まれば、関係のない家族が可哀相です。それで、警察に知らせる前に奥さんに電話し、どうするかは奥さんに決めてもらおうと思ったんです」

「でも、あなたは、私は何もしなくていい、と……」

「あれは、私に対しては何もする必要がない、と言ったんです」

「では、私はどうしたらいいんですか?」

「奥さんの力で、針生田さんに盗っ人が居直るようなまねをやめさせてください。そうすれば、私も警察に電話するのをやめます」

「ウェラチャート・ヤンという人を訴えるのをやめさせろ、ということですか?」

「そうです。私はその留学生とは何の関係もありませんが、針生田さんのやり方が我慢ならないんです。ろくに日本語もわからないんじゃないかと思うのに、それをいいことに裁判で痛めつけようなんて……。そんな卑劣な針生田さんを許せないんです」

夫によれば、ウェラチャート・ヤンはそのへんの日本人よりずっと正確に日本語を読み、書き、話すという話だったが、それはこの際どうでもいい。

「わかりました、おっしゃるようにします」

と、珠季は応えた。必ず夫を説得しよう、説得しなければならない、と思いながら。

「それが賢明な選択です」

と、女が言った。「それじゃ、一週間待ちます。一週間待っても、針生田さんが告訴、提訴を取りやめたというニュースを聞かなかったら、私は警察に電話します」

「夫が訴えを取りやめても、もしそれが新聞やテレビに出なかったら……」

「それはそちらの責任です。あれだけ派手に記者会見したんですから、やめるときもこそこそしないで、〈事情があって取りやめた〉と公表してください。そうすれば、必ず出ます。それじゃ、来週の金曜日・十二月十五日の午後二時八分が期限です」

言い終わるや、女は一方的に電話を切った。

珠季は、相手の連絡先を突き止める手掛かりが得られないかと考えていたのだが、無駄だった。

受話器を手にしたまま呆然(ぼうぜん)としていた。話しているときは、女に警察に通報させないようにすることしか念頭になかったが、いまは女の話した内容に心が圧(お)しつぶされそうだった。

前田結花の昔の仲間だという女の話には説得力があった。女も、夫が放火したという証拠を握っているわけではない。が、夫が昔の少女買春をネタに前田結花（と彼女と手を組んだ諏訪竜二）に脅されていたという話は事実と見てほぼ間違いないだろう。とすれば、彼らの度重(たびかさ)なる恐喝に恐怖を感じた夫が二人の口を封じた、というのは当然の帰結のように思われた。

——自分はこれからいったいどうしたらいいのだろう？

珠季は受話器を戻し、その場に立ったまま自問した。

どうする術もないように思えた。

夫と話し、説得する。これは今晩にもやらなければならない。

が、その結果、夫が告訴と提訴を取りやめ、女が警察に通報しなかったとしても、それでどうなるのだろう。問題はその先だった。その後、どうしたらいいのか……。

女と電話で話しているときは、女さえ黙っていてくれたら……と思っていたが、女が通報しなくても、警察はいずれ夫と前田結花との関係をつかむのではないだろうか。いや、警察はすでに夫をマークし、密かに調べている可能性だってある。

どちらにしても、夫が二人の人間を殺しているかぎり、破滅のときは必ずやってくる。多少早くなるか遅くなるかの違いはあっても。そう考えなければならない。

珠季は自問を繰り返した。

——としたら、自分はどうしたらいいのだろうか？

女子中学生を相手にした買春の過去を隠すため、二人の人間を殺した——。これが事実なら、相手に強請られていたとしても、その動機に同情の余地はない。だから、夫本人が破滅するのは自業自得であり、やむをえない、と珠季は思う。

しかし、自分と清香までその巻き添えを食うのは、どう考えたって理不尽だった。

いや、と珠季は思う。妻である自分だけなら、たとえ理不尽でも我慢する。そうした相手と結婚してしまったのだから仕方がない。諦めよう。が、娘の清香についてはそうはいかない。清香だけはどんなことをしてでも護ってやらなければならない。

それにはどうしたらいいのか。何か方法がないだろうか……。

珠季は買い物に行くのをやめ、ソファに戻って考えつづけた。

が、清香が帰ってくるまで考えても、妙案は浮かんでこなかった。

やがて、インターホンのチャイムが鳴り、珠季が立って行って応答すると、モニターの中で清香が「ただいまー」といつもの元気な声を響かせた。

その晩、清香が寝入った後、珠季は居間のソファで昼の電話の件を切り出した。

夫の針生田は、電話してきた女が「昔、前田結花が援助交際をしていたころの仲間」と名乗ったと聞くや、顔色を変え、何か言いかけたが、

「いや、最後まで聞いてからにしよう」

と言って、口を噤んだ。

珠季は、夫の前で夫の少女買春の話をするのは嫌だったが、いまはそれよりずっと重大な放火殺人の件が関係しているので避けるわけにはいかなかった。自分の感想を交えず、女が電話で言ったことだけを伝えた。

針生田は珠季を見ないように心持ち視線を下に向け、じっと話を聞いていた。

その顔は苦しげだったが、何かを懸命に考えているようでもあった。

珠季は、女の要求について最後に説明し、話を終えた。

「話はわかった」

針生田が暗い目を上げ、「それで、きみはその話を信じたのか?」と聞いた。

いきなり逆に質問され、珠季はちょっと面食らった。

「信じたわけではないけど、前田結花という人の口座にお金を振り込んだのがあなただと知っているということは、本当に本人から聞いたのかなと……」

「ある事情から前田結花の口座に金を振り込んだのは事実だ」

針生田が、この前は否定しなかっただけだったが、今度ははっきりと認めた。「だが、僕が前田結花を相手に援助交際をしていたという話は出鱈目だよ。振り込みはそうしたこととは関係ない。もちろん僕は、前田結花たちが殺された事件とは何の関わりもない」

「じゃ、前田結花という人の口座にどうして二百五十万円も振り込んだの？」

「それはちょっと違うんだがね」

「えっ、違うって、何がどう違うの？」

珠季は夫の言い方が気になって聞いた。

が、彼は「いや、べつにたいしたことじゃないんだが……」とはぐらかすように答えてから、言った。

「とにかく、僕が前田結花の口座に金を振り込んだ理由については、彼女との関係も含めていずれ必ず話す。それは、この前言ったとおりだ」

「いま話してください」

と、珠季は求めた。

「それはできない」

と、針生田が険しい顔をした。

「どうして？　どうしてできないの？」

「どうしてもだ」

「やっぱり嘘をついているのね？　前田結花との関係が女の人が電話で言ったとおりだから、私に話せないのね」

「僕が信じられないのか？」

「私だって、あなたを信じたいわ。信じて安心したいわ。でも、このままじゃ、信じられない……」

「そうか。きみは、どこの誰だかわからない女の話を信じ、夫である僕の言うことが信じられないわけか」

「あなたこそ、どうして私が信じられるように話してくれないの？」

「話したいが、いまは話せない。いま僕が言えることは、僕は潔白だということだ。買春に関しても殺人に関しても」

　これだけ妻に疑われても話せない事情などあるだろうか。やはり、それは嘘をついているからではないのか……。

「僕を信じてくれないか」

　珠季が黙ったのを見て、針生田が語調を和らげた。

「わかったわ」

　と、珠季も穏やかに応じた。「その代わり、ウェラチャート・ヤンという人を訴えるのだけはやめてくださいね」

「なんだ、それじゃ、僕を信じていないっていうことじゃないか」

針生田の声がまた少し険しくなった。

「私は信じるわ。でも、私が信じたって、女の人が警察に通報したら、どうなると思うの？　警察があなたの話を素直に信じるかしら？」

針生田は何も応えない。

「あなたはまた逮捕されるかもしれないわ。今度は殺人の疑いで……。そうなったら、どうなると思うの？　あなたがいくら否認したって……そして最後には疑いが晴れたとしても、その前に少女買春のことがテレビのワイドショーで面白おかしく取り上げられ、日本中に流されるわ。ヤンさんとのことだって、前以上にあなたを悪者にして蒸し返されるわ。そうなったら、酷い目に遭うのはあなただけじゃないのよ。この前、あなたが逮捕されたとき、清香がどんなに傷つき、苦しんだか、わかっているの？　清香は何も言わないから、気づいていないのかと思っていたら、とんでもない誤解だった。あの子、ものすごく心を痛めていたのに、私に心配かけまいとして我慢していたの。あなたの釈放が決まって帰ってくるとわかったとき、あの子、急に大声を上げて泣き出し、鈍い母親はそれでやっとわかったんだけど……。私はともかく、清香だけは二度とあんな目に遭わせたくないわ。絶対に！　だから、一昨日の記者会見で言ったことを取り消し、ヤンさんを訴えるのをやめてほしいの」

「そんなことをしたら、やっぱり強姦しようとしたからだろうって言われる」

「そうかもしれないけど、女の人が警察に電話したら、それぐらいじゃ済まないわ」

針生田が考えるように黙った。

珠季の言い分に理があるからだろう。

「お願い」

珠季は押した。

「わかった」

と、針生田が応えた。

「訴えるのをやめてくれるのね？」

「はっきりやめるとは言えない。が、考えてみる。二、三日よく考えて決める」

電話の女が切った期限は一週間だった。だから、二、三日ならいいだろうと珠季は思い、夫が結論を出すまで待つことにした。珠季にとっての結論は一つしかなかったが……。

ただ、夫が珠季の望んでいるとおりの結論を出し、告訴と提訴を取りやめたとしても、昼考えたように、問題はそれで解決するわけではない。珠季の胸にふくらんだ不安、恐れは消えなかった。

夫は、少女買春に関しても放火殺人に関しても無実だと言う。潔白だと言う。自分を信じろと言う。しかし、珠季は信じられなかった。口では「信じる」と答えたものの、前田結花との関係について、彼女の口座に大金を振り込んだ理由について、今日電話してきた女の話以上に納得できる説明を聞かないかぎり、夫を信じるのは無理だった。

「風呂に入ってくる」

針生田が言ってソファから腰を上げ、居間を出て行った。

珠季は一人になると、

——どうしたらいいのだろう？

と、昼の自問を繰り返した。清香を護るために、自分はどうしたらいいのだろうか。

兄の弘昭の顔が浮かんだ。

兄に相談しても、今度ばかりはどうにもならないにちがいない。

だが、珠季には、兄に頼る以外の方法は思いつかなかった。

2

店の入口に香月佳美が姿を見せた。

白井と約束した午後八時を十分ほど過ぎていた。

白井は子供のころの佳美を知っているとはいえ、両親が洋食器の製造をやめて引っ越してからは数えるほどしか顔を合わせていない。礼子が死んだ直後と、礼子の何回かの法事のときと。が、前回、礼子の十三回忌に会ったときとそれほど変わっていない容姿に、離れたところからでも見まがうことはなかった。

佳美はウェートレスに案内され、白井が待っている六人用の席のほうへ歩いてきた。寒気の中を中野駅から急いできたのだろう、顔が上気していた。

その顔は姉の礼子によく似ていた。礼子は色が白く、どちらかというと顔も身体もふくよかだった。一方、佳美は色白ではないし、体付きもほっそりとしている。それでいて、強い光を湛（たた）えているような二重瞼（ふたえまぶた）の目、小さめの鼻、心持ち両端がつり上がった意志的な口元がそっくりだった。

礼子が自殺したとき、佳美はまだ中学生だった。だから、白井と礼子の仲をどこまで知っていたのか、はっきりしない。が、ただの幼馴染み、友達でなかったことだけは気づいていたように思う。

白井がテーブルの横に立って迎えると、

「遅くなって申し訳ありません」

佳美が詫びた。

「こちらこそ、暮れの忙しいときに時間を割いていただき、恐縮です」

白井は応え、掛けるように促した。

席はコーナーに位置し、隣接した二つの六人用テーブルの上には「予約席」の札が置かれていた。

自分の店とはいえ、込んでいるときならそんな手前勝手は許されないが、いまは五割ほどの客の入りなので、店長に話してそうしてもらったのだ。

これなら、誰にも話を聞かれるおそれはないだろう。

先日、佳美に電話をかけて会見を申し入れたとき、白井は、時々接待に利用している日本料理店を予約するつもりでいた。が、彼がそう言うと、時間がはっきりしないので自宅に近い喫茶店のほうがよいと佳美が言い、結局、ここ早稲田通りにあるホワイトスワロー中野店に落ちついたのである。

佳美が脱いだオーバーを畳み、白井の前に腰を下ろした。

白井があらためて感謝の言葉を口にすると、佳美も礼子の十三回忌のときの礼を述べた。

その法要があったのは八年前の初秋である。白井はまだ、存命していた父の下(もと)で経営者になるための見習い中だったし、佳美は弁護士としてスタートを切って一年半ほどしたころである。燕市で行なわれた法事の後、偶然、同じ列車に乗り合わせ、東京まで一緒に帰った。そのときの佳美からは若さと気負いとエリート意識がふんぷんとし、その一方で、社会の現実の壁に突き当たって苦悩し、模索しているらしい様子も窺えないではなかった。

しかし、先週の金曜日に電話で話したときの応対といい、いまテーブルを挟んで向かい合って座っている雰囲気といい、当時の佳美からは想像もできない落ち着きと自信が感じられた。

八年と数カ月……。この間、白井は白井なりの苦労をしてここまで来た。まだ塚越専務の力に頼っている部分はあるが、従業員一万七千人のトップとして何とかやっていけるようになった。それと同様に、佳美も多くの事件や人に出会って弁護士としての経験を積み、自信をつけたにちがいない。

それぞれの両親がどうなったかといったことなどを話していると、ウェートレスが、白井の言いつけておいたお燗(かん)した酒を運んできた。コーヒーなどではなく、酒にしたのは、佳美が飲める口であるのがわかっていたからである。

肴(さかな)は冬季限定の寄せ鍋だ。

土鍋と材料を運んできたもう一人のウェートレスがコンロに火を点けて去ると、白井たちはともかく再会を祝して乾杯した。

佳美は、白井の目的が気になるのだろう、杯を置くと、問うような目を向けてきた。

「私の用件は、先日電話で申し上げたとおりです」

白井は切り出した。

白井は四日前（十二月十五日）、妹の夫・針生田耕介に関して折り入って話を伺いたいので時間を取ってもらえないか、と佳美に頼んだ。

針生田に強姦されそうになったというタイ人の留学生ウェラチャート・ヤンが慰謝料を請求して民事訴訟を起こそうとしており、その相談に乗っている弁護士が佳美らしい、という情報を得たうえであった。

もちろん、佳美は白井の申し入れを承諾したので今夜ここに来ているのである。

白井が佳美と会おうとした目的は、「前田結花の昔の仲間」と名乗って珠季に脅迫電話をかけてきた女を突き止めることだった。もしかしたらそれは佳美の知っている女ではないか、少なくとも佳美と話せば女を突き止める何らかの手掛かりが得られるのではないか、と思ったのだ。

女を突き止めて、どうするのか？

女に会って珠季にした話の真偽を問い質すか、その結果、女の話が事実と判明したらどうするのか……そうしたことは白井自身にもまだわからない。

ただ、白井が大貝の協力を得て進めていた針生田と前田結花の関係についての調査が岸谷江梨子のところで行き詰まっていたとき、珠季が女の脅迫電話を受け、白井に相談してきた。八日前、先週の月曜日のことである。珠季は、女が電話で言ったこととその晩針生田と話し合った内容を白井に話し、針生田がもし前田結花と諏訪竜二を殺した犯人だったら、清香を護るために自分はどうしたらいいのか、と問うてきたのだ。

白井にとっても、それは難問だった。答えが存在するのかどうかさえわからなかった。

だが、何としても答えを見つけ出さなければならないのである。たとえベストの答えは無理でも、ベターの――。

珠季から白井に電話があった翌日、針生田は、ウェラチャート・ヤンを相手にした告訴、提訴を取りやめる、と表明した。自分は潔白だが、裁判で争っても水掛け論になるだけなので時間の無駄だから、というのが前言を撤回した理由だった。彼が珠季の願いどおりにした真意がどこにあったのかはわからない。が、とにかくこれで、珠季に脅迫電話をかけてきた女が「針生田が前田結花に脅されていた事情」を警察に知らせる危険だけはひとまず回避された。

といって、それで安堵するわけにはいかない。

警察は大貝と白井の後を追い、すでに岸谷江梨子に行き着いている。大貝が今井咲子に渡した「大里英夫」の名刺をもとに埼玉県警の刑事が彼に電話してきた事実、さらには江梨子に「三条昭」と名乗った白井のところにもそれらしい電話があった事実から考えて、間違いない。それでいて彼らの捜査が針生田に及んでいないらしいのは、江梨子が白井の質した針生田のことを刑事に話さなかったか、針生田という姓が彼女の記憶に残っていなかったか、どちらかの理由によると思われる。

しかし、この状態がいつまでもつづくという保証はない。刑事たちが再度江梨子に会って質せば、彼女は針生田のことを話すかもしれないし、もしその姓を忘れていたのなら思い出すかもしれない。

そうなれば、警察は針生田を徹底的に追及するだろうから、彼が前田結花と諏訪竜二を殺した犯人なら、少女買春の過去とそれを隠蔽するために二人の口を封じた動機が白日の下に晒(さら)されるにちがいない。珠季と清香は卑劣で破廉恥な殺人犯の妻として、娘として、これからの長い人生を生きていかなければならなくなるだろう。

これは、下田に江梨子を訪ねた後、白井がずっと恐れていることだった。警察より先に真相に到達したからといって、打つ手があるかどうかはわからない。とはいえ、彼らの前を進んでいたときは、もしかしたら妙手が見つかるかもしれないと思っていた。ところが、その道も行き止まりにぶつかり、新たな道を見つけられないまま、白井は背後に迫ってくる刑事たちの足音に脅えていたのだった。

そんなとき珠季の相談を受け、珠季に脅迫電話をかけてきた女がわかれば事件の真相を突き止める道が拓けるかもしれない、白井はそう思ったのである。

女が珠季に言った「昔、前田結花らと一緒に援助交際をしていた仲間」という言葉が事実でも、江梨子のセンから女――仮にX子としておく――に行き着くのは不可能に思われた。

では、X子を突き止めるにはどうしたらいいか？

白井が着目したのは、X子が口にした言葉と珠季に対する要求だった。

前田結花と針生田の関わりに関するX子の話が事実なら、結花と諏訪竜二を殺したのは針生田と見てほぼ間違いない。それなのに、X子は、結花は自分の忠告を聞かなかったのだからどうなろうと自業自得だと突き放し、自分は警察が嫌いで針生田の家族に同情しているから、と針生田の殺人を見逃そうとしている。

もしこれだけなら、そういう人間がいてもおかしくないかもしれない。

ところが、X子は、殺人犯人である疑いが濃厚な針生田を見逃しながら、盗っ人が居直るような針生田の態度だけは許せないと言っていた。自分はウェラチャート・ヤンとは何の関係もないが、針生田がウェラチャート・ヤンを告訴、提訴するのは我慢ならないからやめさせろ、と要求していた。つまり、自分の脅迫電話の動機は義憤だと表明していた。

白井はその動機に引っ掛かった。

もっともらしく聞こえるが、どこか嘘臭かった。

では、どう考えたらいいのか？

X子の要求は、《X子自身が関係している何らかの事情から必要があって出されたもの》ではないだろうか。

ただ、そう考えても、疑問は残る。

諏訪竜二名で前田結花の銀行口座に金を振り込んだのが針生田だと知っているのは、当事者を除くと、珠季と白井と大貝だけのはずである。ところが、X子はそれを知っていた。ということは、「前田結花が援助交際をネタに針生田を恐喝しようとしていたのを結花から聞いていた」というX子の話は事実だったと考えざるをえない。

とすると、X子は、前田結花が殺される直前まで彼女と交友関係があり、且つウェラチャート・ヤンとも何らかの関わりを持っていた女性、である可能性が高い。

前田結花とウェラチャート・ヤンは、まったく異なる世界で暮らしてきたと思われる。それなのに、この両者と関わり……それもかなり密接な関わりを持っていたと考えられる女性などいるだろうか。

白井には想像がつかなかった。

が、香月佳美に会って話を聞けば、もしかしたらX子を突き止めるための手掛かりが得られるかもしれない。

白井はそう考え、会ってほしいと佳美に電話したのである。

「白井さんの用件は、珠季さんの夫である針生田耕介氏の問題に関して私から何かお聞きになりたい、そういうお話でしたね？」

佳美が言った。

そうです、と白井は答えてから、

「香月さんは、針生田に強姦されそうになったと言っているタイ人留学生・ウェラチャート・ヤンさんの弁護人になられたと伺ったんですが、それは事実でしょうか？」

と、確認した。

「私がヤンさんに依頼されたのは、正確に言うと、民事訴訟を起こす際の訴訟代理人です。ただ、もし針生田氏がヤンさんを告訴した場合は弁護人にもなります」

「針生田は告訴するのを取りやめましたし、自分から提訴することもないと言っています」

「そのようですね」

「香月さんは、針生田が告訴、提訴を取りやめた理由をどう考えられますか？」

白井は相手の目を見つめて聞いた。

「針生田氏はもっともらしい理由を挙げたようですが、本当のところは、告訴、提訴しても逆効果になると判断したんじゃないんでしょうか」

佳美が淡々とした調子で答えた。

「つまり、ヤンさんの言い分が正しいので勝ち目はない、記者会見の後で針生田はそう考えなおした、と？」

「私はそう思いましたが……それとも、針生田氏には告訴、提訴を取りやめた別の理由があったんですか？」

佳美が探るような視線を白井に当ててきた。

——ひょっとしたら、佳美はX子を知っているのではないか。そして、X子の行動に薄々気づいているのではないか。

白井はそんなふうに思っていたのだが、佳美の表情を見るかぎり、その可能性は薄いようだった。

しかし、相手は駆け引きに慣れている弁護士である。断定はできない。

「ええ」

と、白井は肯定した。とにかく、そう答えないかぎり話を先へ進められない。

佳美に会うと決まってから、白井は、どのようにしたら肝腎なことを聞き出せるだろうかと考えつづけた。こちらの事情をある程度明かさなければ相手が答えてくれるわけがないし、かといって、針生田と敵対している側の弁護士に彼の弱みを教えるわけにはいかない。その問題は、佳美と向かい合っているいまでもまだ結論が出ていなかった。

「どういう理由でしょう？」

佳美が口へ持っていきかけた杯をテーブルに置いた。興味をそそられたような顔つきだ。

「そのことをお話しする前に、お聞きしたいんですが、香月さんは前田結花という女性をご存じですか？」

白井は結花の名をぶつけてみた。佳美がどういう反応を示すか、見るためである。

佳美は怪訝な顔をしただけで、驚いたようにも動揺したようにも見えなかった。

「マエダユカ？　知りませんが、どういう女性ですか？」

どうやら演技ではないらしい。ということは、前田結花が一カ月前に埼玉県で起きた放火殺人事件の被害者であることも知らないようだ。弁護士であっても、関係がなければ当然だが……。

「ご存じなければいいんです。もしかしたら香月さんがご存じではないかとちょっと思っただけですから」

「そうですか……」

佳美は応えたが、腑に落ちなげだ。

その様子を見て、佳美がX子の脅迫電話に薄々気づいているのではないかという疑いはほぼ消えた。

「針生田が告訴、提訴を取りやめた理由をお話しします」

と、白井は話を進めた。「針生田は脅迫されたんです。正確に言うと、針生田にヤンさんを訴えるのをやめさせろ、という脅迫電話が妹にかかってきたんです」

「珠季さんに……！」

佳美が今度は驚いたようだ。

「ええ」

「脅迫と言うからには、針生田氏が訴えるのをやめないと、針生田氏かご家族にとって非常に困った事態になる、と?」

「そうです」

「相手はどういう人間ですか?　本名は言わなくても、ヤンさんとの関係とか……何か言ったと思うんですが」

「ヤンさんとは何の関係もないが、針生田のやり方がどうしても許せないから、と理由を言ったそうです。声の感じでは若い女性だったようです」

「若い女性?」

佳美の視線が宙の一点に止まった。

「心当たりがございますか?」

「あ、いえ、ありません」

佳美がちょっと慌てたように白井に目を戻し、首を横に振った。

若い女性と聞いて、もしかしたらと佳美は思い当たる人がいたのではないか。

白井はそんな疑いを抱いた。

「その脅迫者がもしかしたらマエダユカと名乗ったとか……？」

佳美が聞いた。

「いえ、違います。それは脅迫電話とは関係ないんです」

白井は答えた。

佳美が疑わしげな目をしたが、そうですかと応じ、

「ヤンさんと何の関係もない人間が、針生田氏のやり方が許せないから、と……」

考えるような表情をして白井の言葉を繰り返した。

「そうです。針生田が記者会見するのをテレビで見て、強い義憤を感じた、そういう意味のことを言ったようです」

「その女性は、針生田氏がヤンさんを訴えるのをやめないとどうすると言って珠季さんを脅したんですか？」

佳美の目には強い好奇の色が窺えた。彼女がX子の脅しに何も気づいていないのは確実なようだった。

とすれば、針生田と前田結花の関係については話さないほうがいい。

白井はそう判断し、

「針生田と妹の間には小学校四年生の女の子が一人いるんですが、その子の安全を保

障しないと……」

たったいま頭に浮かんだ作り話を口にした。

が、言ってすぐに、

──しまった、まずかったか！

と、気づいた。

案の定、佳美が怪しむような目をして首をかしげた。

「針生田氏のやり方がどうしても許せないと義憤を感じて電話してきたにしては、その脅し文句は矛盾していませんか？　何の罪もないお子さんの安全を保障しないなんて……」

「そうなんですが、女はそう言ったんだそうです」

今更撤回できないので、白井は押し通すことにした。「それで、妹が針生田に懇願し、針生田がウェラチャート・ヤンさんを訴えるのを取りやめたんです」

「白井さんは肝腎なことを私に隠しておられるようですね」

佳美が白井を正面から見つめ、ずばりと切り込んできた。

「そ、そんなことありません」

白井は言い張った。

心の動揺を誤魔化すため、沸騰してきた寄せ鍋の蓋を取って火を弱めた。

「それじゃ、白井さんは今夜、私に何をお聞きになりたかったんでしょうか？」

白井の作業にかまわず、佳美が質問した。

「珠季に電話してきた女に心当たりがないかどうかです」

白井は佳美に目を戻した。

「ということは、その女性はヤンさんか私の関係者ではないか、と疑われた？」

「いえ、関係者だと疑ったわけではありません。もしかしたらご存じの人かもしれない、と思っただけです」

「同じことだと思いますが……いずれにしても、私にはそうした女性に心当たりはありません」

「そうですか」

「白井さんがそう考えられたということは、珠季さんの話を聞いた針生田氏も同じように考えた可能性が高いとは思われませんか？」

佳美の質問の狙いがわからず、白井は一瞬返答をためらったが、「そうかもしれません」と肯定した。

「としたら、針生田氏にとって、それは有利な材料になったはずですが？」

「どういうことでしょう?」

「公にすれば、ヤンさんや私が脅迫といった卑劣な手までつかって自分を押さえ込もうとしている、と喧伝できるからです」

「………」

「それなのに、針生田氏はどうして警察に届け出なかったんでしょう?」

「子供の身を心配したからです。珠季も強く止めたようですし……」

「おかしいですね」

「おかしい? どこがでしょう?」

「脅迫者の女性がヤンさんに関係のある者だった場合、女性は無関係なお子さんに手を出すようなことは間違ってもするわけがありません。そのことは、針生田氏にもわかったはずです。では、女性がヤンさんに関係のない人間で、電話をかけた動機が彼女の言ったとおりだとしたらどうでしょう? この場合も、単なる義憤から自分の身を危険にさらすようなまねはしないでしょう。ですから、どちらにしても、お子さんに危害を加えられる恐れはほとんどなかった、つまり針生田氏には告訴も提訴も取りやめる理由は存在しなかったんです」

　白井の頭には、相手を納得させるだけの反論が思い浮かばなかった。

「そうなると、結論は一つしか考えられません」

白井が黙っていると、佳美がつづけた。「針生田氏が告訴、提訴を取りやめた裏には別の理由があり、脅迫者の女性が口にした脅しはお子さんの安全云々といったものではなかった、ということです。具体的には想像がつきません。ですが、私は、針生田氏にとって、表に出たら強姦未遂容疑以上に困る事実……何らかの秘密を公表すると脅されたのではないか、と考えています」

どうやら、佳美は白井が考えていた以上に優秀な弁護士のようだ。

「違いますか?」

「ち、違います」

白井は慌てて否定した。

「私は、その秘密にさっき言われたマエダユカという人が絡んでいるのではないかと想像したんですが……」

「香月さんがどのように想像されようと自由ですが、関係ありません」

「そうですか……」

佳美が残念そうな顔をして退いた。

まさに彼女の言ったとおりなのだが、認めるわけにはいかない。

　佳美との話し合いは、白井が期待したようにはいかなかった。

　とはいえ、まったくの無駄ではなかったと思う。珠季に電話してきた脅迫者が若い女性だと聞いて、佳美が〝もしかしたら……〟と思い浮かべたらしい人間がいた、そうした感触があったのだから。

　佳美が思い浮かべた（かもしれない）女性がX子だと決まったわけではない。が、そうした女性が存在するなら、ウェラチャート・ヤンか佳美と何らかの関わりを持っているのは間違いなく、調べれば突き止められる可能性がある。

「話は違いますが、香月さんたちの予定はどうなっているんでしょう？」

　白井は話題を移した。

「私たちの予定……？」

「ウェラチャート・ヤンさんと香月さんは、針生田を相手に民事訴訟を提起されるんじゃないんですか？」

「え、ええ、そのつもりです」

　佳美がどこか戸惑ったように白井から視線を逸らした。

　白井は、おやっと思った。ウェラチャート・ヤンの側にも何か問題が生じたのだろうか……。

「いつごろになりそうですか？」

「いま、訴状を書いているところなので、来年早々には裁判所に提出できるのではないかと考えています」

「そうですか。それじゃ、次は法廷でお会いしましょう。私も何度かは傍聴に行くつもりですから。針生田が妹の夫であっても、彼がヤンさんを強姦しようと襲いかかったのが事実なら、絶対に許されませんし、私は彼を庇う気はありません。いずれにせよ、裁判で真実が明らかになることを祈っています」

「私たちもそうなることを願っていますし、そうしたいと考えています」

「今夜はお忙しいところ時間を割いていただき、ありがとうございました」

と、白井は礼を述べた。

「いいえ。私は、脅迫者の女性が言ったという脅し文句にまだ納得できないのですが、白井さんに話される意思がないというのでしたら仕方ありません」

佳美が応えた。言外に、人を呼び出しておきながら……という非難が感じられないでもなかった。

白井は今度は否定せず、謝罪の意を込めて黙って頭を下げた。

「よろしかったら……」

と、寄せ鍋を食べていくように勧めた。

が、佳美は、仕事が残っているので失礼しますと腰を上げた。

3

佳美は、寒々とした青白い光に照らされた住宅街の狭い道を我が家へ向かいながら、白井に聞いた針生田珠季にかかってきたという脅迫電話について考えつづけた。

脅しの内容も当然気になったが、それ以上に脅迫電話をかけたのはどういう人間だろう、誰だろう、と佳美は考えていた。

その女は、電話をかけた動機は義憤であるかのように珠季に言ったらしいが、嘘にちがいない。

としたら、白井が疑ったように、それはウェラチャート・ヤンか佳美に何らかの関わりを持った者である可能性が高い。

それが「若い女」だと聞いたとき、佳美の頭にある人物の顔が浮かんだ。

桧山満枝である。

ウェラチャート・ヤンの事件に最も密接に、熱心に関わっている若い女性は満枝だったからだ。

といっても、それはちらっと頭に浮かんだだけで、脅迫者が満枝でないことは明白だった。

満枝には、針生田に告訴、提訴を断念させる理由も必要もない。というより、逆だった。口に出して言ったわけではないが、満枝はいま、針生田が提訴するのをむしろ望んでいるはずなのである。

佳美がそう考えるのは、ウェラチャート・ヤンの問題があるからだ。

今月の六日、針生田の記者会見が行なわれた日、タイのヤンから佳美に電話がかかり、「訴訟をやめたい」と言ってきた。が、その後でヤンは満枝と話し、やめないで頑張ろうと励まされ、説得されたらしい。その結果、結論は先送りされ、――できるだけ早く日本へ戻るので、そのとき三人でもう一度よく話し合って決める。

ということになった。

しかし、それから二週間近く経つのにヤンはまだ日本へ帰っていないし、彼女に聞いた電話もまた通じなくなってしまった。

だから、現在、ヤンが提訴に踏み切るかどうかは微妙な状況なのである。さっき佳美は、いま訴状を書いているところなので来年早々には提出する予定だと白井に言ったが、ヤンがやめると決めた場合、佳美にも満枝にも強制する権利はない。

ヤンが訴訟を取りやめることは佳美にとっても残念だが、陽華女子大フェミニズム研究会の中心者としてずっとヤンを支援してきた満枝にとっては、佳美以上に残念で悔しい結果にちがいない。

そう考えれば、満枝が珠季を脅迫して針生田に訴訟を断念させるなんてありえないのだ。

たとえヤンが訴訟を取りやめても、針生田が民事訴訟を起こせば、「原告」「被告」の名称が逆になるだけで、ヤンが提訴した場合とまったく同じように針生田と法廷で闘える。それなのに、ヤンが提訴するのをやめるかもしれないというとき、満枝がその機会を潰すような行動を取るわけがない。つまり、脅迫者は満枝ではない、という結論になるのである。

では、誰だろうか？

佳美は、ホワイトスワローを出て早稲田通りを渡ってからずっと考えているのだが、思い当たるような者はいない。

ひょっとしたら、ヤンが訴訟をやめたいと言い出したのを知らないフェミニズム研究会の誰かだろうか……。

そう考えて、佳美は、

——待てよ。

と、思った。

脅迫者が誰であれ、脅しの内容が針生田の秘密の暴露といったものだったとしたら、彼女はどうしてそれを知ったのだろうか。

針生田にとって公にされたら強姦未遂容疑以上に困る事実を知っている女性が、たまたまウェラチャート・ヤンの周辺にいたのだろうか。それとも、ウェラチャート・ヤンと関わりのある女性が、何かの事情から偶然それを知ったのだろうか。

脅迫者がヤンと何らかの関係がある者だとしたら、そう考える以外にない。

が、どちらだったと考えても、いまひとつしっくりこなかった。

といって、脅迫者がヤンとまったく関係がなく、脅迫の動機が義憤だというのも信じられない。

いったいどう考えたらいいのだろうか……。

一つの手掛かりは白井が口にした「マエダユカ」という名だ、と佳美は思う。

白井は、「マエダユカという女性を知っているか?」といきなりぶつけてきた。あれは、佳美の反応を見ようとしたのだろう。

その後で脅迫者が若い女性だと聞いたとき、佳美はそこに「マエダユカ」の名を重ねたが、脅迫者はたとえ偽名であってもわざわざ名乗ったりしないにちがいない。

では、「マエダユカ」は、珠季に対する〝若い女〟の脅迫のどこに関係していたのだろうか？

脅しの内容である可能性が高い、と佳美は結論した。そして、ダメ元なので、とにかく調べてみようと思った。

それから数分後、佳美は帰宅すると、手を洗ってうがいだけし、暖房を入れてパソコンの前に座った。

インターネットで「マエダユカ」を検索してみるつもりだった。

Ｗｉｎｄｏｗｓを起動し、Ｇｏｏｇｌｅの検索サイトを呼び出した。

検索ボックスにカーソルを移動させて「まえだ」と入力すると、「前田」「真栄田」といったいくつかの候補が表示されたが、これは「前田」と考えておそらく間違いないだろう。

一方、「ゆか」の候補は沢山あった。

女性の名前と思われるものだけで、「友香」「由香」「有香」「由加」「有可」「有加」「有華」「由佳」「友佳」「有佳」「結香」「結佳」「結花」「ゆか」と十四の候補が表示された。

これはパソコンの辞書に載っているものだけだから、他にもあるにちがいない。が、取り敢えず、ここに「ユカ」を加えた十五に絞ってウェブ全体から検索してみることにした。

AND、ORをつかった検索だが、ユカ候補を全部一度にORで結んだのでは多すぎる。そこで、三つずつを組にして、「前田」とのAND検索を試みた。

と、なんと、最後の《前田AND結花ORゆかORユカ》の検索で、想像もしなかったような大きな〝当たり〟があった。

先月十八日の深夜、前田結花という二十二歳の女が殺されていたのだ。

埼玉県入間市にある諏訪美喜夫宅が放火され、美喜夫の長男の竜二と結花の二人が焼死体で見つかったのである。

この放火殺人のニュースなら、佳美も目にした覚えがあるが、被害者の氏名までは記憶になかったのだった。

佳美は心臓の鼓動が高まるのを感じた。

白井の言った「マエダユカ」が殺された前田結花だという証拠はないが、その事件と脅迫電話の時間的な近さから見て、たぶん同一人だろう。

佳美は、新聞の記事検索をし、事件について書かれた記事を読んでいった。

その結果わかったのは、

犯人は建物の周り三カ所に燃えやすいものを置いて灯油を撒き、火を点けたらしいこと。事件の一カ月前ごろから、帽子を被ってマスクとサングラスをかけた男が、数回、諏訪美喜夫宅の近くに車で来ていたらしいこと。現場の周辺に配備されたＮシステムの記録を調べても、被害者と関わりのある人物が所有しているか借りた車は見つからなかったこと。前田結花は専門学校生、諏訪竜二はフリーターで、二人とも仕事らしい仕事をしていなかったにもかかわらず、今年二月ごろから急に金遣いが荒くなったこと。結花のＭ銀行の口座に、今年の二月に二百万円（同じ日に百万円ずつ二回）、六月に五十万円と計二百五十万円が諏訪竜二名で振り込まれていたこと。この金が事件に関係している可能性が高いと警察は見ていること。犯人はまだ捕まっていないだけでなく、有力な容疑者も浮かんでいないらしいこと。

などである。

これらの記事を読んで、佳美の頭に真っ先に浮かんだのは、

――前田結花の口座に二百五十万円を振り込んだのは針生田ではないか。

という想像だった。

そう考えると、白井が「マエダユカ」という女を知っているかと佳美に尋ねたことや、珠季から脅迫電話の件を知らされた針生田が告訴、提訴を取りやめた事情の説明がつく。

この想像が正しかった場合、針生田は前田結花（と諏訪竜二）に何らかの弱みを握られ、脅されていた、と考えられる。結花の口座に二百五十万円を振り込んだのは、その結果だったのだろう。

珠季に脅迫の電話をかけてきた女は、どうしてなのかはわからないが、そうした事情を知っていた。そして、このことを警察に知らされたくなかったら、針生田にウェラチャート・ヤンを訴えるのをやめさせろ、と珠季を脅した……。

そこまで考えて、佳美は思わず身震いした。恐怖に胸を締めつけられた。

――針生田は前田結花（と諏訪竜二）に脅されて金を振り込んだだけでなく、二人を殺したのではないか。

と、思ったのだ。そして、脅迫者の女も自分と同じように考え、その推測を口にしたのではないだろうか。

そう考えると、記者会見までしてウェラチャート・ヤンを告訴、提訴すると明言した針生田がそれを撤回した理由も、これまで以上にすっきりと説明がつく。

しかし、佳美の推理、思考はそこで厚い壁にぶつかった。

肝腎な点がわからなかったからだ。

前田結花と諏訪竜二は、針生田のいかなる弱みを握っていたのか。珠季に脅迫電話をかけてきた女は、結花たちの脅迫の事実をどうして知ったのか。その女は自分の知っている事実を利用して、どうして針生田に告訴、提訴をやめさせようとしたのか。

最後の点は、義憤などでなかったことは間違いない。

とすると、女はウェラチャート・ヤンと何らかの関わりがある者、あるいは過去にあった者の可能性が高いのだが、そう考えても、女の意図が不可解なのである。

佳美は、早急にもう一度白井に会い、話し合おう、と思った。

女の素性、脅迫電話の動機がどうにも気になったからだ。

白井もわからないから佳美に会って探り出そうとしたのだろうが、「マエダユカ」の名を出したということは佳美より多くの情報を握っているのは間違いない。

それなら、佳美が前田結花について調べた事実と推理をぶっつけ、腹を割って話し合えば、女を突き止めるための手掛かりが得られる可能性がある。

に応じるのではないか、と佳美は思った。

——話し合った内容をヤンの訴訟には利用しない。

そう約束すれば、白井も女の正体を知りたがっているはずだから、自分の申し入れ

4

捜査会議が終わったのは十時近くだった。

田代は遅い夕飯を食べに行くため、重い気持ちを引き摺りながら栗山と一緒に入間南署の玄関を出た。

事件から一カ月余りが経ち、今年も残すところ十日を切ったというのに、彼らの捜査本部はまだ容疑者を特定できないでいた。

階段を下りて、薄暗い庭へ歩き出したとき、田代のコートのポケットで電話の着信音が鳴り出した。

田代は足を止め、携帯電話を取り出した。

開いてディスプレーを見ると、今月三日に訪ねた岸谷江梨子からだった。

——何だろう?

田代は期待に胸がざわめいた。

急いで通話ボタンを押し、「田代です」と応えた。

「下田の岸谷ですけど」

と、相手が言った。「先日話した〝なんとかダ〟っていう名前、わかりました」

「わ、わかりましたか！」

田代は思わず大きな声を上げげた。

傍らで寒そうに身体を縮めていた栗山が、何事かというように首を伸ばした。

「いま、お店から持ってきた古い『週刊ナイスレディ』を見ていたら、出ていたんです。写真も一緒に」

「週刊誌に出ていた？」

田代には事情が呑み込めない。

「はい。前に同じ週刊誌を見たときは、三条さんから写真を見せられる前だったので、気がつかなかったんですけど」

「で、その名前は？」

とにかく結論を急かした。

「ハリュウダコウスケという大学の先生です。教え子の女子学生を強姦しようとして逮捕されたっていう……」

田代の頭に「針生田耕介」の文字が浮かんだ。

大学教授による女子留学生強姦未遂事件は、入間の放火殺人事件の一カ月ほど前に起き、マスコミでかなり騒がれた。針生田という教授が時々テレビに出て、名前を知られていたからだ。そのため、田代の記憶にも残っていたのだった。

それにしても、と田代は驚いた。三条昭を名乗る男が、強姦未遂事件の加害者の姓と写真を岸谷江梨子に示し、前田結花の援助交際の相手ではないかと質していたという事実に――。

大学教授の強姦未遂事件と田代たちが捜査している放火殺人事件。これら二つの事件が結び付いたとはまだ言えない。

が、二つの事件の間に何らかの関連があった可能性は考えられた。

田代はそう思いながら、針生田の名と写真が載っていたのは「週刊ナイスレディ」の何月何日号かと岸谷江梨子に尋ねた。

「十月三十日号です」

と、江梨子が答えた。

ということは、それは、その一週間前の十月二十三日（月）に発売されたはずだ。

田代は江梨子に礼を言って電話を切ると、

「岸谷江梨子からだ。〝なんとかダ〟が誰かわかった。行こう」

と栗山に言い、呆気にとられている彼にかまわず踵を返した。

まだ残っているはずの滝井警視と河村警部に報告するためである。


翌日は天皇誕生日だったが、犯罪捜査に休みはない。朝の捜査会議で、河村警部が前夜判明した事柄について説明し、次のような新しい方針を提示した。
◎　針生田耕介の経歴や過去の行状について調べる。
◎　事件のあった十一月十八日の深夜、針生田がどこにいたか、を調べる。
◎　針生田の指紋が付いた物と彼が手書きした文書を手に入れ、前田結花の口座に諏訪竜二名で百万円ずつ振り込まれたときのN銀行とS銀行の振込用紙の指紋、筆跡と照合する。
◎　前田結花と諏訪竜二が殺された晩、針生田の乗った車――彼の所有している車か、彼の借りたレンタカーか、彼が借りた可能性のある知人の車――が現場付近の道路を通行していないかどうか、Nシステムの記録を調べなおす。
◎　事件の前に諏訪宅の様子を探っていたと思われる帽子を被ってマスクとサング

ラスをかけた男が、針生田が逮捕・勾留されていた十月十七日から三十日までの間に目撃されていないかどうか、を調べる。

◎以上の捜査によって針生田の容疑が固まり次第、任意に呼んで追及し、できるだけ早く逮捕に漕ぎつける。

第6章　転回

1

新しい年が明けた一月六日（土曜日）の朝、白井は居間のソファで、妻の千恵が淹れたコーヒーを飲んでいた。

時刻は午前七時を回ったばかりである。

元旦だけは夫婦で屠蘇を祝い、雑煮を食べたものの、二日、三日と千恵が正月公演で関西へ行っていたし、四日からは白井が出社したので、二人そろっての休日は数日ぶりだった。

それなのに、二人とも六時過ぎには目が覚めてしまい、しばらくベッドでぐずぐずしていたが、暖房を点けて起き出したのだ。

コーヒーの香りは白井を少しだけくつろいだ気持ちにしてくれたが、それはほんのいっときで、すぐに緊張が戻った。大きな気掛かりを残したまま年を越してしまい、それが常に胸に引っ掛かっていたからだ。

針生田が今日逮捕されるのではないか、明日捕まるのではないか、といった不安である。

十日ほど前、埼玉県警は遂に針生田の名をつかんだらしく、放火殺人のあった晩の所在をそれとなく珠季に質しに来た。

珠季は動転しながらも、咄嗟に、

――よく覚えていないが、自宅で寝ていたと思う。

と答えたというが、刑事たちがそれを信じたかどうかはわからない。

いや、おそらく信じないだろう。そして、その後も着々と「針生田逮捕」に向けて捜査を進めているのではないか……。

正直な気持ち、針生田本人がどうなろうと白井の知ったことではない。むしろ、針生田には怒りを覚えていた。といって、珠季と清香のことを考えると、突き放すわけにはいかない。

というわけで、新年を迎えた後も、白井は毎日不安に苛まれながら、自分はどうすべきか、どうしたら珠季と清香にとって最善だろうか、と考えていたのだった。

暮れの二十八日、白井は意を決して針生田と会い、事実を確かめると同時に彼の真意を質した。香月佳美の申し入れを受けて、彼女と二度目の話し合いを持った翌々日である。歳上の義弟とは肌が合わず、できるだけ避けてきたが、最早やそんなことを言っていられなかったからだ。

針生田は、珠季が白井にいろいろ相談しているのは知っていた。とはいえ、貸金庫の中で見つけた諏訪竜二名の振込金受取書の件、前田結花の昔の仲間だという女からかかってきた脅迫電話の内容、さらにはその晩夫婦で話し合ったことまで明かしているとは想像していなかったらしい。白井の話を聞くと不快そうに顔をしかめ、

——そこまでどうして……。

と、珠季を責める口調でつぶやいた。

だが、珠季の疑心を掻きたて、不安で耐え難くさせているのはあなたではないか、と白井が指摘すると、針生田は黙った。

——そもそも、あなたが妹に隠して前田結花という女の口座に他人の名で大金を振り込んでいなければ、妹だって私に相談することなどなかったんです。違いますか？

――そのとおりです。

と、針生田が悔しげに唇を歪めながらも認めた。

午後九時を過ぎた、ホワイトスワロー本社の社長室である。

――しかも、妹がそれを知ったとき、あなたは強姦未遂容疑で逮捕され、留置場に入っていたんです。直接あなたに尋ねようがなかった。

――その節は珠季と清香が白井さんのお世話になり、感謝しています。

針生田は白井を義兄とは呼ばない。

――ですが、あの件に関しては、僕は完全な被害者です。あれは冤罪です。ウェラチャート・ヤンというタイ人の留学生が誰かに頼まれ、僕を陥れたにちがいないんです。だから、ミス・ヤンを名誉毀損の罪で告訴し、さらには損害賠償を請求して闘おうとしていたんです。

――その件は後にしましょう。

――白井さんは僕を信じてくれないんですか?

――できれば信じたい。ですが、正直言って、どちらの言い分を信じたらいいのか、私には判断がつきません。

――そうですか……。

――わかっていると思いますが、今夜、あなたから聞きたかったのは、前田結花という女に関する件です。前田結花が諏訪竜二という男友達と一緒に焼き殺された事件は知っていますね。

――ええ。

――あなたは、その前田結花の銀行口座にどうして諏訪竜二の名をつかって二百五十万円という大金を振り込んだんですか？

針生田が苦しげな顔をして、白井から目を逸らした。

――前田結花が中学生だったときの援助交際をネタに脅された、珠季に脅迫電話をかけてきた女はそう言ったそうですが、あなたは珠季に否定した。しかし、女の言ったことは事実だったんじゃないんですか？

針生田は答えない。

――前田結花は中学二年生のころ、渋谷や新宿の街を遊び歩き、援助交際と称する売春をしていました。珠季には話していませんが、これは、私がある人に頼んで調べたので確かです。

調べたと言ったからだろう、針生田の目にふっと怒りの色が差した。

――私はあなたの過去をとやかく言うつもりはありません。言ったところで今更どうしようもありませんから。

白井は無視して言葉を継いだ。

――ただ、事実を知りたいんです。そして、あなたがどのように考えているのかを知りたいんです。私は、あなたが珠季と清香ちゃんにとって最も良い方法を採ることを望んでいます。今夜あなたに会おうとしたのはそれを聞きたかったからです。

――だったら、もうしばらく待ってください。僕はいつだって珠季と清香のことを一番に考えています。

――一番にですって！　二人のことを一番に考えていたら、いつまでもこんな状態にしておくわけがないでしょう。

――だから、しばらくの間です。もうしばらくしたら、必ず決着をつけます。

――しばらくって、いつまでです？　いや、その前に私の初めの質問に答えてください。

――援助交際をネタに前田結花に脅されたのは事実です。

針生田が苦しげな顔をして認めた。

――八年前の夏、渋谷で中学生か高校生ぐらいの少女に声をかけられ、魔が差したというか……つい一緒にホテルへ行ってしまったんです。ですが、そうしたことをしたのは後にも先にもそのとき一度だけです。

魔が差して、そのとき一度だけ……という言葉は信じられなかった。が、質したところで無駄なので白井は黙っていた。

――珠季にそのことを否定し、いずれ事情を説明すると言ったのは、それを認めれば、前田結花たちを殺したのも僕だと珠季がいっそう強く疑うだろう、と思ったからです。「援助交際は事実でも、前田結花たちを殺していない」僕がそう言ったところで、珠季は信じられず、僕がいつ逮捕されるかと毎日これまで以上に脅えて暮らすにちがいない、と想像できたからです。それで僕は援助交際の件も否定したんです。いずれ本当のことを話して謝るつもりですが、いまは珠季がどう思おうと否認し通したほうが珠季の不安、苦しみを軽くできるはずだ、そう僕は信じています。これは、珠季に対する僕の思いやりなんです。

白井は、目の前の男をぶん殴ってやりたい衝動を抑えた。

――それから、僕が前田結花の口座に振り込んだのは二百万円です。二百五十万円じゃない。

針生田の口から意外な言葉が飛び出した。

白井は一瞬面食らい、では、あとの五十万円は誰が振り込んだのか、と問うた。

——当然、別の人間が振り込んだものでしょう。

針生田が、聞くまでもないことじゃないかといった顔をした。

本当だろうか、と白井は思う。が、今更五十万円の振り込みについてだけ否定したところで意味がなさそうだった。

——これは正真正銘の事実です。

針生田がつづけた。

——白井さんも前田結花と諏訪竜二が殺された放火事件について僕を疑っているようですが、僕はその事件とはまったく関係ありません。

——それじゃ、決着とは何ですか？　しばらく待ったら、あなたはどうするというんですか？

——真相を明らかにし、疑いを晴らすつもりです。僕はいま、そのための調査をしている最中なんです。

——調査……？

——探偵社に依頼して、ある女について調べています。その女が前田結花の口座に五十万円振り込み、前田結花と諏訪竜二を殺した犯人だと考えています。

——ほ、本当ですか？

白井は思わず聞き返した。

――もちろんです。その女こそ、ウェラチャート・ヤンをつかって僕に冤罪を被せようとした人間です。また、珠季に脅迫電話をかけてきたのもその女のはずです。証拠はありませんが、おそらく間違いありません。

そんな符合があるだろうか？

――正直言って、信じられませんね。

――信じる信じないは白井さんの勝手ですが、僕はそのことをはっきりさせてから、一緒に援助交際の件を珠季に打ち明けようと思っているんです。そうすれば、僕が殺人犯人でなかったということで珠季は安心し、ショックと苦しみが薄まるはずですから。

――いや、やはりおかしい。

――何がですか？

――女が前田結花たちを殺した犯人だ、という話です。放火事件が起きる前、帽子を被ってマスクとサングラスをかけた男が諏訪宅の近くで何度か目撃されています。警察は、その男が犯人にちがいないと見ています。

――それぐらい僕だって知っています。ですが、その人間は顔の大半を隠し、しかも車の中にいたわけです。そばを通りがかったぐらいで、男と女の区別がつくでしょうか？　目撃者は、その人間が男の格好をしていたので男だと言い、警察はそれを鵜呑みにしているだけです。

確かに、それはありえないことではないが……。

——ですから、犯人が女である可能性は充分にあるんです。

——わかりました。それじゃ、その女の名前を教えてください。

——まだ教えられません。

——どうしてですか？

——いま言ったように調査中だからです。

——では、なぜその女が犯人ではないかと疑ったんでしょう？

——それもまだ言えません。

——その女には、前田結花たちを殺す動機があったんですか？　また、あなたを陥れる動機があったんですか？　それだけでも教えてください。

——僕の想像が正しければ、あったはずです。

——どういう想像ですか？

——その女と対決してはっきりしたら、お話しします。

——対決？　それは具体的に言うと……。

——申し訳ないが、いまはこれ以上話すつもりはありません。

針生田が説明を拒否した。

針生田との話し合いはそこまでだった。

彼は最後に、時期がきたら珠季には自分の口から説明するので今夜話したことは黙っていてほしい、と言った。

その後、白井は、針生田の言ったことはもしかしたら本当なのではないか、と考えないではなかった。いずれ真相を明らかにして疑いを晴らすつもりだ、という彼の言葉に何度も縋りつきそうになった。

しかし、やはり信じられなかった。

ウェラチャート・ヤンをつかって針生田を陥れようとした女が珠季に脅迫電話をかけてきた、というだけなら、ありえない話ではない。

が、同じ女が男装して諏訪宅の下見をし、前田結花と諏訪竜二を焼き殺した、つまり、すべては一人の女の犯行である、という話には到底納得できなかった。そんな女が本当に存在するのか、と首をかしげざるをえなかった。「ある女」とか「探偵をつかって調べている」とかという話は、白井の追及を逃れるために針生田がひねり出した虚構ではないか、と思った。

　もしそれらが虚構なら、針生田こそ前田結花たちを殺した犯人であり、警察は刻々と彼に迫りつつある、そう考えざるをえなかった。

　警察が、針生田が犯人である証拠を手に入れたとき――。

　そのとき、珠季と清香はどうなるのか？

　針生田が強姦未遂容疑で逮捕されたときとは比べものにならない過酷な運命が二人を待ち受けているのは間違いない。

　それがわかっていながら、白井には打つべき手が思いつかないのだ。珠季と清香の痛手を最小限に抑えるにはどうしたらいいのかがわからないのだった。

　いや、一つだけ方法がないわけではない。もう一度針生田に会い、彼を説得するのである。本当に妻と娘のことを第一に考えているなら、逮捕されないうちに自らの手で始末をつけるように、と。

　しかし、これは、禁じ手とも言うべき方法である。また、たとえ白井が望んでも、針生田本人がその気にならないかぎり、どうにもならない。

　白井は、あれこれ考えながら不安のうちに年を越し、ひたひたと近づいてくる破滅の足音を聞いていたのだった。

千恵が白井のカップに二杯目のコーヒーを注いでいるとき、電話が鳴った。

携帯電話ではなく、自宅の電話だ。

千恵がポットを止めて、白井に問うような目を向けたので、白井は立って行き、壁の充電器から子機を外した。

送話口に向かって「はい」と応えると、

「お兄ちゃん！」

いきなり、珠季の泣き叫ぶような声が耳に飛び込んできた。「針生田が、針生田が……」

逮捕されたか！

白井は瞬間的にそう思い、

「針生田さんがどうした？」

怒鳴るように聞いた。

と、珠季から返ってきたのは、

「死んだの」

という意外な答えだった。

「死んだ！　いつ、どこで……？」

「雑司ヶ谷霊園……霊園内に駐められた車の中で胸を刺されていたの。警察からいま知らせがあったんだけど、死んだのは昨夜じゃないかって……」

「胸を刺されたということは、殺されたわけだな？」

「そうだと思う」

「針生田さんに間違いないのか？」

「うちのＢＭＷだし、ポケットに免許証が入っていたっていうから間違いないわ」

「どうしてそんなところへ……？」

「私だって、わからないわ」

「昨夜、針生田さんはどこかへ出かけたわけだな？」

「一昨日の夜から、大塚のホテルに泊まって仕事をしていたの」

針生田が殺された――。

白井は面食らっていた。

自殺したというのなら、逃げ切れないと観念したのだろうと納得できる。が、殺されたというのはどういうわけか？　誰に、なぜ殺されたのか……？

いや、一つだけ答えが浮かばないわけではない。針生田が白井に話した、――真相を明らかにして疑いを晴らすため、ある女について調べている。いずれその女と対決するつもりでいる。

という話が本当だった場合だ。

針生田は昨夜その女に会い、事実を問い質そうとしたのではないか――。

「とにかく、すぐに行ってみる」

考えるのは後にして、白井は言った。

「お願いします。私ももちろん行くけど」

「清香は？」

「誰かに頼むわ」

「どうしているんだ？」

「まだ寝ていると思う。自分の部屋から出てこないから」

「それじゃ、とにかく起こして、うちへ連れて来い。千恵がいるから、千恵にあずけた後でおまえは来ればいい」

「わかった」

「じゃ、切るが、いいな？」

「はい。いろいろありがとう」

と、珠季が応えた。白井と話したからだろうか、意外に落ちついた声だった。

ともかく珠季が思ったより取り乱していないようなので、白井はひとまず安堵した。

2

白井が雑司ヶ谷霊園に着いたのは、それから四十分ほどした八時ちょっと前である。彼は管理事務所で道を尋ね、針生田の死んでいた現場へ向かった。

以前週刊誌に載っていた誰かのエッセーによると、夏目漱石や泉鏡花、永井荷風といった文人の墓がある霊園は、広さが日比谷公園ぐらい。ほぼ中央を一般車両が自由に通り抜けられる道路が通り、そこから歩道が縦横に通じているらしい。

現場は、そのメインストリートの中ほどだった。

白井は、針生田のBMWを中心に刑事たちが物々しく動き回り、それを大勢の人たちが遠巻きにして見守っている光景を想像していたのだが、予想が外れた。まず、BMWが見当たらず、物々しく動き回る刑事たちの姿もなかった。代わりに、パトカーと鑑識車両が数台駐められているそばで制服警官が交通整理をし、紺の作業服を着た男たちが植え込みに首を突っ込んだりしているだけ。記者の腕章を付けた者や野次馬らしい姿もあるにはあったが、二十人足らずだった。

白井が警官の一人に近づき、被害者の身内の者だと告げると、すぐに無線で連絡が取られ、パトカーで雑司ヶ谷警察署へ連れて行かれた。

霊園内とはいっても、現場は一般道路と変わらないため、長い時間、通行止めにしておくわけにはいかなかったらしい。簡単な現場観察と写真撮影の後、ＢＭＷは遺体を乗せたままレッカー車で所轄署へ運ばれたのだ、と同行の警官が言った。

ＢＭＷは、庁舎の中庭の一角に駐められていた。四つのドアはすべて全開にされ、鑑識課員たちが指紋や遺留品の採取に余念がなかったが、針生田の遺体はなかった。実況見分が済んだので建物の中へ移され、検視が行なわれているのだという。

三原という刑事課長が白井にそうした事情を説明し、あと十五分もすれば検視が終わるので、遺体の確認はそれからにしてほしいと言った。そして、ドアや窓に触れないようにと注意してから、発見されたときの車内の状況などを説明した。

それによると、

遺体は、背もたれを百二十度ぐらいに倒した運転席に仰向け(あおむ)に横たわり、顔から腹のあたりにかけて「針生田」のネームが入ったオーバーコートが掛けられていた。そのため、通りがかった者が窓から覗いたぐらいでは仮眠を取っているようにしか見えなかった（七時過ぎまで放置されたのはそうした理由によるようだ）。が、オーバーを取ると、顔は苦悶に歪み、下に着たウールのシャツは胸から腹のあたりにかけてたっぷりと血を吸って乾いており、死んでいるのは一目でわかった。

不審に気づいたのはパトカーで通りがかった二人の警官だった。窓を叩いて運転手を起こし、違法駐車を注意しようとしたが、反応がない。変だと思ってよく見ると、運転席と助手席の間のシフトレバーやサイドブレーキの付近に血痕らしい汚れがいくつも付いているのがわかった。そこで無線で連絡を取り、本署から駆けつけた刑事と鑑識係員がドアの鍵を開け、死体を発見したのだという。

被害者の傷の位置や血痕が付着していた場所から想像されるのは、被害者が運転席に座っていて、助手席にいた犯人に左胸をナイフか包丁のようなもの——凶器は見つかっていない——で刺された、という状況である。また、シートベルトに血液がまったく付着していなかったことから、被害者はシートベルトを外して助手席のほうに上体を向け、犯人と話していたときに襲われた、そう考えられ、二人は顔見知りだった可能性が高い。

犯人は、被害者が死亡するのを待って運転席の背もたれを倒し、仰向けに寝かせた。それから、窓の外から覗かれても死んでいるとわからないように、被害者が脱いでリアシートにでも置いてあったオーバーを顔と胸に掛けたのではないか——。

白井が説明を聞いていると、検視が終わったと三原の部下が知らせにきた。

白井は二人に案内されて地下の霊安室へ行き、線香の煙が立ち昇っている台の上に横たえられた死体に対面した。

免許証や車検証などから、九九・九九……パーセント間違いないと思っていたが、それによって、殺されたのは針生田耕介であることが確定した。

そうなると、今度は白井が刑事たちの尋問を受ける番だった。三原たちは白井を刑事課の部屋へ伴い、針生田の職業、家族構成などを質問した後、事件に関わりのありそうなことを白井が知っているのではないかと執拗に問うてきた。

しかし、白井は、針生田が四日から大塚コンチネンタルホテルに泊まって仕事をしていたらしいという話をした以外、自分には何もわからない、知らない、で押し通した。

針生田が殺されたと聞いた瞬間から、これは放火殺人事件か強姦未遂事件、あるいはその両方に関係しているにちがいない、と彼は思っていた。とはいえ、何一つはっきりしない段階でそうした推測を口にしないほうがいいだろうと判断したのである。

白井の事情聴取が終わりに近づいたとき、珠季が到着した。

珠季は幽霊のような顔をしていた。白井が心配したとおり、霊安室で夫の遺体に対面すると、その場に崩れ落ち、気を失った。

ただ、そのため、事情聴取を受ける前に十五分ほど二人だけになる時間ができたので、当面は放火殺人事件はもとより強姦未遂事件についても触れないでおこう、と意思統一した。

その日のうちに雑司ヶ谷署に捜査本部が設置され、白井と珠季は本庁の捜査一課から来た益田という警部にあらためて事情を聞かれた。

尋問はもちろん個別に行なわれたが、白井たちは打ち合わせたとおりに対処した。

益田警部は、当然のように前夜の所在を尋ねてきた。

白井の場合は千恵と一緒に午前一時近くまで経堂の自宅でテレビを見ていたから、問題なかった。が、珠季は、清香が九時ごろ自分の部屋へ引き揚げてからは小石川のマンションの居間に一人でいたらしい。そのため、その間に外から電話がかからなかったか、とか結構しつこく聞かれたようだ。

警察は白井たちに一方的に尋ねるだけで、彼らの握っている情報については、こちらが聞いても言葉を濁した。

ただ、彼らも、遺体の解剖結果についてだけは明かした。死亡時刻が五日の深夜

〈六日午前零時〜一時〉と推定されること、針生田は細身の包丁のようなもので胸を一突きにされていたこと、死因は失血死であること、などである。

事件はその日の夕刊と翌日の朝刊でかなり大きく報じられ、〈五日の午後十一時四十六分に針生田の携帯電話に公衆電話から電話がかかっていたこと〉〈六日の午前零時ごろ、針生田が泊まっていた大塚コンチネンタルホテルを車で出たこと〉〈同日午前二時ごろから六時過ぎまでの間に霊園内に駐まっていた針生田のＢＭＷらしい車を見た者が複数いたこと〉などが載っていた。だが、犯人に直接結び付くような情報は得られていないらしく、警察は犯行時刻と思われる午前零時半前後の目撃者を捜している、と伝えていた。

何紙かは針生田の「強姦未遂事件」について触れ、今回の事件とどこかで関係している可能性があるかもしれないとコメントしていたが、針生田と前田結花の関わりは公になっていないため、放火殺人事件に言及した新聞はなかった。

注目すべき事実が報じられたのは、翌々日の八日（月曜日）の朝刊だった。

《六日の午前零時四十分ごろ、黒っぽいオーバーを着て帽子を被り、顔の半分近くをマフラーで覆った中肉中背の女が、ＢＭＷが駐まっていた場所から百メートルほど離れた雑司ヶ谷霊園内の道を北西（池袋方面）へ向かって足早に歩いているのを見た》

と、タクシーの運転手が警察に電話してきたのである。

タクシー運転手が見た女が事件に関係していたという証拠はない。とはいえ、よほどの事情がないかぎり深夜霊園内を一人で歩いている女はいないため、その女はたちまち事件の〝重要参考人〟になった。

その記事を見て、白井の気持ちは揺らいだ。それまでは、針生田の過去が明るみに出るのを恐れて口を噤んでいたのだが、自分の知っている事情を警察に話す必要があるかもしれないという考えに傾いた。〝ある女が犯人だ〟と言った針生田の話の信憑性が高くなったからだ。

と、そんな白井の気持ちを後押しするように、針生田が調査中だと言っていた「ある女」が実在することがわかった。

ウェラチャート・ヤンを支援している陽華女子大フェミニズム研究会の桧山満枝だった。

葬儀が終わった九日の晩、針生田宅に一旦戻ると——彼の死後、珠季母子は白井宅に身を寄せていた——探偵社から電話があり、針生田が桧山満枝に関する調査を依頼していた事実が判明したのである。

白井は珠季と電話を代わって探偵社の社員と話し、その晩のうちに調査報告書を届けてもらった。

探偵社の報告書と聞いても、珠季にはわけがわからないからだろう、戸惑ったような怪訝な顔をしていた。

そこで白井は珠季を別室へ誘い、暮れに針生田と話し合った事情を明かし、彼が〝ある女……桧山満枝こそ前田結花と諏訪竜二を殺した犯人だと考えていた〟という話をした。

珠季の目に驚愕の色が浮かび、顔から見るみる血の気が退いた。

「どうして……どうして、それをもっと早く……」

喘ぐように言ったきり、絶句した。

珠季の反応に、白井はちょっと驚いた。自分の話がこれほど大きな衝撃を与えるとは想像していなかったからだ。

が、すぐに、珠季はこれまで針生田が前田結花らを殺した犯人だと考えていたからにちがいない、と思った。夫を殺人犯だと疑っていた自分をどんなに責めても、悔いても、もう取り返しがつかないからにちがいない……。

すまなかった、と白井は詫びた。

「だが、この報告書を見るまで、俺も『ある女』が実在しているかどうか半信半疑だったんだ。また、自分の口から説明するまで援助交際の件を珠季には明かさないでほしいと針生田さんに強く頼まれていた。だから……」

と、これまで話さずにいた理由を説明した。

しかし、珠季の耳には白井の弁明など届いていないかのようだった。いや、目の前にいる白井の存在さえ意識に入っていないように思われた。紙のように白い顔をして、虚ろな目を宙に漂わせていた。

白井は、香月佳美と二度話し合った経緯も説明するつもりでいたのだが、いまは何を話しても無駄だと思い、やめた。

珠季の顔から手元の報告書に目を移した。

と、白井の中で強い疑問が頭をもたげた。

針生田が桧山満枝を疑っていた理由が不可解なのである。

針生田が言うように、桧山満枝が彼に強姦未遂の罪を被せた人間だったとしても、放火殺人事件とは関係ないはずである。だが、針生田は、「桧山満枝が前田結花と諏訪竜二を殺した犯人ではないか」と疑っていた。そこには当然〝理由〟が存在したはずだった。

探偵社に調査させていた事実により、針生田が「ある女」こと桧山満枝を本気で疑っていたことはわかった。また、その報告により、桧山満枝と前田結花が過去に関わりがあったらしい事情も判明した。前田結花が援助交際をしていたころに付き合っていた「エミー」が桧山満枝らしいのだ（ミツエを逆にして縮めればエミになる）。

だからといって、針生田が桧山満枝を前田結花・諏訪竜二殺しの犯人だと考えた理由にはならない。針生田が探偵社に調査依頼をする前から桧山満枝と前田結花の関わりに薄々気づいていたとしても、同様である。

では、針生田に桧山満枝を疑わせたもの——それは、いったい何だったのだろうか？

白井は、香月佳美を思い浮かべた。

桧山満枝をよく知っている香月佳美に話したら、どうだろう。

佳美なら、何か気づくか思い当たることがあるかもしれない。

よし、警察へ報告書を届け出る前にもう一度佳美に会おう、と白井は思った。

3

一月十日の午前九時半過ぎ——。

田代は、栗山とともに西武池袋線の電車に乗っていた。

これからある人物を訪ね、昨年十一月十八日の夜の所在を質すつもりだった。

その人物の借りたレンタカーが、昨年十一月十九日午前三時十二分、東京小平市を東西に貫いている新青梅街道を東（新宿方面）へ向かったことはわかっている。小平市××に配備されたNシステムが捉えていたのだ。

そのことは、昨年十一月の事件直後、入間市の事件現場を中心とした半径十五キロの円内に配備されたNシステムの記録を調べた段階で判明していた。とはいえ、その人物が被害者の前田結花あるいは諏訪竜二に関係していようとは想像もつかなかった。

それがいまになってわかったのは暮れにかかってきた岸谷江梨子の電話のおかげである。

江梨子の話により、前田結花の援助交際の相手が針生田耕介である可能性が浮かんだ。そこで田代たちは、事件の晩の針生田の所在を調べると同時に、針生田の触れたコーヒーカップ（指紋）と彼が知人に出したハガキ（手書きの文字）を手に入れ、N銀行とS銀行の振込用紙から採取された指紋、そこに殴り書きされた文字と照合した。それらと並行して、Nシステムの記録の中に針生田の所有するBMWか彼が借りたレンタカーがないか、と調べなおした。さらには、針生田が知人から車を借りた可能性もあるため、記録された車の所有者の中に彼と関わりのある者がいないかどうかも調べた。

しかし、結果は芳しくなかった。筆跡鑑定の結果は《同一人の書いた文字である確率が六十〜七十％》と出たものの、両銀行の振込用紙に残っていた指紋はいずれも不鮮明で、それらの中に針生田の指紋と断定できるものはなかった。また、事件の晩の所在に関しては、妻の証言ではあったが、「自宅にいたと思う」ということだったし、Nシステムの記録の再調査からも針生田が乗っていたと考えられる車は浮かんでこなかった。

それだけではない。犯人と思われる「帽子を被ってマスクとサングラスをかけた男」が、針生田の勾留(こうりゅう)されていた十月十七日〜三十日の間に諏訪竜二宅の近くに現われていた可能性が極めて高くなったのである。

こうして、天秤の針が「針生田、シロ」に大きく傾いたまま新しい年が明けると、当の針生田が殺され、田代たちの捜査は完全に振り出しに戻ったかに見えた。

ところが、そうしたとき、Nシステムの記録を調べなおしていた刑事が、レンタカーの借り主の中に前田結花と関係がある人物と同じ苗字があるのに気づいた。

さほど珍しい姓ではないので、刑事は偶然の一致だろうと思いながらも、念のためにその借り主の住所などを調べた。

と、予想に反し、調査結果はしっかりと前田結花に結び付いたのだった。

といっても、それだけでは、その人間を前田結花と諏訪竜二を殺した犯人と決めつけるわけにはいかない。もし彼らを殺した犯人なら、結花の口座に二百五十万円を振り込んだのも同じ人間だと考えられるが、そうした点を含めた調べはこれからだった。

今日の田代と栗山の役目は、相手をこの目で見て、事件の晩の所在とレンタカーを借りた理由、事情などを尋ねるだけである。その結果、納得のいく説明が聞かれない場合は、明朝、本部へ出頭を求め、本格的な取り調べを行なう段取りになっていた。

電車が終点の池袋駅に着き、田代たちは降りた。

乗り換えるために、他の乗客たちに交じってホームを進んだ。

これから会おうとしている相手――。

まだ直接的な証拠は何ひとつないが、その人物こそ自分たちがずっと追ってきた犯人にちがいない、と田代は思っていた。二十年近く刑事をやってきた勘だった。

栗山につづいて改札口を抜けると、田代は快い緊張が胸のあたりに凝縮するのを感じた。

4

同じ日の夕方、佳美は地下鉄東西線の電車に揺られていた。

依頼人の債権者との交渉を済ませ、九段下の事務所へ帰るところだった。

朝十時にホワイトスワロー本社で白井弘昭と会った後、東京高裁、千葉地裁、そして八千代市の依頼人の会社と回ってきたのだが、半ば上の空で仕事をしてきたという感じだった。

白井は佳美に、

——前田結花・諏訪竜二殺し、珠季への脅迫電話、そして針生田殺しと、すべて桧山満枝の犯行だったのではないか。

と、言った。

針生田殺しを除いては針生田が考えていたことで、彼は桧山満枝を疑い、探偵社に依頼して、満枝の過去と前田結花たちが殺された十一月十八日の夜の所在を調べていたのだという。

その話を白井は去年の暮れに針生田から聞いたが、満枝が「ある女」とぼかされていたこともあり、信じられずにいた。ところが、昨夜、針生田が桧山満枝についての調査を探偵社に依頼していた事実が判明した。

探偵社の報告書を見ても、放火があった晩、桧山満枝がどこにいたかははっきりしなかった。が、過去に前田結花と関わりがあったらしいことはわかった。

桧山満枝は、名門と言われている私立の女子高校に入学した九年前の夏から秋にかけて、渋谷や新宿へ頻繁(ひんぱん)に出かけ、遊び歩いていた。そうした行動は、暮れに父親が急性白血病で死亡したのを契機にぴたりとやんだらしいが、それはともかく、その時期は、前田結花や岸谷江梨子が渋谷や新宿へ出かけて援助交際をしていたときと重なっていた。江梨子によると、結花は「エミー」と呼ばれていた都区内に住む高校一年生の女の子と親しかったという。そのエミーこそ満枝だった、と考えられる。

もしそのとおりなら、前田結花と桧山満枝は結び付き、満枝が結花らの針生田恐喝の事情を知っていた説明がつく。また、珠季に脅迫電話をかけてきた女の話とも符合する。

白井はさらに次のように話した。

針生田は「ある女」と対決するつもりだと言っていたから、五日の晩、満枝と会ったのではないか。探偵社の報告が届く前なのは少し変だが、待ちきれなくなって自分の推理をぶつけ、その結果、彼女に殺されたのではないか――。

針生田の考えに基づいた白井の推理には妥当だと思われる点もあったが、佳美は納得できなかった。

第一の理由は、前に考えたように、珠季に対する脅迫電話をかけたのが満枝だとすると、大きな矛盾が存在するからである。ウェラチャート・ヤンの気持ちが提訴をやめるほうに傾いていたとき、満枝が針生田に提訴をやめさせ、彼と対決する場、機会をなくしてしまうようなことをするわけがない。

第二の理由は、桧山満枝という女性と放火殺人という大それた行為が頭の中でどうにも結び付かないのである。佳美の知っている桧山満枝は男女の性差別を、さらには強姦、セクハラといった性犯罪を憎んでいる聡明で正義感の強い女性だった。その桧山満枝が前田結花と諏訪竜二を殺し、さらには針生田をも殺した犯人だとは到底想像できない。

その前に、針生田がどうして桧山満枝を前田結花らを殺した犯人だと疑い、調べる気になったのか、その理由、動機がわからなかった。白井は、佳美に話せば何か気づくか思い当たることがあるかもしれないと考えたらしいが、佳美にも思い当たることなど何もなかった。白井が言うように、たとえ針生田が桧山満枝と前田結花の過去の関わりに薄々気づいていたとしても、それだけでは桧山満枝が前田結花らを殺したのではないかと疑う理由にはならない。

それにしても、針生田というのはなんていう男だろう、と佳美は強い怒りを感じた。死んでしまった人間とはいえ、許せなかった。表では発展途上国の児童労働、少女売春の問題を論じ、裏では少女の性を買っていたなんて……。その疑いが濃いことは去年の暮れに白井と二度目に会ったときに聞いていた。佳美が「マエダユカ」に関して調べた事実を話すと、白井が、珠季に脅迫電話をかけてきた女が口にした脅しについて前の説明を取り消し、真実を明かしたからだ。とはいえ、そのときはまだ前田結花と針生田との援助交際の証拠はなかった。針生田自身が認めたという話は今日初めて聞いた。

かつて、学問的に優れた業績を上げ、女性の人権を尊重するような発言をしていた国際的に著名な大学教授が悪質なセクハラを繰り返していた、という例があった。その事件は、地位、研究テーマや業績、知名度などと性の問題は関係がない、という一つの〝教訓〟を残した。とはいえ、佳美には、針生田という人間がいまひとつ理解できなかった。彼は自分の理性と欲望の相克(そうこく)に苦しんでいたのだろうか。それとも、日本の少女たちの援助交際は他人から強制されているわけではなく、自らの意思でやっているのだから、貧しい国々の少女売春とは次元が違う、とでも考えていたのだろうか。そして、己れを免罪していたのだろうか……。

佳美は九段下で地下鉄を降りた。

時刻は五時四十分になろうとしていた。

階段を上り、また桧山満枝に意識を戻した。

もし針生田と白井の推理が正しかったら、あの桧山満枝は三人の人間を殺した凶悪な殺人犯ということになるのだった。

——今晩、桧山満枝を訪ねて質すべきかどうか。

佳美は思案しながら五分ほど歩いた。

雑居ビルの六階にある事務所に帰ると、意外な言葉が彼女を迎えた。

少し前にウェラチャート・ヤンが来て待っている、とミドリが告げたのである。

佳美は自分の部屋にオーバーと鞄を置き、応接室へ行った。

「ご無沙汰しております」

と、ヤンが立ち上がって挨拶した。

顔の色艶は悪くないようだが、硬い表情をしていた。

「いつ帰ったの?」

「今日です。少し前に成田に着き、先生のところへ直接伺いました」

「そう」

佳美は腰を下ろすように言い、自分もヤンの前に掛けた。

「実は、ヤンさんにお話ししなければならないことができたのに、電話しても通じないから、困っていたの」

先月の十日前にヤンから電話があった後、しばらくするとまた連絡が取れなくなり、針生田が死んだことを知らせられないでいたのだった。

「すみません。電話が替わったものですから」

それなら新しい電話番号を知らせてよこせばいいのに、何も言ってこなかったということは、自分や満枝と話すのを避けていた可能性が高い。

佳美はそう思ったが、恨み言は呑み込んだ。

「とにかく、ヤンさんが帰ってきてくれて嬉しいわ。桧山さんもきっと喜ぶわ」

「先生、私が日本へ戻ったこと、桧山さんには教えないでください」

ヤンがちょっと慌てたように言った。

「どういうことかしら？」

「私、どうしても先生にお会いしなければならないことがあって日本へ来たんです。ですから、これから先生とお話ししたら明日タイへ帰ります」

「桧山さんに会わずに帰る？」

「はい」

「もし訴訟を取りやめるという話なら、ヤンさんが望んだようになったから、もう心配しなくていいのよ」

「……？」

「針生田教授が亡くなったの。だから、たとえヤンさんが彼を訴えようとしても、もう訴えられないの」

ヤンが息を呑んだ。丸い大きな目には驚きとも恐怖ともつかない色が浮かんでいた。針生田が殺された事件について、やはり知らなかったらしい。

「先生が……針生田先生が亡くなったんですか？」

言葉をやっと唇から押し出すようにして言った。

「そう」

「ご病気ですか？」

「殺されたの」

「殺された！」

ヤンの浅黒い顔から血の色が消えた。「誰に、どうして……？」

「犯人はまだ捕まらないし、警察にもわからないみたい」

佳美は答えた。もしかしたら満枝が犯人かもしれないという事情については、もちろん触れなかった。

「先生が殺されたのは、私が先生を告訴したことと何か関係があるのでしょうか？」

「それはないと思うから、安心して」

少なくとも直接の関係はないだろう。

そうですか……とヤンは応えたが、気掛かりそうだった。

「ヤンさんが私に話さなければならないことって、何かしら？」

今度は佳美が問うた。

「先生にどうしてもお詫びしなければならないことがあるんです」

「私にお詫び？　ヤンさんの意思にかかわらず、訴訟の件はもう終わったのよ。それでも？」

「はい」

佳美は、ハッとした。今度は自分の顔から血の気が退いていくのがわかった。針生田が白井に〝自分の想像が正しければ満枝には自分を陥れる動機がある〟と言ったという話を思い出したのだ。もしかしたら……と思った。

「そう。じゃ、とにかく話してちょうだい」

佳美は心の動揺を押し隠して言った。

ヤンが「はい」と応えて話し出した。

それは、まさに佳美の恐れていた事実を伝えるものだった。

佳美は目眩を覚えた。同時に、これまで弁護士としての自分を支えてきた土台が大きく揺らぐのを感じた。

――嘘をつき、みんなを騙していた。

と、ヤンは言ったのだ。ホテルの部屋で針生田に強姦されそうになったというのは作り話で、自分のほうから誘いかける素振りをし、針生田がその気になったのを見て振り切って逃げ出した、つまり、針生田の主張のほうが正しかった、とヤンは告白したのである。

当然のことながら、弁護士だって依頼人の話が真実かどうかいつも見極められるわけではない。だから、ヤンと満枝の話を聞いてその判断を誤ったというだけなら、これほど打ちのめされることはなかっただろう。

だが、今回の佳美の誤りは、強姦事件に対する個人的な感情に拠るところが小さくなかった。二人の話を聞いた後でヤンの手記を読んだとき、針生田に対する怒りが先に立って頭に血が昇り、冷静で公平な判断力を失っていた。

いま、ヤンの告白を聞いて、そのことに気づき、佳美は大きなショックを受けたのである。

しかし、佳美はそうした心の動揺をヤンには気づかれないようにして、彼女の話のつづきに耳を傾けた。

ヤンは、なぜそんな虚偽の事実を述べて針生田を告訴したのかという理由について説明した。

やはり、満枝に頼まれたのだった。

ヤンは、一昨年の四月に陽華女子大の大学院に入学してしばらくすると、教授の針生田に肩や腕を触られるなどのセクハラを受け始めた。それでも指導教授に忌避されたら研究ができなくなると思い、我慢していた。それが悪かったのか、針生田の行為は次第にエスカレートし、昨年の春ごろには二人だけで酒を飲みに行こうと誘われ、帰りの車の中で唇を押しつけられそうになったり、教授室でいきなり後ろから抱きしめられたりするようになった。

ヤンは針生田の名は秘し、どうしたらいいかと同科の友人に相談した。すると、その友人がフェミニズム研究会の伊佐山早苗に話し、早苗がヤンを会の部屋へ連れて行った。

ヤンの話を聞くや、満枝をはじめとするフェミニズム研究会のメンバーたちはみな憤慨し、加害者の名を明らかにして告訴するように、と勧めた。

ヤンは、満枝たちの熱い励ましに感動し、強い味方を得た思いだったが、加害者の名を明かすことにはためらいを感じた。ましてや、告訴となると到底踏み切れなかった。告訴して針生田と争ったら、彼の下(もと)で研究をつづけられなくなるだろうからだ。満枝たちは、加害者が針生田だと見当がついたらしく、もし陽華女子大で研究ができなくなれば別の大学へ移って同じ研究をつづければいいではないかと言ったが、それは口で言うほど簡単ではないだろう。

ヤンが迷っているうちに夏休みが過ぎ、九月十九日、タイでクーデターが発生。タクシン政権の高官だった父が軍の監視下に置かれたので、しばらく帰国しないように、と母が電話してきた。その後間もなく父の命の危険は去ったものの、引きつづき軟禁状態に置かれ、不正蓄財の疑いで警察の取り調べを受けている、という。そして母が言うには、父は無実だが、現在住んでいる家を含めすべての資産を没収されるおそれがある——。

もしそんな事態になり、送金が止まってしまったら、ヤンは研究どころではない。

夜のアルバイトでもしなければならなくなる。自分が何とかするからそれだけはやめろと母は言うが、父が職を失い、資産を没収されたら、母に何ができるだろう。

ヤンがそうした事情を満枝に打ち明けると、満枝が、自分には父親の遺してくれた資産がある、これは自分が働いて得たものではないので、社会や困っている人のために有効につかいたいと思っている、だから、留学生のヤンに奨学金を出してもいい、と援助を申し出た。

ただ、それには一つ条件があり、強姦されそうになったと言って針生田教授を告訴してほしい、というのだった。

満枝が言うには、

針生田からセクハラを受けた者はヤンだけではない。これまでも彼はセクハラを繰り返し、被害に遭った女子学生たちはみな泣き寝入りしてきた。このままではさらに被害者が出るだろうし、ヤンに対する行為もますますエスカレートするにちがいない。これは断じて許し難いし、いまのうちに止めないと、ヤンが暴力的に襲われる危険も多分にある。

といって、単にセクハラを受けたと訴えても、弱い。被害者にとっては耐え難い行為でも、「ちょっと身体に触れられたぐらいで大騒ぎして……」と日本ではセクハラをまだまだ軽く見る風潮があり、訴えた側が傷つくだけで終わるおそれがある。そこでこの際、「針生田教授に強姦されそうになった」と告訴し、相手に相応の罰を与えたほうがよい。強姦未遂に関しては無実でも、いつそこまでエスカレートしてもおかしくない行為を彼は繰り返してきたのだから、それぐらい当然である。これはけっして悪ではない。後輩のために正義を行なうのだから、ヤンは罪の意識を覚える必要はまったくない――。

満枝はさらに、このことは二人だけの秘密にして外に漏らさなければ、告訴が虚偽だと見破られることはないしヤンが罪に問われるおそれもない、と言った。

ヤンは迷った。心が揺れ動いた。これまで針生田にさんざん嫌な目に遭わされてきたとはいえ、彼は自分の指導教官である。満枝はこれは正義だと言うが、虚偽の申し立てによって師を苦境に追い込むことには大きな抵抗があった。また、告訴した場合、様々な波風が自分に襲いかかってくるだろう。果たして自分はそれに耐え、乗り切れるだろうか。満枝は、彼女とフェミニズム研究会が全力でバックアップするので心配ない、と言うのだが……。

一方、もし満枝の申し出を受けなければ、どうなるか？　日本で研究をつづけられなくなるかもしれなかった。そうなる可能性がけっして低くないし、両親からの仕送りがストップしてから慌てても遅い。

結局、ヤンは、

——国際社会福祉学者を標榜しながら、裏では教授と学生という支配従属関係を利用して卑劣な性的行為を繰り返している針生田のような男を放置することこそ悪である。その仮面を剝ぐために力を貸してほしい。

という満枝の説得に折れた。

そうしたとき、針生田が仕事場としてつかっていた池袋のホテルの部屋へ呼ばれるという、ヤンたちの計画にとってはこれ以上はないという好機が訪れた。そして針生田は、強姦しようという意図まではなかったにしても、ガウン姿でヤンを迎え、いつものようにヤンの腕に触れたり肩に手をかけたりした。それによって、ヤンははっきりと決意を固め、満枝の指示どおり針生田に襲われたように装い、彼を告訴したのだった。

その結果、針生田は逮捕され、起訴は免れたものの、破廉恥教授としてマスコミに大きく報道された。

だから、ヤンは目的を達成できたと思い、もう幕を下ろしたかった。だが、満枝の考えは違った。このままでは針生田の言いたい放題になってしまい、彼の卑劣さ、犯罪性が充分に暴露されずに終わってしまう、という。また満枝は、自分はある事情から針生田がかつて少女買春をした事実を知っているのだと言い、彼がどういう人間かを世間にはっきりと認知させるためには民事訴訟に訴える以外にない、と主張した。

――針生田が少女買春をしていた！

それはヤンにとっては寝耳に水の驚きだった。

ヤンが針生田の下で学びたい、研究したいと思ったのは、彼がフィリピンやタイの児童労働、児童売春の問題などを研究してきた学者だったからだ。その当人がよりによって少女買春をしていたとは……。

ヤンが疑念を述べると、満枝は、

――私がなぜそれを知っているのかという事情は明かせないが、話に嘘偽りはない。このこともあって、私は仮面を被って世間を欺いている針生田という男を許せないのだ。

と、強い口調で応えた。

そう聞いても、ヤンは民事訴訟に積極的になれなかった。だが、満枝がどうしても法廷の場で針生田の仮面を剝いでやりたいと言うかぎり、逆らうわけにはいかない。

結局、満枝の申し出を承知し、彼女と一緒に佳美のもとへ相談に来た。

ところが、それから間もなく父の軟禁状態が解かれたという朗報が届き、ヤンが帰国すると、父はかつての地位と職は解かれたものの、資産を没収されるおそれはなくなっていた。そして、ヤンに対する仕送りもこれまでどおりつづけられるという。

それを聞いたとき、ヤンは民事訴訟を起こし、針生田と争うのが嫌になった。といって、満枝との約束があるし、佳美も提訴の準備を進めていたから、今更やめたとは言いにくい。ぐずぐずと決断できずにいたが、意を決して佳美に電話をかけ、考えを告げた。

しかし、佳美は、針生田が提訴すると言っているので、たとえヤンが訴えるのを取り止めたとしても裁判になるのは同じだと言い、満枝にも連絡するようにと勧めた。

ヤンは戸惑いながら、満枝に電話をかけて自分の意思を伝えた。

満枝は怒らなかったものの、不快そうだった。とにかくヤンが日本へ戻ってから佳美と三人でもう一度話し合おうと言った。

ヤンは、わかったと応えたが、もう考えを変えるつもりはなかった。自分が訴えなくても針生田が提訴したら同じだと佳美は言うが、自分が訴えるのをやめたとわかれば、針生田もやめるかもしれない。たとえやめなくても、自分が出廷しないで済ます方法があるかもしれない……。

ただ、事態がどのように推移しようとも、ヤンは秘密を漏らすつもりはなかった。満枝のためにも、自分自身のためにも。

「でも、私の心は痛み始めました」

と、ヤンが話をつづけた。「虚偽の事実を申し出て針生田先生を告訴したことにはほとんど罪の意識を感じなかったのですが、香月先生に対してすまない、と思い出したのです。先生は忙しい時間を割いて、私と桧山さんの話を真剣に聞いてくださいました。私の手記を読んで私を信じ、少しでも良い訴状を書こうと努めてくださっているようでした。そんな先生を自分は騙しつづけているのかと思うと、次第に耐えられなくなっていったのです。先生にだけは本当のことを打ち明けて謝りたい、謝らなければならない、と思うようになったのです。そのうえで訴訟を正式に取りやめる必要がある、と思ったのです。桧山さんが知ったら怒るでしょうが、先生にお話しするだけで、秘密を公にするわけではありません。それに、いつかは桧山さんも私の気持ちがわかってくれるにちがいありません。そう信じて、私は今回日本へ来たんです」

ヤンは話を終えると、本当に申し訳ありませんでした、と深々と頭を下げた。

「私のことはいいわ。それより、本当のことを打ち明けてくれて、ありがとう」

と、佳美は応えた。

自分の個人的な感情、先入観から、ヤンの手記を無批判的に信じてしまったことには内心忸怩(じくじ)たるものがあった。胸の奥ではショックがまだ尾を引いていた。

その一方で、白井と針生田の推理は間違っているという自分の判断を支えていた最も太い柱が崩れたのを目の当たりにし、強い緊張と恐れを覚えていた。

これまで、珠季に脅迫電話をかけてきた女が満枝だとする考えには矛盾が存在した。満枝なら、ヤンが訴訟を取りやめる可能性が高くなったとき、針生田に提訴をやめさせようとするわけがない、と考えられたからだ。

だが、ヤンの訴えが虚偽なら、話は別である。

ヤンの腰が引けた状態で裁判になれば、満枝にとって非常に危険だった。相手方の弁護士の厳しい追及に遇い、ヤンは虚偽を述べていた事実を認め、満枝との密約を告白してしまうおそれが多分にあった。満枝にとって、それはどんなことがあっても回避しなければならない事態だっただろう。

そう考えると、これまで矛盾だと考えられてきたことは矛盾でなくなり、満枝こそ珠季に脅迫電話をかける動機を持っていた人間、ということになる。

とすれば、と佳美は思う。珠季に対する脅迫電話と二件の殺人事件の間に直接の関係はないが、それらも考えなおす必要がある。つまり、前田結花たちと針生田を殺したのも満枝だとする白井の推理が事実に向かって一歩進んだ、と考えざるをえなかった。

佳美はタクシーでウェラチャート・ヤンを目白台の留学生会館まで送ると、自分はそのまま降りずに下落合にある桧山満枝のマンションへ行った。

訪ねるのは初めてだが、住所を聞いていたのですぐにわかった。

不在なら近くで食事をして出直そうと思い、玄関ロビーの外側のインターホンで満枝の部屋を呼び出すと、応答があった。予告なしの佳美の訪問に驚いたような気配が感じられたものの、今夜中にどうしても話したい件ができたのだと佳美が告げると、「わかりました」という応えと同時にドアのオートロックが解かれた。

佳美はロビーへ入り、エレベーターで九階まで昇った。

相手は殺人犯人かもしれないと思っても、怖くはなかった。

満枝は硬い表情で迎えた。茶のロングスカートに白いセーターという、暖かそうなくつろいだ格好だった。

佳美はオーバーを脱いだ後、十二、三畳分はありそうな居間に通された。

佳美が住んでいる部屋より広く、リビングセットなどの家具も高価そうだった。

満枝が居間とひとつづきになったダイニングキッチンへ行き、コーヒー沸かし器をセットしてきた。

ガラスのローテーブルを挟んで佳美の前に腰を下ろしたが、視線は微妙に佳美から逸らされている。佳美の訪問に尋常でないものを感じているからにちがいない。美しい顔は緊張し、脅えているようでもあった。

佳美が何も言い出さずにいると、満枝は我慢しきれなくなったのだろう、

「どういうお話でしょうか？」

と、視線を向けてきた。

「たったいま、ヤンさんに会ってきました」

佳美は静かに言った。

満枝の目に驚愕の色が浮かんだが、何も言わなかった。

「前田結花と諏訪竜二が殺された事件、針生田教授が殺された事件、教授の奥さんにかかってきた脅迫電話についても調べさせてもらいました」

満枝が生唾を呑み込んだようだ。顔の色は蒼白に変わっていた。

「それで、どうしても桧山さんに会って話を聞きたかったんです。ありのままの事情を話していただけますか？」

「わかりました」

と、満枝が観念したように応え、「これまで先生を騙していて申し訳ありませんでした」と頭を下げた。

第7章　鮮やかな終曲（フィナーレ）

1

　一月十五日（月曜日）――。

　白井が外出先から社へ戻ると、清香が社長室のソファに行儀よく座り、本を読んでいた。

　黒い襟に白線が入った制服姿だし、横にランドセルと帽子が置かれているから、学校からの帰りらしい。

　前に置かれたオレンジジュースのコップは、三分の二ほど中身が減っていた。

　宝井蕗子から聞いたところによると、珠季もしばらく白井の帰りを待っていたが、清香のことをお願いしますと言って三十分ほど前に出て行ったのだという。

清香が白井に気づいて本から顔を上げ、「こんにちは」と挨拶した。

白井は窓際の机に鞄を置くと、

「今日から学校へ行ったのかな？」

清香のほうへ向きなおって聞いた。知っていたが……。

「はい」

と、清香が答えた。

「お母さんは、学校まで清香を迎えに行ったの？」

白井は清香の前へ行き、ソファに腰を下ろした。

「はい」

「伯父さんの会社に寄ったのは何か用事があったのかな？」

「伯父さんにお話があるからって……」

「ふーん。で、清香を置いて、どこへ行ったんだろう？」

清香が、わからないというように首をかしげた。

「何も言って行かなかったの？」

「もうじき伯父さんが帰ってくるから、それまで待っていなさいって」

「じゃ、お母さんは伯父さんよりも遅くなるかもしれないということかな……」

清香がまた首をかしげた。

「もう少し待って帰ってこなかったらお母さんのケータイに電話してみるから、清香は本を読んでていいよ」

白井は言って清香の前を離れ、デスクに戻った。

椅子に座ってから見やると、清香はもう膝の上に広げた本に目を落としていた。

感情をあまり表に出さない子なので、父親が死んだこと（それも殺されたこと）をどう思い、どう感じているのか、白井にはいまひとつよくわからない。が、悲しんでいないはずはないし、心に深い傷を負ったことは疑いないだろう。自分の気持ちを表に出すと収拾がつかなくなるため、無意識のうちに胸の奥に封じ込めてしまっているのだろうか……。

白井が何人かと電話で話して時計を見ると、四時半を二、三分過ぎていた。

清香は相変わらず黙って本を読んでいたが、珠季は帰らない。白井の通話中に珠季から電話が入ったという連絡はないし、携帯電話も鳴らなかった。

――あいつ、清香をほっぽり出して、どこで何をしているんだ。

白井はちょっと気になり出した。宝井蕗子が言った時刻にここを出て行ったのなら、もう一時間近くになる。清香は白井の部屋にいるから安心だといっても、連絡ぐらい寄越してもよさそうなものなのに……。

白井はそう思い、とにかく珠季の携帯電話にかけてみた。

だが、通じなかった。

電源を切らなければならない場所にいるのかもしれないが、白井は違和感を覚えた。と、次の瞬間、胸がさわさわと騒ぎ出し、清香に言ったという「もうじき伯父さんが帰ってくるから、それまで待っていなさい」という言葉が思い出された。

さっき聞いたときは、単に自分は少し遅くなるという意味かと思ったが、「もうお母さんはここへは帰らないから……」という意味にも取れないことはない。

――何を馬鹿なことを考えているんだ！

白井は自分を叱った。そんな理由がどこにある？　あるわけがないじゃないか。

しかし、そう思ったすぐ後から別の不安が頭をもたげた。

それは、ここ数日、白井の胸にずっとわだかまっている不安だった。

その不安が生まれたのは先週、香月佳美とここで話し合った翌日だ。

――桧山満枝は前田結花・諏訪竜二殺し、針生田殺しの犯人ではないらしい。

と、佳美が電話で知らせてきたのである。

桧山満枝は佳美に、自分はどちらの殺人事件にも関与していない、と言明したのだという。

佳美は白井に対し、「桧山満枝は依頼人ではないが、彼女は自分が弁護士であるということでいろいろ話したと思われるので、申し訳ないが話の詳細は明かせない」と含みを持たせた言い方をした。だから、もしかしたら満枝は脅迫電話は自分だと認めたのかもしれない。

それはともかく、二件の殺人事件に自分は関係ないと満枝が言ったと聞いたとき、そんな話を信じられるか、と白井は反発と怒りを覚えた。

が、同時に、胸に不安の種が播(ま)かれたのだった。

桧山満枝が針生田を殺した犯人なら、探偵社の報告が届く前に針生田は満枝と対決したらしい、という不自然さが意識のどこかに引っ掛かっていたせいかもしれない。

殺人犯人が、弁護士に質されたぐらいであっさりと犯行を認めるわけがない。白井はそう考える一方で、満枝の言葉がもし事実だったら、と思った。

その場合、針生田を殺した犯人は誰なのか？

それは、針生田が大塚コンチネンタルホテルに泊まっているのを知っていた女である。また、深夜、針生田を霊園まで呼び寄せることができた女、さらには、彼に自分の車の助手席に乗せても警戒心を抱かせなかった女、である——。

白井は、珠季の顔を思い浮かべた。

胸から脇の下のあたりに冷たい汗が噴き出た。

――珠季は死ぬ気なのでは……。

まさか！　と白井は思う。まさか、それで清香をここに置いて、出かけたわけではないだろう。

しかし、それでは、連絡がないだけでなく、携帯電話も通じないのはなぜか？

白井が息苦しさを感じて立ち上がると、清香が本から顔を上げて彼を見た。

白井の表情に尋常でないものを感じたのだろうか、不安そうな目をしていた。

白井はそんな姪を安心させるように、笑みを作り、努めて明るい声を出した。

「お母さん、ちょっと遅いようだけど、清香はお腹が空かないかな？」

「空かない」

と、清香が答えた。

「でも、ケーキなら食べるだろう？」

清香がちょっと迷ったような顔をしたが、要らないと言った。

「じゃ、とにかく、もうちょっと待ってみるか……」

白井は、清香にというより自分に言い聞かせるように言った。

清香はまだ不安そうな、もの問いたげな目を白井に向けていた。

白井はそれを見て、ちょっと待ちくたびれているだけだと言わんばかりに「うーん」と両手を上げて伸びをしてみせた。

清香が本に目を戻すのを待って、白井は身体を回し、窓の外に目をやった。

年が明けてだいぶ日が伸び、西の空にはまだ縁(ふち)が茜色に染まった雲が浮いていた。といっても、ビルの谷間になった地上にはすでに薄闇が漂い始めているにちがいない。

白井の胸にまた強い不安が押し寄せてきた。

針生田の葬儀が終わった晩、彼が依頼していた探偵社の報告書を見たとき、〝針生田は桧山満枝が前田結花らを殺した犯人だと疑っていた〟と白井が話すと、珠季は蒼白になった。「どうしてそれをもっと早く……」と喘ぐように言ったきり、絶句した。

白井が詫びようと弁明しようと、放心したような目をし、心ここにあらずといった様子だった。そのとき白井は、珠季は針生田が前田結花らを殺した犯人だと考えていたからにちがいない、と思った。そんな自分をどんなに責めても、悔いても、針生田はもうこの世にいないからショックだったのだろう、と……。

しかし、いま、それは間違いだったのではないか、と気づいたのである。あのときの珠季は、針生田が彼女に言っていた「自分は前田結花と諏訪竜二を殺していない」という言葉が事実だったのかもしれないと思ったために、色を失ったのではなかったか。

——夫の針生田は無実だった。

その想像は、なぜ珠季にそれほど強い衝撃を与えたのか？

それは、夫を自分の手で殺してしまった後だったからではないだろうか。夫が前田結花らを殺した犯人だと思い込んで。

珠季の性格を思い浮かべたとき、

——ありうる。

と、白井は結論せざるをえなかった。

珠季は、子供のころから融通の利かない性格で、何かを一途に思い込み、思い詰める傾向が強かった。それだけではない。白井などには絶対に越えられない一線を難なく跳び越えた。中学生になって半年ほどしたころだったか……クラスで一番仲の良かった友達に白井の部屋から持ち出したサバイバルナイフで切りつけたときが、そうだった。友達が別のクラスメイトと仲良くなって自分に冷たくなったと思い込み、相手を殺して自分も死のうとしたのだという。

もちろん、十三歳の少女だったころと、小学生の娘を持つ母親になった現在を同列に置いて考えることはできない。

が、白井は、珠季の性格の根底を流れているものは変わっていないような気がするのである。

白井はもう一度珠季に電話してみたが、やはり通じなかった。

不安を通り越し、焦りを感じた。

——どうしたらいいのか？

もし珠季が死ぬ気でいるとしたら、どうしたらそれを止めることができるだろうか？　その前に、どうやったら珠季の居所を突き止められるだろうか？

と思ったとき、白井の頭に、

——もしかしたら……。

という考えが閃（ひらめ）いた。もしかしたら、珠季は、針生田が死んだ場所……殺した場所で、自分も命を絶とうとしているのではないだろうか。

間違っているかもしれないが、可能性はゼロではなかった。それに、他に、死を決意した珠季の行きそうな場所の心当たりはない。

とにかく雑司ヶ谷霊園へ行ってみようと白井は思った。ここでこうしている間に手遅れになったら、悔やんでも悔やみきれない。

もうじき五時だが、宝井蕗子に少し居残ってもらって、いつでも自分と連絡が取れるようにしておけばいいだろう。

彼は心を決めると、ソファに近寄り、

「清香」

と、呼びかけた。「伯父さん、急なお仕事を思い出したんだ。すまないが、しばらく一人で待っていてくれないか」

清香が顔を上げ、黙って白井を見返した。恐ろしい運命が自分に襲いかかろうとしているのを予感しているような目だった。

「そのうちお母さんが帰ってくると思うし、宝井さんにお願いしておくから」

そのうち珠季が帰ってくる――。

白井は言って、胸に鋭い痛みを感じた。

そんな可能性はもうほとんど信じていなかったからだ。

「じゃ、行ってくるね」

彼は殊更明るい声でつづけた。

――珠季が雑司ヶ谷霊園へ行っているように。そして、暗くなるまで死なずに待っているように……。

そう念じながら。

2

「これまで黙っていて、申し訳ありませんでした。諏訪竜二の家に火を点け、諏訪竜二と前田結花の二人を殺したのは私です。すべて、私一人でやったことです。私は自分の考えを妻に仄(ほの)めかしたことさえありません。計画から実行まで、妻に気づかれないように細心の注意を払って行動しました。ですから、妻は私の犯行にまったく気づきませんでしたし、事件とは一切関係ありません」

宮沢修次はそう言った。

いまから二時間ほど前――十五日の午後三時過ぎ――のことだった。

田代と栗山が宮沢の勤務先である都立板橋工業高校を訪ね、最初に事情を聞いたのは十日の朝である。昨年の十一月十九日午前三時十二分、宮沢の借りたレンタカーが小平市××の新青梅街道に設置されたNシステムの下を東へ向かって通過していたからだ。

田代たちはその日の午後から連日任意で宮沢を捜査本部へ呼び、河村警部が中心になって取り調べを進めてきた。が、宮沢は、事件のあった晩に新青梅街道を通ったことと事件とは関係ないと言ったきり、ではなぜ午前三時過ぎにそんなところを通ったのかという問いには一切答えなかった。そのため、田代たちは逮捕に踏み切れずにいたのだが、先ほど宮沢はようやく犯行を認め、その後は堰(せき)を切ったように殺人に至った動機や犯行の方法を詳述した。

それによると――

動機は、宮沢の妻・芙由美に対する前田結花の脅迫を断ち切るためだという。

芙由美は千葉県の市川市に住んでいた中学時代、渋谷や新宿を遊び歩き、援助交際と称する売春をしていた。前田結花とは三年の夏休みごろに知り合ったが、翌年、墨田区内の定時制高校に進学し、援助交際をやめると、交友は自然に途切れた。ただ、その後も芙由美の生活は滅茶滅茶で、学校にはほとんど行かず、男友達と遊び歩いては覚醒剤や大麻などのドラッグをやっていた。そうして心身共にボロボロになり、廃人寸前になっていた芙由美を救ったのは、当時彼女を担任していた宮沢だった。といっても、芙由美はすんなりと更生したわけではなく、事ごとに宮沢に反発、反抗し、身体が少し良くなったと思うと家を飛び出し、元の生活に逆戻りした。だから、宮沢はそのたびに捜し出して連れ戻さなければならなかった。

小さいころ両親が離婚し、忙しい母親にろくにかまってもらえなかった芙由美にとって、宮沢は初めは父親のような存在だったらしい。が、やがて、彼女のちょっとした仕草や言葉に若い女性としての羞恥心が覗くようになり、宮沢は、自分に対する芙由美の気持ちが微妙に変わり出したのに気づいた。そして、このままいったら芙由美を傷つける結果になる、そうならないうちに彼女から離れる必要がある、と思い始めた。

自分に見捨てられたと思って、芙由美がまた元の生活に戻ってしまったら……。宮沢はそう恐れながらも、たぶんもう大丈夫だろうと見極めをつけたところで、

——おまえにはもう俺の助けは要らない。一人で充分やっていける。だから、ちゃんとした仕事を探して、夜は学校へ来い。

と、言った。

しかし、芙由美は宮沢の気持ちを試すかのように、学校へ来なかったし、電話にも出なかった。

宮沢は居ても立ってもいられなくなり、芙由美の家を訪ねた。

芙由美は、宮沢がそうするだろうことを読んでいたようににっこり笑って、

——先生、私を先生のお嫁さんにしてください。

と、言った。

宮沢は狼狽し、

——ば、ばかなことを言うな。教師が生徒と結婚できるか！

と、怒鳴るように応えた。

——私、学校をやめます。それならいいでしょう？

——ふざけるんじゃない。

——私、ふざけてなんかいません。先生、私が嫌いですか？

——嫌いじゃないが……。

——でも、私みたいな女、不潔で、奥さんになんかできるわけないわよね。

宮沢が返答に窮していると、

——冗談よ。

芙由美がそれまでの真剣そのものといった顔を崩して笑いかけた。

——冗談だから、先生、安心して。ちょっと言ってみただけ……。

——おまえはもう不潔じゃない。不潔じゃないが、やはり俺はおまえとは結婚できない。

——そうよね。

——だいたい歳が違いすぎる。俺はもう三十を過ぎているのに、おまえはまだ十七じゃないか。

――歳なんか、関係ないわ。

芙由美が不満げにつぶやいた。

――大いにある。おまえには、俺なんかより若くて何倍も良い相手がいつか見つかる。とにかく来週から学校へ来いよ。いいな。

芙由美は「はい」と答えたが、翌週になっても学校に姿を見せず、十日ほどして退学届が出されたことを知った。

宮沢は驚いた。

慌てて芙由美の家へ飛んで行くと、彼女はベッドに寝ていた。目が落ちくぼみ、多少ふっくらとしつつあった頬は再びげっそりと痩せていた。

またクスリをやったのか！　宮沢は思わずそう怒鳴りつけそうになったが、自分の思い違いに気づき、

――ど、どこが悪いんだ？

と、聞いた。

芙由美が力なく、が、どこか嬉しそうに微笑んだ。

――病院へ行ったんだろう？

芙由美が静かに首を横に振った。視線はじっと宮沢の顔に当てたままだった。

──行かない？　どうして？

芙由美は応えない。

──こんなに痩せて、病院へ……。

言いかけて、宮沢はハッとした。退学届のことを思い出したのだ。

まさか、と思う。まさか、俺が原因でこんなふうになるだろうか……。

が、他に、芙由美の憔悴（しょうすい）ぶりと退学届が結び付きそうな答えは見つかりそうにない。

と思ったとき、宮沢は、目の前の顔色の悪い元不良少女が急にいとおしくなった。

そして、自分も芙由美を一人の女として愛していたことに気づいた。何とか教え子の転落を食い止め、救い出そうとしているうちに、いつの間にか相手に対して特別の感情を抱き始めていたのだった。それを、自分は教師なのだからという理性が封印していたのだった。

宮沢は心を決めた。

芙由美の目を見つめ、言った。

──芙由美、おまえは本当に俺でいいのか？　後悔しないか？

何を言われたのか、芙由美は一瞬理解できないような顔をしたが、落ちくぼんだ目に見るみる涙がふくれあがった。そして頭を枕から浮かせ、涙が流れ落ちるのもかまわず、大きくうなずいた。

「こうして、私たちは翌年の夏、結婚しました。私が現在の高校に転勤になり、雑司ヶ谷のマンションへ移り住んだ後です。そして長女の恵(めぐみ)も生まれ、私たちは幸せでした」

宮沢修次は供述をつづけた。「ですが、芙由美はその幸せを心の底から享受することができないでいるようでした。自分の〝過去〟という心の傷に苦しみ、後悔し、自分には結婚して人並みに幸せになる資格などない、と自分を責めているようでした。同じマンションの住人や私の職場の同僚に自分の過去を知られたら、私に迷惑をかけるし、ここに住んでいられなくなる、と恐れてもいました。そんな芙由美に私は、人は過去を消すことはできないが、生き方次第でマイナスの体験をプラスに変えることはできる、と話しました。そして、きみは貴重な経験をしたんだから、これからいろいろ本を読んだりして勉強し、その経験がプラスになるような生き方をすればいい、と励ましました」

宮沢の励ましが効いたのか、それまで本などほとんど読んだことのなかった芙由美は図書館へ行き、歴史や女性論の本などをよく借りてくるようになった。そして、恵の寝ている傍らで、国語辞典を片手にノートを取りながらそれらを読み、理解しにくいところは宮沢に尋ねた。そうした生活が半年、一年、二年……と経つうちに芙由美の読解力、理解力は深まり、彼女は——たぶん誰に強制されたものでもないからだろう——勉強の面白さにはまっていった。同時に、自分の過去の経験を多少客観的に見られるようになったらしく、自分も幸せに生きていいのだと思い始めたようでもあった。

芙由美の顔が明るくなり、宮沢ももちろん喜んでいた。

ところが、思わぬところに陥穽が待ち受けていた。

発端は、一昨年の秋、芙由美が自宅から歩いて十四、五分のところにある陽華女子大学の学園祭へ行き、フェミニズム研究会が主催した《フェミニズムと結婚》という題のシンポジウムに参加したことである。

芙由美は、事前に学園祭のプログラムを手に入れ、ぜひ行ってみたいのでそのあいだ恵と遊んでいてほしい、と宮沢に言っていたのだった。

芙由美は、そのシンポジウムで意外な人物に出会った。出会ったと言うより、「見た」と言ったほうが正確かもしれない。中学時代、援助交際をしていたころに知り合った、当時「エミー」と呼ばれていた女の子だ。七年も経っていたから、おとなの顔になっていたし、当然髪型や服装も違っていたが、整った目鼻立ちは当時のままだったし、声にも聞き覚えがあった。そのため、芙由美は間違いないと思った。

その女性はフェミニズム研究会の会員だという桧山満枝――芙由美はそのとき初めて氏名を知った――で、満枝はその日、シンポジウムの司会をしていた。

芙由美は感動した。シンポジウムの内容よりも、自分と同じようにかつては渋谷や新宿を遊び歩き、売春をしていた「不良少女」が、著名な評論家の草薙冴子らと、女性の解放を唱えるフェミニズムを堂々と論じ合っている姿に――。自分がドラッグに溺(おぼ)れて廃人寸前になっていたころ、桧山満枝はいち早く己れの愚かさに気づいて過去を清算し、その後、大学、大学院へと進んで勉強や研究をつづけてきたにちがいない。そう思うと、芙由美は、何とか立ちなおり、遅まきながら社会の仕組みや女性の問題などを勉強し始めている自分まで少し誇らしくなった。自分のいまの姿を満枝に見てもらいたくなった。自分の気持ちを満枝に伝え、それを彼女と共通のものにしたくなった。

もし街で昔の遊び仲間に出会ったりしたら、芙由美は顔を背けて急いで擦れ違っただろう。嫌な過去と向き合わないために。だが、満枝とは共に〝目覚めた者同士〟、逃げる必要がないように思えた。というより、満枝と話せば、きっと深く共感し合えるにちがいない——。

そのとき自分はそう思ったのだ、と芙由美は宮沢に話した。

だから、芙由美は、シンポジウムが終わり、会場につかわれた教室の後片付けも終わりに近づいたころ、満枝に近づき、少し時間をもらえないか、と声をかけたのだった。

満枝は「いいですよ」と気軽に応じた。当然、シンポジウムに関連した話だと思ったのだろう。それが、「私のこと、見覚えがありませんか?」と芙由美が笑いかけたので、怪訝な顔をした。

芙由美の顔を見つめなおしたが、わからないようだ。

——エミーでしょう?　私、フーミンです。エミーと知り合った七年前、フーミンと呼ばれていた芙由美です。

芙由美がそう言うと、満枝にもわかったようだ。一瞬顔色を変え、落ち着きを失った視線を他の部員たちのほうへ走らせた。

が、後片付けが済み、みな教室を出て行くところだったから、聞かれるおそれはないと思ったのだろう、安心したような顔を芙由美に戻し、言った。

――突然でびっくりしたけど、そう、あのときのフーミン……。全然わからなかったわ。

――司会している人を見て、私も驚いたけど、でも、エミーだとすぐにわかったわ。相変わらず綺麗だし……。

――シンポジウムに来てくれたの？

――うん。近くの雑司ヶ谷に住んでいるから。プログラムを見て、どうしてもこれだけは聴きたいなと思って。

――ありがとう。そんなふうに思ってくれた人がいたなんて、嬉しいわ。

――それにしても、エミー……あ、ごめんなさい、こんな呼び方をしちゃ悪いわね、もう。桧山さんには感動しちゃった。凄いな、って。夫に勧められて、私も少しは本を読むようになったんだけど、まだまだだわ。桧山さんやチューターが言ったこと、半分ぐらいしか理解できなかった。

――結婚したの？

――子供もいるわ。女の子。

――そう……！

満枝が羨ましそうな顔をしたように思え、芙由美はちょっと誇らしい気分になった。

——今日は子供を夫にあずけて、ここへ来たの。

——フーミン……フユミさん、幸せみたいね。

——幸せだけど……ただ、私の場合、自分の力でいまの幸せをつかんだわけじゃないから。その点、桧山さんはみんな自分の力でいまみたいになったんでしょう？　本当に凄くて立派だと思うわ。

——フユミさんの買い被りよ。

——でも、フェミニズム研究会も桧山さんが中心なんでしょう？

——さあ、どうかしら？　それより、フユミさんの話をして。連れ合いさんはどんな人？

——定時制高校のときの先生。だから、歳が十五も違うの。髭面で、熊みたいで……。

芙由美はついのろけてしまい、宮沢という姓や雑司ヶ谷公園のそばのマンションに住んでいることなども話した。

満枝は自分の携帯電話の番号を教えなかったし、芙由美にも尋ねなかった。が、別れ際に、「気が向いたら、大学へ遊びに来て」と言った——。

その日、芙由美は帰宅すると、桧山満枝とのやり取りの一部始終を興奮した面持ちで宮沢に報告した。

それを聞いたとき、宮沢はなぜともなく嫌な思いが胸をよぎるのを感じた。そして、とにかくもう満枝とは会わないほうがいいと思い、

――向こうもあまり歓迎しているようには思えないから、行かないほうがいいよ。

と、言った。

芙由美はちょっと不満そうな顔をしたが、宮沢の言葉に逆らわず、彼の言うとおりにした。

それから半年余り経った去年の五月下旬、芙由美は自宅近くの雑司ヶ谷公園でユカこと前田結花に声をかけられた。

芙由美によると、彼女が公園の下段にある砂場で娘の恵を遊ばせていると、ボーダー柄のタンクトップに白の超ミニスカートといった格好の若い女が上段から下りてきた。女は広場の隅のベンチに行って腰を下ろし、脚を組んでトングサンダルをぷらぷら揺らしながらタバコを吸っていたが、八年も会っていなかったので、芙由美はユカだとは気づかなかった。だから、しばらくして女が近づいてきて、

――あんた、フーミンでしょう?

と言われ、ハッとしたのだという。

――わかったみたいね。そう、私はユカ。ちょっとタバコを吸おうと思って公園に入ったら、フーミンにすっごく似た人がいたから、びっくりして、見ていたの。

前田結花は芙由美にそう言ったというが、嘘に決まっている。満枝から話を聞いて訪ねてきたのは間違いない。結花と桧山満枝がどこでどうして会ったのか、満枝がどうして芙由美のことを結花に話したのかはわからないが……。

前田結花はその日は芙由美と五分ほど立ち話をして帰ったが、数日してマンションの部屋に現われたときには、パソコンで作った一枚のチラシ――そこには宮沢修次の妻・芙由美は中学時代、渋谷で売春をしていたと書かれていた――を芙由美に見せ、これを百万円で買ってくれないか、と言った(宮沢修次、芙由美という氏名は郵便受けに書いてあるから、それを見たにちがいない)。チラシを買ってくれなければ、コピーしてマンションの全戸の郵便受けに入れ、宮沢の勤務先を調べて正門前で撒く、もし警察に届けたら、たとえ自分が捕まっても別の人間が同じことをする手筈を整えてある、結花はそう言うのだった。

芙由美は縮み上がりながらも、百万円なんてとても払えないと応えた。

高校教師の女房が百万ぐらい自由にならないわけがないだろう、と結花は鼻先で笑いながら目を怒らせた。そして、芙由美に電話番号を聞き、一週間だけ待ってやると言って帰った。

芙由美は困った。夫の宮沢に話して迷惑をかけたくないし、かといって、百万もの金はない。芙由美名義の金は、ボーナスが出るごとに宮沢がくれた十万円を積み立ててきた六十数万円があるだけである。

一週間後、結花から電話がかかってくると、芙由美は、自分には五十万円しか自由になる金がないので、五十万円なら払うが、それ以上は払えない、と告げた。

結花は声を荒らげ、五十万ぽっちじゃ話にならない、チラシを撒いてやろうか、と脅したが、芙由美が、

――ないものはどうにもならないでしょう！

と怒鳴り返すと、折れた。

芙由美が捨て鉢になって、事が表沙汰になれば、五十万円はおろか一円も手に入らないだけでなく、両手が後ろに回るからだろう。

結花は、銀行と口座番号を告げ、諏訪竜二という名で三日以内に五十万円を振り込むように指示し、電話を切った。

芙由美は言われたとおりにし、せっかく貯めた金の大半を失ったものの、とにかくこれで終わったと思い、ほっとしていた。

しかし、それは芙由美の甘い観測だった。一度味を占めた結花は、四カ月ほどして十月に入ると、再び芙由美の前に現われ、この前の残りの五十万円に利子を付けて百万円、今度はびた一文まけられない、サラ金で借りてでも払え、と言い出した。

——フーミンがあたしを警察に売りたいっていうんなら、売ったっていいよ。

結花はニヤニヤしながらつづけた。

——その代わり、ムショを出たら、どこへ引っ越したって捜し出してやるから。あれから亭主の勤め先も調べたし……。娘が学校へ上がって、母親が売春(ウリ)やってたズベ公だって知ったら、どう思うだろうね。友達や先公にも知られるんだよ。ひょっとしたらショックで自殺しちゃうかもよ。もしそうなってもフーミンがいいって言うんなら、ま、好きにしな。

芙由美はもう自分一人では対処できなくなり、五十万円脅し取られたときからの事情を宮沢に話し、相談した。

芙由美の話を聞いた宮沢は衝撃を受けたが、とにかく警察に届け出るしか方法がないと思い、芙由美にそう言った。

と、結婚してから宮沢に逆らったことのなかった芙由美が猛反対した。ムショを出たら云々(うんぬん)という結花の言葉は単なる脅しだと思うと宮沢が言っても、もし本当だったらどうなるのか、と恐怖に顔を引きつらせて反論した。自分はどうなっても自業自得だが、自分のために宮沢に迷惑をかけたくない、いや、たとえ宮沢は許してくれても、娘の恵にだけは地獄の責め苦のような苦しみを味わわせるわけにいかない、と言うのだった。「高校の先生の娘」だと思っていた恵が、突然、「売春までしていた元不良少女の娘」だと知り、周囲の者にも知られたら、本当に自殺してしまうかもしれない、と。

確かにそのとおりだった。

宮沢は、芙由美との結婚を決めたときから、自分に関してはある程度覚悟していた。周囲の人間にどのように見られ、言われても耐えられる、そう思ったから両親や兄弟の反対を押し切って芙由美と結婚したのだった。だが、生まれてくる子供のことまでは頭になかった。芙由美が立派に更生したのだから何の問題もない、と漠然と考えていた。前田結花のような人間が現われるとは想像もしなかったために――。

宮沢は、わかった、じゃ警察に届け出るのは見合わせよう、と応えた。

――いますぐには良い方法が思い浮かばないが、考えて必ず俺が何とかする。だから、きみは心配しなくていい。ただ、前田結花には、金は夫のボーナスが入る十二月初めまで待ってくれと言っておけ。サラ金云々と言い出したら、もし待てないなら警察へ行く、と居直ればいい。脅し文句をまたいろいろ並べるだろうが、相手は金がほしいんだから、必ず言うとおりにする。

宮沢は芙由美にそう言い、二カ月という猶予時間を確保した。

とはいえ、妙案は浮かびそうになかった。

脅迫が今回かぎりで終わるという保証があれば、百万円は払ってもいい。しかし、相手が口でどう言おうと、その保証はゼロだった。たとえ証文を取ったとしても、そんな証文は表に出しようがないので、何の役にも立たないだろう。

どうしたらいいかと考えているうちに、宮沢の身体の奥から前田結花という女に対する猛烈な怒りが湧き起こってきた。

もし前田結花が宮沢に対してだけ悪を働いたというのだったら、これほどの怒りは感じなかっただろう。だが、結花の脅迫は、宮沢がこの世で最も愛し、大切に思っている妻と娘の現在と未来を滅茶滅茶に壊してしまうかもしれないものだった。結花という女は、やっと自分の生き方を見つけ、幸福をつかんだ芙由美を苦しめ、脅えさせ、挙げ句は幼い恵の将来まで担保にして金を脅し取ろうとしているのだった。

宮沢は自分の身体が震え出すのを感じた。許せない、断固として自分は愛する者たちを護らなければならない、と思った。それには、前田結花という女をこの世から排除する以外になかった。前田結花の悪意がこの世に存在しつづけるかぎり、妻の安寧はないし、娘の恵もいつ破滅の危険にさらされるかわからないのだから。

前田結花を殺すことには、宮沢はほとんど罪の意識を感じなかった。結花のような女は生きていたって他人を苦しめ、周りに害毒を流すだけなのだから、いなくなったほうが世のため人のためなのだ、と思った。

問題はただ一点、いかに安全に事を遂行するか、だった。

それには、何はともあれ、前田結花について知る必要があった。

これまでに芙由美が結花から聞いてわかっているのは、口座の名義になっている前田結花が本名であること、東京都東大和市に住んでいること、専門学校に通っているらしいこと、ぐらい。だから、正確な住所、共犯者の有無、毎日どのような生活をしているのか、といったことを知らないでは計画を立てられない。

といって、仕事を持っている素人の宮沢が自分で調べるのは簡単ではない。

が、それには巧い方法があることがわかった。契約人不詳の携帯電話を闇で買い求め、それをつかって探偵とやり取りするのである。メールで依頼してメールで報告を受け、料金は偽名で振り込めば、こちらの身元を割り出す手掛かりは何も残さずに――声さえ相手に聞かれずに――必要な情報を得ることができる。

宮沢はさっそく新宿歌舞伎町へ行って一カ月間使用できる携帯電話を買ってくると、その方法をつかい、前田結花の住所の他に次のような情報を手に入れた。

結花が諏訪竜二という埼玉県入間市に住んでいるフリーターの男——諏訪竜二は芙由美が結花の口座に五十万円振り込むときに使用するように言われた氏名だった——と頻繁に会っていること。結花は時々諏訪竜二の家にタクシーで行き、泊まっていること。諏訪竜二は父親と二人暮らしで、竜二は父親が夜勤の夜、結花を自宅へ連れてきて泊めていること。

これらの情報を得た後、宮沢は密かに前田結花の家と諏訪竜二の家を見に行ってきた。そして、芙由美に対する恐喝は諏訪竜二と前田結花の共犯に違いないと判断。諏訪竜二の家が木造の平屋で、いかにも燃えやすそうだったので、二人がそこに寝ている深夜、火を点ける、という計画を立てた。諏訪竜二の父親には申し訳ないが、やむをえない。

それから、宮沢は、勤務先の高校と入間市のほぼ中間の西東京市にアパート——玄関のすぐ前に駐車場が付いた一階の部屋——を借りた。そこを拠点にして、諏訪竜二の家の近くまでレンタカーで何度か行き、周辺の様子と竜二の父親の予定を探った。昼に行動するときは適当な理由を付けて欠勤したり早退したりし、夜動くときは「学校に宿直制度ができたので男性教諭が交代で泊まらなければならない」と芙由美を偽った。レンタカーはその都度、別の場所で借り、できるだけ諏訪竜二の家の前をゆっくりと往き来するだけにした。どうしても近くに停めて監視せざるをえないときは、帽子を被ってマスクとサングラスをかけ、人に見られても顔がわからないようにした。

諏訪竜二の父親がいつ夜勤になるか、正確な予定まではつかめなかったが、半月余りすると、二、三日の誤差でだいたいの見当がつくようになった。そこで、いつでも計画を実行に移せるように、アパートから離れた団地のゴミ集積場にあった古新聞の束を手に入れ、ガソリンスタンドで灯油を購入。それらをアパートの玄関に置いておき、レンタカーを借りるたびにトランクに積んで移動した。

十一月十八日は、諏訪竜二の父親の夜勤は十七日か十八日だろうと見当をつけ、家の前を何度か通りながら様子を窺っていた二日目だった。夕方、父親が出かけて行くと、案の定、十一時を回ってから竜二が前田結花と一緒にタクシーで帰ってきた。

二人ともかなり酔っている様子だったから、これは絶好の機会だと思い、宮沢は実行を決意。一旦現場を離れて丘陵の反対側に回り、誰も通らない行き止まりの道で時間を潰した。

諏訪竜二の家の前に戻ったのは午前二時四、五分過ぎ。近くの家の窓はみな灯が消え、国道や県道へ抜ける道ではないので通る車もなかった。

宮沢は扉のない門の前に車を停めると、素早くトランクから灯油の入ったポリタンクと新聞紙の束を下ろし、それらを持って庭へ入った。

家の周囲三カ所に丸めた新聞紙と庭に散らばっていた燃えやすそうなゴミ、板きれなどを置いた。それらと木製の雨戸、板壁などにも灯油をかけ、ポリタンクを車のトランクに戻してきてから、ガスの出方を最大にしたライターをつかって三カ所の新聞紙に順に火を点けて回った。

あとは、できるかぎり早く現場を離れるだけである。

車のエンジンを掛けて発進。西、北、そして国道一六号線を通らずに西へと向かい、青梅街道へ出た。途中で新青梅街道へ移り、アパートへ帰った。

Nシステムについては宮沢も知っていたが、高速道路と国道の一部に配備されているだけで、青梅街道や五日市街道といった地方道にはない、と思っていた。また、警察が設置場所を秘密にしていると聞いていたので、調べてもそれはわからないものと思い込んでいた。そのため、きちんと調べてみずに、国道さえ避ければ安全だと考えてしまったのだった。

「いま、私は、自分は何てことをしてしまったのだろうと深く悔やんでいます。相手がどんな人間であれ、その命を奪ったことは申し訳なかった、と思っています。ですが、正直言って、それ以上に私は芙由美と恵に詫びたい気持ちでいっぱいです。いくら詫びても今更どうにもなりませんが、私は半ば怒りに駆られて冷静な判断力をなくし、最愛の妻と娘をこれ以上はないといった不幸のどん底に落とし込んでしまいました。二人を護ろうとしてしたこととはいえ、私は本当に愚かな夫、父親です」

宮沢はそう言って供述を締めくくった。

3

宮沢修次が犯行を自供するや、田代たちの捜査本部は宮沢に対する逮捕状を執行し、身柄を拘束した。

それから田代は栗山とともに雑司ヶ谷グリーンハイツへ行き、芙由美に宮沢が犯行を認めたことを告げた後、彼女からもあらためて事情を聞いた。

二人の話に大きく食い違う点はなく、宮沢の供述は真実に近いと思われた。

ただ、芙由美が「自分は何も知らなかったし気づかなかった、夫が殺人を犯したなんていまも信じられない」と言ったことと、「妻には自分の計画を話さなかったし、妻はまったく気づいていなかった」という宮沢の言葉にだけは、田代は疑問を感じた。宮沢が芙由美に自分の計画を話さなかったというのは事実だろう。が、前田結花たちが殺された後、芙由美は、夫が犯人でないことを祈りながらも、もしかしたら……と彼を疑い、恐れていたように思えた。田代たちが岸谷江梨子の話を基にフーミンこと芙由美を突き止め、雑司ヶ谷公園で会ったとき、彼女が見せた血の気の失せた恐怖の表情――。あのとき芙由美の中に夫を疑う気持ちがなかったら、刑事らしい男たちが訪ねてきたというだけであのような反応は見せなかったにちがいない。

それはともかく、放火殺人が宮沢修次による単独犯行であることは間違いないようだったし、彼の自供によって事件の全容がほぼ解明された。

そう考えてよさそうだった。

その晩の捜査会議で滝井警視と河村警部もそう総括した。

が、前田結花の銀行口座に二百万円を振り込んだ人間はわからなかった。

宮沢修次は、去年の五月に妻の芙由美が前田結花に百万円要求され、六月に入ってから結花の口座に五十万円振り込んだ、と話した。それは芙由美も認めた。しかし、その五十万円以外には一円も振り込んでいない、と宮沢も芙由美も言う。

では、芙由美が前田結花に脅されて五十万円を振り込む四カ月前、同じ諏訪竜二名で百万円ずつ二回に分けて二百万円を振り込んだのは誰だろうか？

針生田耕介の可能性が高いが、桧山満枝だった場合もありうる、と田代たちは考えた。

宮沢芙由美に関する情報を前田結花に流したと思われる桧山満枝も結花に脅されていた可能性が充分考えられるからだ。

だが、桧山満枝は、陽華女子大で住所を調べて訪ねた刑事に対し、次のように答えた。

――私は、ユカとは高一のときにちょっと付き合いがあっただけで、その後は一度も会っていません。前田結花という本名さえ知りませんでした。ですから、ユカに宮沢芙由美さんの話をすることはできませんし、ユカに脅されて彼女の口座にお金を振り込んだこともありません。

田代たちの捜査本部に、針生田珠季が夫の耕介を殺した容疑で逮捕されたというニュースが飛び込んできたのは、その日の夜九時過ぎだった。

珠季は、首を吊るのに適当な木の枝を捜して雑司ヶ谷霊園内を歩き回っていたとき、心配して駆けつけた兄に保護され、自首したのだという。

翌日の新聞やテレビは入間の放火殺人とともにこの事件を大きく報じた。

それによると、珠季は、夫の針生田耕介が前田結花と諏訪竜二を殺したものと思い込み、殺したらしい。

去年の十二月、珠季は、前田結花が援助交際をしていたころの彼女の仲間だという女から突然電話を受けた。女は、針生田は中学生だった結花を買った過去をネタに結花に脅されており、結花と諏訪竜二を殺したのは彼に間違いない、と仄めかした。そして、自分の知っている事実を警察に知らされたくなかったら、針生田に強姦未遂事件に関しての民事訴訟を起こさせるな、と珠季を脅迫した。

だが、針生田は、自分は殺人も少女買春もしていないと否定。結花の口座に金を振り込んだ事実は認めたものの、その事情はいずれ話すと言うだけで珠季の納得がいくような説明をしなかった。

そのため、珠季は夫を信じたいと思っても信じられず、募る不安と恐怖に苦しめられた。遂に耐えられなくなって、五日の晩、娘のSちゃんが寝入った後でマンションを出て、地下鉄で池袋まで行った。公衆電話から大塚コンチネンタルホテルに泊まっていた針生田に電話をかけ、雑司ヶ谷霊園へ呼び出した。今夜こそ納得できる説明を聞いて安心したいと思う一方で、もし今夜疑惑が解けなかったら……と密かに決意を固め、バッグの中に包丁を忍ばせて――。

針生田は珠季の顔――たぶん思いつめたような表情をし、血の色がなかったにちがいない――を見ても、彼女の決意までは想像がつかなかったようだ。珠季の話を聞くと、「夜中に突然こんなところへ呼び出すから何事かとびっくりしたけど、なんだ、そんなことか」と（たぶん）わざと軽い調子で応え、「僕は潔白だ。近いうちに必ずきちんと説明するから、それまで待っていてほしい」と前と変わらない言葉を繰り返した。そして、「きみは余計なことを考えず、僕を信じて安心していればいい。Ｓが目を覚ますといけないから、さあ早く帰りなさい」と聞き分けのない子供でも諭すように言った。

珠季は絶望した。夫はやはり前田結花と援助交際をしていたのだ、そして前田結花に脅され、彼女と諏訪竜二を殺したのだ、と思った。だから、自分の疑心と不安を鎮めてくれるような説明ができないのだ……。

警察もすでに針生田を疑い、調べている。逮捕されるのは時間の問題だろう。

夫が警察に捕まったら、どうなるか？　犯行の動機に関係している少女買春の過去も明らかになるのは間違いない。一方、夫がいま死ねば、夫に対する疑惑は残っても、事件の真相は闇に葬られる。Ｓを「少女買春をネタに脅されて二人の人間を焼き殺した凶悪な殺人犯」の娘にしないで済むだろう。

珠季はそう考えると、最後の決断をし、バッグの中に用意してきた包丁を素早く取り出した。柄を両手で握って胸の前に構え、針生田の左胸めがけて突き出した。

針生田は一瞬何が起きたのか理解できないような驚愕の表情を浮かべた。

が、珠季の意図を悟ったのだろうか、「そうか……」と言って軽く一度左手を横に払っただけで、抵抗らしい抵抗をしなかった。

――あなた、ごめんなさい。

珠季は心の内で詫びながら、包丁を握った手に身体の重みを掛けていった。

Mさんに関する探偵社の調査報告書の存在が明らかになったのは、針生田の死んだ三日後である。そのとき、珠季は兄のH氏から思ってもみなかった話を聞いた。針生田が少女買春をネタに前田結花に脅されていたのは事実でも、彼は結花らを殺していないらしく、Mさんこそ犯人だと疑っていた、と言うのだった。

珠季は衝撃を受けた。取り返しのつかないことをしてしまったのだった。こうなっては自分も生きていられない、と思った。

それでもSちゃんのことを考えるとなかなか決断がつかずにいたのだが、十五日の夕刻、子供のいない兄夫婦ならきっとSを大事にしてくれるにちがいない、そう自分に言い聞かせ、夫を殺した場所で死ぬつもりで雑司ヶ谷霊園へ行った――。

テレビのワイドショーなどで報じられたのはここまでだったが、田代たちの捜査本部は警視庁と情報を交換し、さらに詳しい事実を知った。

Mさんというのは桧山満枝であること。珠季に脅迫電話をかけたのも満枝だと針生田が考えていたこと。だが、満枝は、自分は前田結花と何年も会っていないのに彼女を殺すわけがない、珠季に脅迫電話をかけた覚えもない、と否認したこと……。

また、それらに付随して、前田結花の口座に二百万円を振り込んだのが針生田だったこと、「三条昭」が珠季の兄のＨ氏こと白井弘昭だったらしいことなどもわかった。

だが、田代の気持ちは晴れなかった。すっきりしなかった。

理由ははっきりしている。

桧山満枝が何の罪にも問われずにいるからだった。

前田結花に宮沢芙由美の情報を流したのは桧山満枝にちがいない。珠季に脅迫電話をかけて針生田に関する疑惑を吹き込んだのも、桧山満枝と考えてたぶん間違いないだろう。とすれば、桧山満枝こそ二件の殺人事件を「準備」した人間であり、彼女の準備なしには宮沢修次による放火殺人も針生田珠季による夫の殺害も起こりえなかったのである。

が、田代たち埼玉県警にしても、針生田殺害事件を調べている警視庁にしても、桧山満枝に対してどうすることもできないのだった。手も足も出ないのだった。

それにしても……と田代は思う。桧山満枝と前田結花は、いつ、どこで、どのようなかたちで再会したのだろうか？

二人は必ずどこかで再会しているはずなのだ。間違いない。

しかし、前田結花が死んだいまとなっては、満枝が話さないかぎり、それは闇の中だった。

それからもうひとつ、針生田がどうして桧山満枝を前田結花と諏訪竜二を殺した犯人だと疑ったのか、という点も大きな謎だった。

針生田は、ウェラチャート・ヤンが告訴した強姦未遂事件はでっち上げだと主張し、それを画策したのは桧山満枝だと考えていたらしい。ヤンと満枝は否認したし、ヤンの訴訟代理人になるはずだった弁護士の香月佳美も〝弁護士の守秘義務〟を楯に取り、「自分からは何も話せない」と供述を拒否していた。だから、事実がどうだったのかははっきりしない。が、いま仮に針生田の主張が正しく、強姦未遂事件が虚偽だったとしてみよう。それでも、彼が桧山満枝を前田結花らを殺した放火殺人犯だと疑う根拠にはならなかった。強姦未遂事件には、前田結花と諏訪竜二の影すら登場していないのだから。

針生田が探偵をつかって桧山満枝の過去を調べていたということは、彼は自分の援助交際の相手だった前田結花と桧山満枝の関わりについて何か知っていたのだろうか。それとも、強姦未遂事件と放火殺人事件の間には両者を繋いでいる透明な糸のようなものが存在し、針生田にはそれが見えていたのだろうか。

いろいろ想像してみるが、具体的な点は何ひとつわからない。

田代は悔しかった。落ち着かず、時には焦りにも似た苛立ちを覚えた。

が、やがて彼は、答えの出ない問題にいくら頭を悩ませていても詮無いことだと思い、

――犯人を検挙できて事件は解決したのだから、それでいいではないか。

と、自分の気持ちに折り合いをつけた。

第8章　アンコール

1

二月四日の日曜日は朝から気温が六、七度あった。

今日は立春。暦の上では春といっても、例年ならまだまだ寒さの厳しい日がつづいているのに、今年は暖冬で、東京ではまだ一度も雪が降らなかった。

茜は、家族と一緒にお昼を食べた後しばらく自分の部屋で音楽を聴いてから日暮里へ行き、京成線の特急電車で成田空港へ向かった。

特急といっても運賃以外の料金はかからないが、その代わりかなり込んでいた。

列車が走り出して、窓外に目をやると、茜の脳裏に、去年の勤労感謝の日、新宿から成田エクスプレスに乗ったときのことが浮かんできた。

昨夜、桧山満枝から電話がかかり、「明日の夕方、成田空港まで来るなら、会ってもいい」と言われたときから、茜は何度も、ウェラチャート・ヤンを満枝と一緒に空港まで送って行った日のことを思い出した。

帰り、成田で途中下車し、満枝と二人、土産物店を冷やかしながら新勝寺まで歩いたときのなんと楽しかったことか……。

あれからまだ三カ月も経っていないというのに、茜を取りまく状況はがらりと変わってしまったのだった。

ウェラチャート・ヤンは留学を切り上げてタイへ帰ってしまい、もう日本にはいない。そして今日、満枝もニューヨークへ発ち、しばらくは日本へ帰らないつもりらしい。

――桧山さんは日本から逃げ出すつもりなんだわ。

と、茜は思う。それで、ぎりぎりになって、自分と話す気になったのだろう。

桧山満枝から話を聞かなければならない――茜はそう思い、ここ半月余り、満枝と会おうとしてきた。が、昨夜、突然満枝から電話がかかってくるまで、連絡が取れなかったのだ。

針生田教授の妻・珠季が夫を殺したと自首した数日後、満枝は陽華女子大の大学院に退学届を出した。携帯電話とメールを通じないようにし、下落合のマンションを引き払った。それでいて成城の実家へは帰らず――茜は以前満枝から聞いた話を頼りに訪ねたのだが母親も満枝の居所を知らなかった――、今日までホテルを転々としていたらしい。

茜が会いたがっているということは、メールがまだ通じていたときに入れておいたメッセージを見て、知ったのだという。

茜は満枝に怒りを覚えていた。ずっと尊敬していただけに、裏切られたという思いが強く、このままでは気持ちが収まらなかった。これまで声高に主張してきたフェミニズムとは満枝にとって何だったのか、フェミニズム研究会の中心になって活動してきたのは何のためだったのか、それを聞いてみたかった。

テレビのワイドショーや週刊誌などでいろいろ言われている「Ｍさん」こと満枝の過去、入間の放火殺人事件、針生田教授殺人事件との関わり――それらも気になるし、興味はあるが、茜と直接の関係はない。

だが、ウェラチャート・ヤンの問題だけは、きちんとした説明を聞きたかった。

ウェラチャート・ヤンが針生田教授に強姦されそうになったというのは嘘で、Ｍさんに頼まれて虚偽の告訴をしたらしい。また、針生田教授が民事訴訟を起こした場合、ヤンが真相を暴露する危険が出てきたため、Ｍさんは針生田教授の妻に脅迫電話をかけ、教授に提訴させないようにしたらしい。

テレビのワイドショーや週刊誌は、そう伝えている。

ただ、これは針生田教授の親戚筋から流された話らしく、証拠はない。警察の調べに対して、満枝だけでなくヤンも否認したらしいし（タイへ帰ったヤンは電話で警察に事情を聞かれたようだ）、二人から話を聞いている可能性が高い香月弁護士も「自分からは何も話せない」と言っていた。

だから、茜は、事実はどうだったのか、満枝自身の口から本当のことを聞きたかった。一応フェミニズム研究会の部長である自分にはそれを聞く権利がある、と思っていた。

電車は四時三十七分に終点の一つ手前、空港第2ビル駅（地下ホーム）に着いた。

満枝に指定されたのは、「午後五時、第2ターミナルビル本館四階にあるカフェ・ローズ」である。

まだだいぶ時間があったが、待っていればいいだろうと思い、茜はエレベーターで四階へ昇った。

カフェ・ローズは、奥の一面がガラス壁の明るい喫茶店だった。

店内は空いていた。

案の定、満枝の姿はない。

茜は、三階の出発ロビーが見下ろせる四人用の丸テーブルへ行き、七分袖のショートコートを脱いで腰を下ろした。

テーブルとテーブルの間が広く取られているので、たとえ隣りのテーブルに誰か来ても、大きな声を出さないかぎり話を聞かれるおそれはほとんどないだろう。

満枝は五時五分前に現われた。

豹柄のオーバーを着て、濃いサングラスを掛けていたので、茜は一瞬誰だかわからなかったが、向こうは茜を認めて真っ直ぐ近づいてきた。

「遠くまで、ごめんなさい」

満枝は悪びれた様子もなく言い、オーバーを脱いで、茜の前に腰を下ろした。

オーバーの下は、ホワイトパールのパンツスーツ。肩まであった髪をショートのグラデーションボブに変え、明るい春の装いだった。荷物はあずけてきたのだろう、持ち物は小さなバッグ一つだ。

「しばらくね。元気だった？」

サングラスを外すと、茜をじっと見つめ、微笑みかけた。

多少面やつれしていたものの、相変わらず綺麗で魅力的な目だった。

茜は、怒っていることを示すため、硬い表情を崩さずに黙っていた。

満枝がちょっと戸惑ったように笑みを消し、視線を逸らした。

が、水を運んできたウェートレスにハーブティを注文すると、再び余裕の感じられる笑みを浮かべ、

「ヤンさんのことなら、申し訳ない結果になってしまった、と思っているわ」

と、言った。

申し訳ない結果というのは、日本で研究をつづけられなくなったことを言っているらしい。

「では、やっぱり、針生田教授がヤンさんに襲いかかったというのは嘘だったんですか？」

「そう」

満枝があっさりと認め、「でも、久保寺さん、よく考えてみて」と、かつて茜や他の部員たちを説得しようとしたときにつかった言い方をした。

「針生田教授は、ヤンさんだけでなく他の女子学生に対してもさんざんセクハラを繰り返してきたのよ」

満枝がつづけた。「だから、もしあのまま何も手を打たなかったら、どうなったと思う？　針生田教授の行動はますますエスカレートし、教授の性欲の餌食にされた人が続々と出たはずよ。私はそう考えたから、ヤンさんに協力してもらい、未然にそれを阻止したの。これが悪いことかしら？」

そう言われると、茜にはすぐには反論の言葉が思い浮かばなかった。

「ヤンさんには、結果として申し訳ないことになってしまったわ。でも、これはあくまでも結果としての話……。ヤンさんは、たびたびセクハラを受けていた針生田教授を絶対に許せないと言っていた。そのことは久保寺さんだってよく知っているでしょう？　それで、私が自分の計画を打ち明けたら、ヤンさんはグッドアイディアだと賛成し、進んで協力してくれたの」

茜は首をかしげた。茜の知っているヤンの性格から考え、進んで協力したとは思えなかったからだ。

「久保寺さんは私の言葉を疑っているみたいね。でも、これは本当よ」

満枝が強調したが、茜には信じられない。

「今更どちらでもいいけど、一旦協力を約束したんなら、最後まで挫けずに、針生田教授に襲いかかられたって言い張ればよかったのよ」

満枝が冷たく言い放った。「そうすれば、何の問題もなく、日本で研究がつづけられたんだから」

その言い方から判断すると、ヤンはたぶん良心の呵責(かしゃく)に耐えられなくなり、香月弁護士にでも真相を打ち明けたのだろう。

「桧山さんの考えには納得できませんが、ヤンさんが針生田教授を告訴した件は一応わかりました」

同じ話を繰り返してもどうにもならないので、茜は言った。

「そう、わかってくれて、ありがとう」

満枝が言葉だけという感じで応じた。

「ただ、そのヤンさんの件に関連してもう一つ聞きたいんです」

「何かしら？」

「針生田教授の奥さんに脅迫電話をかけたことです」

満枝が表情を引き締め、警戒するような目をした。

隣りのテーブルには客がいなかったが、茜は周囲を見やり、誰も自分たちに注意を向けている者がいないのを確認してから言葉を継いだ。

「針生田教授に提訴をやめさせろと奥さんに脅しの電話をかけたのは、桧山さんでしよう？」

「さあ、どうかしら？　あなたの想像に任せるわ」

「じゃ、私はそうだと想像します」

「どうぞ。想像は勝手だから」

「桧山さんは、あの脅迫電話にも正当性があると主張されるんですか？」

「それは、あなたの想像が正しいことを前提にした議論ね。いいわ、乗ってあげる。相手が久保寺さんじゃなかったら、私はこのまま帰るところだけど」

ウェートレスがポットに入ったハーブティとカップを運んできた。

満枝は、それらが自分の前に置かれ、ウェートレスが背を向けるのを待って、

「これは、あくまでもあなたの想像が正しいと仮定しての話だから、そのつもりで聞いて。いーい？」

強い視線を茜に向けてきた。

わかりました、と茜は応えた。

「法律的にはどうあれ、私は、自分の信念に照らして間違ったことをしたとは思っていないわ」

満枝がきっぱりと言った。「あれは、男性の性的な暴力から私たち女性を護(まも)るため

の運動とフェミニズム研究会のためを考え、やむなく採った行動よ」

茜はコメントをつけずに黙っていた。

「あの直前、ヤンさんがバンコクから、提訴を取りやめたいって香月弁護士に電話してきたの。その後で私と話し、もう一度考えてみるということになったけど、ヤンさんはもう完全に闘う意欲をなくしていたわ。だから、ヤンさんが提訴を取りやめて、針生田教授が提訴したら、ヤンさんは事実を話してしまうと思ったの。そうなったら、虚偽の告訴ということだけがクローズアップされ、教授という権力者が学生という弱者に性的な暴力を働いてきたという事の本質がぼかされ、隠されてしまったはずよ」

それは確かだが……。

「針生田教授が女子学生にセクハラを繰り返してきた卑劣な人間であることが曖昧にされ、彼は同情すべき〝無実の被害者〟になってしまう。そして、被害者のヤンさんが加害者にされてしまう。もしそうなったら、私たちの運動とフェミ研はどうなったと思う?」

それは茜にも想像がついた。

「何もわかっていないマスコミの批判、非難が私たちの運動に集中し、ヤンさんを全面的にバックアップして闘っていたフェミ研も大打撃を受けたはずよ。私はそう考えたから、私たちの活動とフェミ研を護るために、敢えてあの方法を選択したの」

満枝が言い切った。

かつての茜なら、そうか、そういうことだったのか、やっぱり桧山さんて凄い人だわ、と感心したかもしれない。が、いまは違う。詭弁だと思った。そして、そうした詭弁を平然と弄する目の前の彼女に桧山満枝という女性の本性(ほんしょう)を見た思いだった。

自分がヤンを操った首謀者として指弾され、法廷で裁かれるのを恐れた――。

満枝が針生田教授の妻に脅迫電話をかけた動機はこれに尽きると思う。

もし満枝が自分たちの標榜するフェミニズムの運動とフェミニズム研究会の将来を大事に考えていたら、脅迫電話をかけるといった卑劣な行動を採れるわけがない。さらには、自分とフェミ研への風当たりが強くなるや、〝あとは野となれ山となれ〟とばかりにアメリカへ逃げ出せるわけがない。

満枝がポットのハーブティをカップに注ぎ、それを一口飲んでから、茜に目を戻して言葉を継いだ。

「とにかく、私は自分の良心、信念に恥じるようなことは何もしていないわ。たとえ巷(ちまた)の価値観や法律には多少反したとしても――。これだけは断言できるわ」

「だったら、どうして伊佐山さんや私たちのところへ来て、きちんと説明してくれなかったんですか？」

茜は責める口調で質した。

だが、満枝は怯んだ様子を見せずに答えた。

「私だって、あなたや伊佐山さんたちみんなに会って話したかったわ。でも、マスコミが鵜の目鷹の目で私を捜し回っていたから、その機会を作れなかったのよ。その代わり、いま、こうして久保寺さんに正直に話したでしょう。だから、みんなには久保寺さんからよろしく伝えて」

茜は啞然として相手の顔を見つめた。この人は骨の髄までエゴイストらしいと思った。そんな人を、自分はついこのあいだまで素晴らしい先輩だと思い、敬愛していたのだった。憧れていたのだった。

茜が自分の人を見る目のなさを恥じていると、満枝の顔が突然白く強張った。

満枝の視線の先を見るより前に、茜にはその理由がわかった。

そろそろ来るころだろうと思っていた弁護士の香月佳美が、店に入ってきたのだ。

数日前、香月弁護士は満枝を捜しに陽華女子大まで来て、フェミニズム研究会の部屋にいた茜たちに満枝の居所か連絡方法がわかったら教えてほしいと言って帰った。

そのため茜は、昨夜、満枝の電話を受けた後で今日の予定を香月弁護士に知らせたのだ。どうしようかと迷ったのだが、香月弁護士には香月弁護士なりの理由からどうしても満枝に会って質したいことがあるのだろう、と思ったからである。

ただ、香月弁護士が先に来てテーブルについていたら、満枝は店へ入らずに引き返してしまうかもしれない。それでは元も子もなくなるので、香月弁護士には五時を十五、六分過ぎてから来てほしい、と言っておいた。

茜が四人用のテーブルを選んだのにはそうした事情があったのである。

「久保寺さん、あなた、私を騙したのね！」

満枝が目をつり上げ、茜を睨んだ。

「騙したわけじゃありません」

「騙したんじゃない！　私は、あなたが会いたいと言うから……」

「桧山さんがそう思うんなら、私が謝るわ。私が久保寺さんに無理を言って頼んだの」

満枝の横に立った香月弁護士が茜の代わりに言った。

先日、大学へ来たときはライトグレーのスーツをぴしっと着て大きな革鞄を提げていたが、今日は茶のダウンジャケットにジーパン、そしてジャケットと同系色のウォーキングシューズという軽装だった。

「それじゃ、私は、先生にお会いする約束をしたわけではないので、失礼します」

満枝が腰を上げた。

「そう。どうしてもそうしたいって言うんなら止めないけど」

と、香月弁護士が穏やかな調子ながら奥に強い意思の籠もったような声で応じた。

「でも、桧山さんは私に話したことを警察で否認したんだから、私に対して弁明する義務があるんじゃないかしら」

どうやら自分の想像したとおりだったようだ、と茜は思った。つまり、ヤンが虚偽の告訴をしたことと、満枝が針生田教授の妻に脅迫電話をかけた件——これらは事実だと満枝は香月弁護士に認めていたらしい。

「違う？」

目の前の満枝の顔に香月弁護士が問いかけたが、満枝は応えない。

「それに、私も、桧山さんにどうしても話しておきたいことがあるの」

満枝の目に警戒するような色が浮かんだ。

「といっても、私には桧山さんがアメリカへ行くのを止める権限はないし、止める気もないわ。だから、そんなに怖がらないで」

「怖がってなんかいません」

「そう。じゃ、座って話しましょう？」

満枝が渋々といった感じで腰を下ろした。

自分のアメリカ行きを止める権限も止める気もないと香月弁護士に言われ、内心ほっとしたにちがいない。

「私もいていいですか？」

ダウンジャケットを脱いで腰掛けた香月弁護士に、茜は聞いた。

「もちろんよ」

と、香月弁護士が応え、「かまわないでしょう？」と満枝に問うた。

満枝が無言でうなずいた。

香月弁護士は、ウェートレスにコーヒーを注文すると、

「やっと謎が解けたわ」

と、満枝の顔に笑いかけた。

2

——謎……？

茜はその言葉を口の中でころがしてみた。当然、一連の事件の謎だと思うが、いっ

たい何が謎だったのだろうか？

「二つの殺人事件の決着がついた後も、私にはいくつかわからないこと、すっきりしないことがあったわ。でも、一番強く頭と気持ちに引っ掛かっていたのは、針生田教授が探偵をつかって桧山さんの過去を調べていたことだった。さらには、自分の調べている女性が前田結花たちを殺した犯人だと思うので、いずれ対決して真相を明らかにする、と義兄の白井弘昭さんに言っていたことだった」

香月弁護士が話し出した。「針生田教授が、珠季さんに脅迫電話をかけた女性が桧山さんではないかと疑っただけなら、提訴をやめさせろという脅迫の内容から考えて、不思議はないわ。でも、針生田教授は、桧山さんが前田結花たちを殺した犯人ではないかと疑った。それが私にはわからず、謎だった。教授は、放火殺人事件になぜ桧山さんを結びつけたのか、なぜ桧山さんが前田結花たちを殺した犯人ではないかと疑い、さらには桧山さんの過去を調べたのか。それが不可解で、喉に刺さった魚の骨のようにずっと私の中に引っ掛かっていた。ところが、数日前、その答えが突然閃いたの。ヒントは、針生田教授が白井さんに言ったという『自分の想像が正しければ桧山さんには自分を陥れる動機が存在する』という言葉だったわ」

満枝は口を挟まなかった。

「謎の答えは、針生田教授は自分の援助交際の相手は桧山さんだったのではないかと疑い出していた――こういうことね」

香月弁護士がさらりと言った。「針生田教授が桧山さんを疑い出した直接のきっかけは、たぶん珠季さんにかかってきた脅迫電話ね。針生田教授は相手の女性が言った要求を珠季さんから聞き、ヤンさんのバックにいる桧山さんを思い浮かべたんだと思う。そして、脅迫者が口にした『前田結花の昔の仲間』という言葉から、もしかしたら自分が援助交際をした相手は前田結花ではなく桧山さんだったのではないか、とハタと思い当たったんじゃないかしら？　そうして考えてみると、かつて自分が関係した少女は桧山さんだったような気がしてきたし、これまでいまひとつすっきりしなかったことも納得できた。それまで針生田教授は、前田結花が自分をテレビで見たぐらいでどうして昔の援助交際の相手だと気づいたのかとちょっと疑問に感じていた。でも、大学で何度も顔を合わせていた桧山さんなら、気づいても不思議はない。また、桧山さんがヤンさんをつかって自分を陥れようとしたことも、自分とそうした関わりがあったとすると、これまでよりもうまく説明がつく……。そこで針生田教授は、探偵をつかって桧山さんの過去を調べてみる気になったんじゃないかしら」

針生田教授の援助交際の相手は前田結花ではなく、満枝だった――。

想像もしなかった〝事実〟に、茜は半ば茫然としていた。香月弁護士の説明はわかるのだが、それでいてストンと腑に落ちてこなかった。

「それから、桧山さんが針生田教授の援助交際の相手だったとすると、桧山さんがどうして針生田教授を警察にタレ込まなかったのか、という理由もすっきりするわ」

香月弁護士がつづけた。「桧山さんは、針生田教授が前田結花たちを殺した犯人だと考えていたんだから、警察に一言電話すれば教授は逮捕され、ヤンさんを告訴、提訴するのは不可能になったはずよね。それなのに、桧山さんはそうしないで、義憤を感じたように装ってわざわざ珠季さんに脅迫電話をかけた。理由は、針生田教授をたれ込んで教授が逮捕され、前田結花との関わりを詳しく調べられたら、困る事情があったから、つまり、自分と前田結花との関係、自分の過去も明らかになるおそれがあったので、それを避ける必要があったから。そうでしょう？」

満枝はそうだとも違うとも答えなかった。香月弁護士がどこまで真相を見抜いたのか、見極めようという腹なのかもしれない。

香月弁護士も満枝の反応に関係なく説明を継いだ。

「さて、これで当初の謎は解けたわけだけど……それが解けてみると、また新たな謎が生まれたわ。針生田教授の援助交際の相手が前田結花でなかったとしたら、前田結花が針生田教授を脅迫するわけがない。それなのに、針生田教授は、前田結花の口座に二百万円振り込んでいた。これはどうしてだろう、という謎……」

そうか、と茜は思った。自分の意識の底にも漠然とその疑問があったため、香月弁護士の説明を聞いても何となくすっきりしなかったのかもしれない。

「でも、今度の謎は簡単に解けたわ。そこには二段階の脅迫が存在し、前田結花に脅された桧山さんによる〝脅迫の転送〟という行為が間にあったのね。具体的に言うと、前田結花に脅迫された桧山さんは、前田結花の名を騙って……つまり転送者である自分の名前はどこにも出さずに針生田教授に電話をかけ、自分はかつてあなたと援助交際した相手だと告げた。そして、もしこの事実を暴露されたくなかったら諏訪竜二名で自分、前田結花の口座にお金を振り込め、と脅迫した――。こういうことだったんだと思う」

またまた飛び出してきた二段階の脅迫、脅迫の転送といった思いもよらない話に、茜は胸のあたりがざわめきたつのを感じた。

「そんなの、先生のただの想像です。私は前田さんに脅迫されていないし、針生田先生を脅迫してもいません」

満枝が初めて強い調子で否定した。香月弁護士が脅迫の転送という言葉を口にしたとき、一瞬狼狽の色が目の中をかすめたが、すぐに気持ちを立てなおしたようだ。

「確かに証拠はないわ。でも、前田結花の脅迫した相手が針生田教授と宮沢芙由美さんだったというのは、ちぐはぐなの。その点、前田結花が、自分の過去を周囲の者に知られたくないと思っていた桧山さんと宮沢さんという昔の仲間を脅したと考えると、すっきりするわ。前田結花がもし本当に自分で針生田教授を脅迫して二百万円を手に入れたのなら、彼女は教授だけを何度も脅しつづけたと思う。それなのに、前田結花はかつての仲間だった宮沢さんも脅したわ。その理由は、あなたが前田結花の矛先を自分から逸らすために宮沢さんの話をし、暗にそうするように仕向けたからね。つまり、前田結花は、宮沢さんを脅す前に、やはりかつての仲間だった桧山さん、あなたを脅していた……」

宮沢芙由美というのは前田結花と諏訪竜二を殺した犯人の妻だった。茜が雑司ヶ谷公園のそばで擦れ違った、一昨年の学園祭のとき満枝に話しかけてきた女性でもあった。半月ほど前、その両者が同一人だとわかったとき（芙由美という名前までは知らなかったが）、茜はショックを受けると同時にやりきれない思いにとらわれた。

「私は、前田さんに宮沢さんのことなど一言も話していません」

「そう。じゃ、それについてはまた後で触れることにして、桧山さんが前田結花とどのようにして再会したかという件に話を進めるわ。桧山さんは前田結花と偶然どこかで出会ったわけではなく、前田結花が意図的に桧山さんに近づいてきた、私はそう考えているんだけど、違う？」

「答えたくありません」

「九年前の夏ごろ前田結花と一緒に東大和から渋谷や新宿へ遊びに行っていた岸谷江梨子さんがある人にこう話しているの。ユカこと前田結花はエミーと気が合っていたらしく、ユカはエミーがどこに住んでいるかも知っているようだった、と」

エミーというのが週刊誌に載っていた「Mさん」こと満枝の呼称であることは、茜も知っていた。

「岸谷さんの話から考えられるのは、前田結花は桧山さんの本名と住まいを知っていたらしいということね。エミーは区内に住んでいて、タクシーで帰宅していたという話だから、前田結花も一度ぐらい一緒に行ったことがあったんじゃないかしら？」

満枝は応えなかった。香月弁護士の想像、推理がいかに的を射ていようと、今更罪に問われるおそれはないからだろう。それなら、反論や返答をできるだけ控え、少しでも早くこの場から解放されたほうがいい、そう結論したのかもしれない。

「前田結花は、岸谷さんや宮沢さんと違って、まったく反省のない人間だった、そう考えられるわ」

香月弁護士もかまわずに話をつづけた。

そのような人間が、諏訪竜二という、やはり真面目に働くのが嫌いな男とつるんで、楽をしてまとまった金を手に入れるにはどうしたらいいかと知恵を絞ったとしたら、どうなるか？　成城の大きな家に住んでいた満枝を思い出し、満枝の現在の状況によっては金になると考えたとしても不思議はない。初めは軽く無心でもしようと思っただけだったのかもしれないが……。とにかく満枝に会わないことにはどうにもならないため、成城へ行って、記憶を頼りに満枝の家を探した。ぼんやりした記憶ではあっても、駅のどちら側かぐらいは覚えていたと思うし、「桧山」という苗字がはっきりしているので、表札を見ながら歩くか交番で尋ねれば、探し当てるのにそれほど日数はかからなかっただろう。そして探し当て、満枝の母親に満枝の昔の友人だと言い、下落合の満枝の住まいを聞き出した。

満枝のマンションを訪ねた前田結花は、昔の友人に再会できて嬉しいといったポーズを取り、満枝が迷惑に感じているのもかまわずに何度も押しかけた。そして、満枝が金持ちで、援助交際をしていたころの過去を周りの友人や知人に知られるのを恐れているとわかるや、本性を現わし、脅迫した。初め、いくら出せと言ったのかはわからないが、とにかくそれは二百万円で話がついた——。

「桧山さんの頭に、前田結花の脅迫を針生田教授に転送する考えが浮かんだのは、当然その後だった。そうでしょう？」

「ノーコメントです。私が前田さんの脅迫なんて受けていないといくら否定しても、先生は勝手に想像されるんですから、どうぞお好きなように考えてください」

「それじゃ、さっきの話と少し重なるけど、つづけるわ。桧山さんは、大学に入って針生田教授の講義を受けるようになり、気づいたのね。アジアの貧しい国々の児童売春の問題などを研究して、新聞やテレビで立派なことを書いたり言ったりしているこの教授は、かつて少女だった自分の性を買った男だ、と」

そして、満枝は針生田を唾棄すべき男、絶対に許せない男として、強く憎んでいた。そのため、前田結花から脅迫を受けたとき、針生田が自分に気づいていないのを幸い、その脅迫を〝転送〟する方法を思いついた。前田結花は二百万円は現金で受け取るつもりでいたが、それでは脅迫を針生田に転送できない。そこで満枝は偽名で銀行に振り込むからと言い、前田結花に口座を開かせた。そのとき、前田結花のほうから、偽名なら諏訪竜二という名をつかうようにと言ってきた。理由は、万一高額の入金を怪しまれた場合、振込人を諏訪竜二にしておけば簡単に口裏を合わせられる、そう考えたのではないか。その当否はともかく、この〝脅迫の転送〟という方法によって、満枝は、針生田には脅迫者は前田結花だと思い込ませ、前田結花には満枝から二百万円が振り込まれたと思い込ませることに成功した――。

「桧山さんは、前田結花の脅迫を針生田教授に転送しただけではなかったわ。さっきちょっと触れたように、宮沢芙由美さんにもそれを〝仲介〟した――。前田結花が桧山さんに対して二度目の恐喝を仕掛けてきた去年の五月ね。桧山さんはそれを逃れるため、宮沢さんが高校の先生と結婚して雑司ヶ谷公園の近くのマンションに幸せに暮らしている、そう話した……」

「私、失礼させていただきます」

と、満枝が椅子を鳴らし、立ち上がる素振りを示した。「黙って聞いていようと思いましたが、先生の勝手な想像にもう我慢できません」

「そうかしら？　勝手な想像かしら？　細かな点はともかく、大筋は事実だと思うんだけど」

言葉づかいは柔らかだったが、香月弁護士の目に怒りの色が漂った。

「事実なんかじゃありません」

「そう。あなたが否定するのは勝手だけど、とにかくもう少し話を聞いて」

「もう、時間があまりないんです」

「だったら、急いで話すわ。それならいいでしょう?」

満枝がふてくされたような顔をして椅子に腰を落ち着けた。

「桧山さんが前田結花に宮沢さんのことを話した結果、宮沢さんも前田結花に脅され、五十万円振り込んだ。でも、そのとき同じ諏訪竜二名を使用させられたため、前田結花たちが殺されて彼女の口座の存在が明らかになったとき、二百万円と五十万円を振り込んだのが別人だとは誰も思わなかった。そして針生田教授が借りていた貸金庫にあった二百万円の振込金受取書を見ていた白井さんと珠季さんは、それらを振り込んだのは針生田教授にちがいないと考えた……」

香月弁護士が、前に運ばれてきていたコーヒーを少し飲み、話をつづけた。

「それはともかく、前田結花たちは、振ればお金の出てくる打ち出の小槌(こづち)を見つけたわけよね。簡単に手放すわけがないわ。つまり、脅迫はそれでは終わらず、夏が過ぎて秋になり、脅し取った金が残り少なくなってくると、彼らは今度は桧山さんと宮沢さんの二人に対して同時に脅しをかけた。そこで桧山さんはそれをまた針生田教授に転送し、宮沢さんは思い余って夫に打ち明けた。結果は、針生田教授が今度はおいそれとは金を振り込まずにいた間に、前田結花と諏訪竜二は宮沢さんの夫に殺されてしまった――」

「あの、お聞きしてもいいですか？」

茜は疑問を感じ、口を挟んだ。

どうぞ、と香月弁護士が応えた。

「先生はいま、秋になって、前田さんたちは桧山さんと宮沢さんの二人に対して同時に脅しをかけたと言われましたが、宮沢さん一人だけを脅迫して殺された、という可能性はないんでしょうか？」

「さっきちょっと触れたけど、桧山さんが珠季さんに脅迫電話をかけたとき、前田結花らを殺したのは針生田教授だと本気で思い込んでいた節があるの。もし前田結花から新たな脅迫を受け、それを針生田教授に転送していなければ、そう考えるのは変でしょう？　脅迫の再度の転送がなかった場合、二月に二百万円を振り込んだ時点で針生田教授にとっての脅迫は終わっていたわけだから、九カ月も経ってから前田結花らを殺したとは思わないわ。ついでに言うと、桧山さんが針生田教授が犯人にちがいないと思い込んだのは、放火犯人は男だと考えられていたからね、きっと。ただ、犯人が男だからといって、まさか宮沢さんの夫が犯人だとまでは想像できなかったんでしょうね」

自分のことを言われているのに、満枝は肯定も否定もしなかった。頭上を強風が吹き去るのを待っているかのように、硬い表情をしてじっと座っていた。いまや、一刻も早くここを抜け出すことだけを考えているのかもしれない。香月弁護士がどう考え、どう言おうと、間もなく飛行機に乗れば、過去を切り捨て、新しい生活に向かって、新しい世界へ向かって、飛び立てるのだから。

香月弁護士の話は針生田教授の「強姦未遂事件」に移った。

針生田教授も疑ったらしいように、そこにも満枝と教授の過去が関係していたと考えられる、と香月弁護士は言った。満枝がウェラチャート・ヤンを利用してそれを画策した最大の動機は、フェミニズム研究会と会の中心者である満枝……特に満枝自身の存在と名前を大学の内外に広く知らしめるためだったと想像される。が、もし針生田教授が満枝の援助交際の相手でなかったなら、虚偽の事件まででっち上げて彼を陥れたかどうかは疑問だ、と言うのだった。

満枝は高校一年のとき、たぶん両親に反発して非行に走り、援助交際と称する売春までした。元の「真面目な高校生」に戻ると、彼女は自分の軽はずみな行動を悔いたが、後の祭り。それは満枝の心に消えることのない傷として残った。人一倍自己愛が強くプライドの高い彼女にとっては、おそらく、援助交際という行為そのものより自分がそうした愚かな行動を取ってしまったという事実が。

いずれにせよ、それは他人に負わされた傷ではない。未熟さ故に負ったものではあっても、自らの判断と行動の結果である。責任は自分にある。だから、辛くても苦しくても自分でその痛みを引き受けて生きていかなければならない。そうした傷を自らの心に刻んでしまった者は、みなそうやって生きているのだから。それなのに満枝は、自分の性を買った相手が針生田らしいとわかったとき、巧妙にそれを彼に対する怒りと憎しみに転化させた。そして、前田結花の脅迫を受けるや、それを針生田に〝転送〟するという策を考え出し、ウェラチャート・ヤンの相談を受けると……すぐにではなかったが、強姦未遂事件をでっち上げて針生田を社会的に葬ってやろうという行動に出た――。

「桧山さんは時間がないようだから、急ぐわ」

と、香月弁護士が話を進めた。「宮沢芙由美さんの夫による前田結花・諏訪竜二の殺害、針生田珠季さんによる針生田教授の殺害という二つの殺人事件に、桧山さんは直接はタッチしていない。でも、二つの事件を引き起こした因は桧山さん、あなたにあった。実際に殺人に手を染めてしまった人たちが演奏者なら、あなたは彼らにその演奏を促した指揮者……それもけっして舞台に姿を現わさない影の指揮者だった。あなたがそうした指揮法を採った裏に、専業主婦に対する反感と敵視、あるいは嫉妬があったかどうかはわからない。いずれにせよ、あなたが前田結花に宮沢芙由美さんについての情報を与えたために、宮沢さんの夫は放火殺人という大罪を犯し、宮沢さんの幸せな家庭は崩壊してしまった。また、あなたが前田結花の脅迫を針生田教授に転送し、ヤンさんに虚偽の告訴をさせ、そして珠季さんに脅迫の電話をかけたために、珠季さんは針生田教授が前田結花たちを殺した犯人だと思い込み、夫を刺し殺してしまった」

「…………」

「それでも、桧山さん、あなたは殺人の罪に問われないわ。あなたは聴衆の目に映らない幕の陰で指揮をしていたので、あなたの振るタクトの動きとピアノやバイオリンを弾く演奏者たちの手の動きを結び付ける証拠は何もないから。正直な気持ち、私はあなたを許せないし、納得できない。でも、これが法律というものだから、法治国家である日本では、私はあなたに対してどうすることもできない……」

茜も納得できなかった。悔しかった。

茜の脳裏には、雑司ヶ谷公園のそばで擦れ違った宮沢一家の姿が浮かんでいた。両親に挟まれた女の子が二人の腕につかまって両脚を縮め、はしゃいでいた姿だ。親子三人、本当に楽しく幸せそうだった。あの家族には、もう二度とあのような時間は訪れない。

一方、間接的とはいえ、それを引き起こした張本人である満枝は、何の咎めも受けず、これから海の向こうで新しい生活を始めようとしている。

それなのに、茜はもとより弁護士の香月佳美にも、それを阻む力はない。アメリカへ向かって飛び立つ満枝を、手を拱いて見ていることしかできないのだった。

「法律の話をもう少しすると、前田結花が桧山さんと宮沢芙由美さんに対して行なった行為は、人を脅して財物を交付させ、財産上不法な利益を得たわけだから、恐喝罪ね」

香月弁護士が言葉を継いだ。「また、桧山さんが前田結花の脅迫を針生田教授に転送したのも同じ罪になるわ。恐喝罪について定めた刑法二四九条の第二項には、脅しによって財産上不法な利益を他人に得させた者も同様だ、と規定されているから。それから、桧山さんがヤンさんに針生田教授を告訴させた行為は虚偽告訴罪で、針生田教授に告訴、提訴をやめさせるようにと珠季さんに脅迫の電話をかけた行為は強要罪に当たるわ」

自分の犯した罪を列挙されたからだろう、満枝の瞳孔が不安げに広がった。同時に瞼がぴくぴくと痙攣した。

「いま挙げた犯罪のうち、恐喝罪に関しては、前田結花が死んでしまったいまとなっては立証が難しいわね。でも、虚偽告訴罪と強要罪についてはそのかぎりじゃないわ」

満枝の目に今度ははっきりと恐怖の色が浮かんだ。

一方、茜は、胸に希望の灯がともるのを感じた。さっき香月弁護士は、自分には満枝のアメリカ行きを止める権限もないし止める気もないと言ったが、もしかしたら満枝の罪を問う手段があるのかもしれない……。

「現在、珠季さんと白井弘昭さんは、桧山さんをこの二つの罪で告訴、告発するための準備を進めているわ」

香月弁護士がつづけた。「それが受理されれば、私も警察に呼ばれ、事情を聞かれると思う。そうしたら、前回は何も話さなかったけど、今度はヤンさんと桧山さんから聞いたことを話すつもり……。ヤンさんは私に、桧山さんに頼まれて虚偽の告訴をしたと打ち明けた。その後で私が桧山さんを訪ねると、桧山さんも、ヤンさんの話したことは事実だと認め、さらには珠季さんに脅迫電話をかけたことを認めたわね。あのときの桧山さんは、突然の私の訪問に落ちついて考えている余裕がなかったため、ヤンさんが告白した以上はどうにもならないと思ってしまったんでしょうけど……。ところが、宮沢さんの夫と珠季さんが逮捕された後で警察に事情を聞かれると、虚偽の告訴をヤンさんに依頼した覚えはないし珠季さんに脅迫電話をかけた事実もない、と否認した。そしてヤンさんも、私に話したことを否定した。ヤンさんはすでにタイへ帰っていたわけだけど、自分の告訴が虚偽だと認めたら罪に問われると誰かに教えられたのね、きっと。桧山さんとヤンさんの否認につづいて、私も供述を拒否したわ。私が何も話さなかったのは、弁護士には職務上知り得た秘密についての守秘義務があるから——」

「………」

「でも、その義務も、〝正当な事由〟がある場合はそのかぎりではないの。また、弁護士法と日本弁護士連合会が定めた弁護士倫理には、弁護士の使命は社会正義を実現することだと謳(うた)われているわ。だから、私は態度を変えようというわけ。自分が知っている事実を公にすることは社会正義の実現のために正当な事由があると判断し、今度警察に事情を聞かれたらありのままを明かし、法廷でも証言しようと考えたの。ただ、刑事訴訟法には〝伝聞証拠の禁止〟という原則があるわ。例えば、桧山さんが起訴されて裁判になった場合、検事が私を証人として法廷に呼んでヤンさんと桧山さんから聞いた話を供述させても、それは証拠にならない、という規定……」

満枝がごくりと唾を呑み込んだのがわかった。不安の底から微かに希望が顔を覗かせた……そんな表情だった。

「でも、それにも例外があるの」

香月弁護士が満枝の希望を打ち砕くように話を継いだ。「それは、私に話した人が死亡したり、所在不明だったり、国外にいて証人として呼べない状態だったりしたとき。国外に……という項はヤンさんに当てはまるから、ヤンさんが信用すべき状況のもとで私に話したと判断された場合は証拠になるの。被告人である桧山さんから聞いた話も、桧山さんが私に強制されずに任意に話したと判断されれば、やはり証拠になるわ。判断するのは裁判所だけど、私は、どちらも証拠として認められる要件を充分に満たしている、と考えているわ」

満枝の顔にもう血の色はなかった。

「因みに、虚偽告訴罪の量刑は最高が懲役十年、強要罪は懲役三年――。日本とアメリカの間には犯罪人引渡し条約が結ばれているし、たとえアメリカから別の国へ逃げたとしても、犯人が国外にいる期間は時効が停止すること、桧山さんも知っていると思うけど……」

満枝は無言だった。顔には恐怖の表情が張り付き、目は暗い洞穴のように虚ろに見えた。

「これで私の話は終わりです。桧山さんのほうから私に何か言うことがあるかしら？」

満枝は何も応えない。言うべき言葉が見つからないのだろう。

「もしなかったら、私は帰るけど、久保寺さんはどうしますか？」

香月弁護士が伝票をつかみ、茜に問いかけた。

「私も帰ります。先生とご一緒させてください」

と、茜は応えた。満枝と残っている必要がなかったし、もう一分でも二分でも彼女のそばにいたくなかった。

香月弁護士につづいて茜は腰を上げ、バッグとコートを取ってテーブルを離れた。

満枝は彫像のように動かなかった。

解説――最終章まで、その最後のエピソードまで

村上貴史
（ミステリ書評家）

■傷

深谷忠記の初の著作が世に出たのは一九八二年のこと。約四〇年も前のことであり、それ以降、作家としてコンスタントに活躍を続けている。

その深谷忠記が二〇〇七年に発表した『傷』という長篇ミステリが本書『立証』である。一一年の文庫化の際に改題され、今回さらに〈新装版〉として刊行されることになったのだ。長く愛されている作品といえよう。一読すれば明らかだが、それだけのことはある。

■立証

発表前年の二〇〇六年を時代背景としたこの『立証』には、大きく二つ、幹となる物語がある。

一つ目が、大学教授による強姦未遂事件だ。目白にある陽華女子大教授の針生田耕介が、同大学大学院に留学していたタイ人のウェラチャート・ヤンを自分の滞在していた池袋のホテルに呼び、強姦しようとしたとして逮捕された。この事件に関与した人々を、弁護士になって九年あまりという香月佳美の視点を中心に描いている。こちらの物語は、強姦未遂に関して刑事事件としては不起訴となった針生田に対し、ヤンが、その支援者たちの力添えを得ながら、佳美とともに民事訴訟の準備を進めていく様子が――その過程で佳美が違和感を覚える姿とともに――読者に提示される。

そしてもう一つが、埼玉県入間市で発生した火事を巡る物語である。この火事では、焼け跡からこの家の息子とその恋人と思われる二つの遺体が発見された。火事も放火らしい。つまりは焼殺である。この事件の捜査の模様を、埼玉県警刑事部捜査一課の田代昌和の活動を中心に語っていく。こちらが二つ目の物語だ。

それぞれの事件は、池袋と入間という異なる場所で発生し、それぞれに独立して進んでいくのだが、焼殺事件に先立ち、そこに関連があることに気付いている人間が、少数ながら存在していた。針生田の妻、珠季である。珠季は夫の貸金庫で、ある不審な書類を見つけたのだが、それが両者の関連を示す情報を含んでいたのだ。その追究は自分の手に余ると感じた彼女は兄の白井弘明に相談を持ちかけ、白井が内々に調査を進めることとなった。探偵を雇い、また、自分自身も関係者のもとに足を運んで……。という具合に大きな二つの流れと、その関連に関する疑いが描かれる本書、実に手数の多い小説である。弁護士の佳美や、埼玉県警の田代、あるいは陽華女子大の学生や、針生田耕介の義兄である白井弘明など、著者は視点を次々と切り替えながら、印象的なエピソードを積み重ねていく。そのページに促され、さらに、次第に見えてくる全貌に関心を掻き立てられ、読者は頁をめくる手を止められなくなるのだ。

そして驚くべきことに、著者はこのペースを最後の最後まで崩さない。最終章の最後のエピソードまで、カードを提示し続けるのである。いやはやお見事。本書執筆時点で、深谷忠記の作家生活はおよそ四半世紀に及んでおり、その技量の冴えを本書で実感できる。

ちなみにそのカードのなかには、新たな殺人事件も含まれている。その人物を、誰が、何故殺したのかという点もシンプルに興味深いし、本書においては、大きな二つの流れとの関係も気になるところである。もちろん著者はきっちりと決着させているのでご安心を。

というその決着なのだが、これが実に鮮やかだ。著者が切り続けたカードが、あるものは情報として、あるものは伏線として、さらにあるものは動機として機能し、糾弾者を突き動かし、事件のキーパーソンを追い詰めるのである。その〝攻め手〟の厳しさも印象深いし、なによりそこで明かされる事件の構図が抜群に意外性に富んでいる。『立証』で描かれた事件はこんな事件だったんだ、と、読者は最後に知り、驚き、納得し、快哉を叫ぶ。いやはやこの造りはミステリとして絶品である――本書は、名探偵による名推理というタイプのミステリではないし、性犯罪を巡るリーガルサスペンス的な要素も備えている（こちらはこちらで加害者への怒りとともに読まされてしまう）だけに、このミステリとしての骨格の美しさが少々見えにくいのだが、最終章で検証される〝犯行計画〟は、極めて秀逸なのである。

そうしたミステリとしての造りと、人間ドラマが表裏一体になっている点も見逃せない。白井弘明が妹とその娘を心配して行動を起こした姿に象徴されるように、本書においては、人が人を想う気持ちが、事件の要素間を繋ぐリンクとして重要な役割を果たしているのである。佳美がヤンの訴訟に熱心に取り組む背景にある亡き姉への想いにしても、後半で登場するある夫婦の関係においても、だ。もちろん子を想う親も描かれている。一方でそれを傷付けるような、あるいは利用するような人物も登場しており、なおさら人を想う気持ちを読者が意識する造りとなっている。そしてそれが、事件に至る人々の動きに説得力を持たせるのである。

よくできたミステリなのだ。

なお、本書読了後には、目次を読み返して戴きたいし、この〈新装版〉のカバーもじっくりと眺めてみて欲しい。〝よくできたミステリ〟であることが、なお一層理解できるだろう。

■深谷忠記

深谷忠記は一九八六年の『信州・奥多摩殺人ライン』以降、数学者の黒江壮と出版社社員の笹谷美緒のコンビによるトラベルミステリを書き続ける一方で、本書や、日本推理作家協会賞候補となった『審判』（〇五年）もそうだが、法を題材とした重厚な謎解きミステリの発表も続けている。本稿執筆時点の最新作『執行』もその流れの一作。こちらの作品は、死刑という問題に、〝冤罪で執行されてしまった死刑〟というアプローチで挑み、そこに、〝刃物で刺された上に頸を絞められて殺された〟という事件や、〝死者から送られてきた手紙〟を巡る謎を織り込んでいる。ミステリとして謎の魅力とその謎が膨らみ深化していく魅力、そして解明の魅力と、残念ながら現代社会で普遍的に存在する保身や腐敗への問題意識とが、どちらの要素も損なうことなく一体化した作品である。

そうした社会意識を、深谷忠記はデビュー当初から持っていた。初の著書である『落ちこぼれ探偵塾―偏差値殺人事件―』は、ソノラマ文庫という、いまでいうところのライトノベル的なレーベルから刊行された一冊だが、ここでは、偏差値偏重教育への問題意識がしっかりと語られていた（トイレという密閉環境からの人間消失の謎とともに）。

また、デビュー作の前に第二八回江戸川乱歩賞（八二年）で最終候補となった『ハーメルンの笛を聴け』（八九年に同タイトルで刊行）は、いじめを題材としていた。こちらは、選考委員の生島治郎からダイイングメッセージの工夫は評価されつつも、残念ながら受賞には至らなかった。ちなみに第二八回江戸川乱歩賞は、中津文彦『黄金流砂』と岡嶋二人『焦茶色のパステル』がダブル受賞という年だった。小森健太郎も別名義で応募し、十六歳で最終候補となっている。

その他、日本では存在すらほとんど知られていないころにエボラ出血熱を題材とした小説（八五年に第三回サントリーミステリー大賞の佳作となり八七年に『一万分の一ミリの殺人』として刊行、その後『殺人ウイルスを追え』と改題）を書いたりするなど視野を広く持ち、一方でミステリとして魅力的な謎の設定や意外性をおろそかにすることなく、深谷忠記は執筆活動を続けているのである。

そんな作家が、四半世紀に及ぶ作家活動で培った技と知見を注ぎ込んだ一冊が、この『立証』である。繰り返しになるが、最後の最後のエピソードまで堪能されたい。

二〇二一年十二月

本書は2011年6月に刊行された徳間文庫『立証』の新装版です。刊行にあたり『立証（コンダクター）』と改題しました。なお本作品はフィクションであり実在の個人・団体などとは一切関係がありません。

徳間文庫

立証（コンダクター）

〈新装版〉

2022年1月15日 初刷

著者 深谷忠記（ふかやただき）

発行者 小宮英行

発行所 株式会社徳間書店

東京都品川区上大崎三―一―一 〒141―8202
目黒セントラルスクエア

電話 編集〇三（五四〇三）四三四九
販売〇四九（二九三）五五二一

振替 〇〇一四〇―〇―四四三九二

印刷
製本 大日本印刷株式会社

ISBN978-4-19-894710-1 （乱丁、落丁本はお取りかえいたします）